河出文庫

等々力座殺人事件
中村雅楽と迷宮舞台

戸板康二
新保博久 編

JN066707

kawade bunko

河出書房新社

等々力座殺人事件

中村雅楽と迷宮舞台

目次

等々力座殺人事件
中村雅楽と迷宮舞台

『車引殺人事件』序（河出書房新社版）

江戸川乱歩

探偵小説は、他の方面で一家をなした人々が、これに筆を染めて成功した前例が多い。西洋には医師のコナン・ドイル、鉄道技師のクロフツ、経済学者のコール、大僧正のノックスなど多くの例があるが、日本でも、東北大医学部教授であった小酒井不木《こさかいふぼく》、現慶大医学部教授の木々高太郎《きぎたかたろう》、農林省技師であった甲賀三郎《こうがさぶろう》、その同僚で同じく技師であった大下宇陀児《おおしたうだる》、薬剤師出身の横溝正史《よこみぞせいし》の諸君など、その例が多い。

そういう実例から、探偵小説は小説家志望青年よりも、かえって他方面で一家をなした人が、余技として書いた場合に成功率が多いという考え方があり、一昨年私が専門雑誌「宝石」の編集に当るようになってから、そういう人々を探し求め、試作を勧めているのだが、この本の著者戸板康二さんは、その勧めに応じて「宝石」誌上に処女探偵小説を発表され、非常な好評を博し、現在も隔月に同誌上に、この老優名探偵物語を書きつづけておられるのである。私の勧めで書く気になってくださったのだから、甚だ鼻が高いわけで、戸板さんには大いに感謝しているのである。

演劇評論家として著名な戸板さんは、劇作家の岡本綺堂《おかもときどう》に深い関心を持っておられるにちがいなく、その綺堂が一方日本の時代探偵小説である捕物帳の創始者であったことが、おそらく戸板さんを刺激していたのであろう、ちょうどそこへ、私が強くお勧めしたので、それでは一つ書いてみようという気持になられたのだと想像している。その半七《はんしち》捕物帳には江戸末期の世相と風物が見るがごとくに描かれている。そのノスタルジアに最も強い魅力があるのだが、戸板さんの探偵小説には、歌舞伎通の劇評家でなくては書けないような舞台裏の種々相と、俳優やその周囲の人々の生活が、実に生々と描かれているところに大きな特徴がある。綺堂の江戸描写と相照応するような、小説の筋以外の魅力がここに見られるのである。

戸板さんの探偵小説には、綺堂のそれにはむしろ欠けていたかと思われる別の特徴がある。それは筋の立て方の論理的で綿密な点、小道具遣いの実に巧妙な点である。戸板さんのは現代小説だから、江戸時代を舞台としたものに比べて筋が論理的であることは当然だが、それが実に探偵小説の面白さを真に把握した妙味を持っているのである。また、小道具遣いという言葉は、もと歌舞伎の舞台用語なのだから、その道の通《つう》である戸板さんが、探偵小説の小道具遣いにすぐれておられるのは偶然ではない。こまかいところに気のつく小道具遣いの巧みさは、探偵小説技法の重要な条件になっているのだが、戸板さんはそれが実にうまいのである。

さらにつけ加えると、戸板さんの文章には、おいしい物を嚙みしめるような、なんともいえない味があって、一作を読んだら次の作を読まないではいられれぬ魅力、読者を病みつきにする魅力がある。

私はこの老優名探偵物語が、半七捕物帳のように長くつづくことを希望し、また、おそらく長く書きつづけられるだろうという予感を持っているのだが、そのシリーズの第一冊が、こうして出版されたことをたいへん嬉しく思い、これが広く愛読されることを期待するものである。

密室の鎧

「宝石」のO編集長から電話があって、「密室の事件が芝居のほうにはないだろうか？」ということであった。

私は劇場で起った出来事をこれまでにもいくつか書いては来たが、その中に密室の話はなかったのだ。それで私は、久しく会わない中村雅楽《なかむらがらく》を訪ねることにした。一時痛んでいた足の工合《ぐあい》も大分いいようで、老優は機嫌よく、私を迎えてくれた。

「話をねだりに来ました。できれば、密室の話がいいんですが」

「そうだな、一つだけある。たしかに、あれは密室の話といえそうだ。竹野《たけの》さんには話してなかったかな」

「いつ頃のことですか？」

「震災（大正十二年九月）の翌年だ。麻布の十番の小屋に出ていた時の話さ」

「まだ伺っていませんね」

「じゃア話そう。そして、それを、あなた、いつものように書いて下さい」

雅楽は楽しそうに話しはじめた。以下は、その日に聞いた話である。

都心の劇場が焼けてしまったので、歌舞伎の大幹部は、みんな山の手の小屋に出ることになり、五間間口のせまい舞台で「寺子屋《てらこや》」や「弁慶上使《べんけいじょうし》」を演じていた頃である。昼夜二部制で、十二時あきという興行が半年も続いた。はじめは、こんな所では芸はまともに出来ないなどとぼやいていた連中も、住めば都で、やがて小屋にもなじみ、不備な楽屋にも漸《ようや》く馴れて来て、そうこうするうちに、花が咲き、花が散った。

大正十三年の五月だった。下町は灰になったが、戦争とはちがって、災厄を受けたのは東京、横浜およびその周辺だけだったから、物資不足を人々はそれほど感じなかった。火難を免れた赤坂や麻布の屋敷町には、例年通り鯉のぼりを立てる家もあったし、十番の菓子屋には、柏餅やちまきが売り出されていた。

端午《たんご》の節句、つまり五日の朝十一時頃、序幕の「太功記十段目《たいこうきじゅうだんめ》」の久吉《ひさよし》に出る雅楽は、いつもより早く楽屋へはいった。

数年来活動写真（映画）専門館だった小屋だが、幸い地下室があるので奈落《ならく》に利用し、舞台にも急に廻り舞台の工事を施した松栄座だった。それだけに楽屋の面積は狭い。まるで公衆電話のように窮屈な頭取《とうどり》部屋の脇の階段を上りながら、雅楽は、きょうは役者では自分が一番早く着到《ちゃくとう》したんだなと思った。それは、頭取の前においてある着到板の、一座の連名の中にある雅楽という名前に、木の釘をさす時、まだ一本もほかには釘がなかったからである。

そう思って雅楽は腕時計を見、二三段戻って、頭取のうしろにある八角時計をのぞいてみた。もちろん頭取は来ていたが、

「おや、何です？」

と下から声をかけた。

「時計が進んでいたんですよ」

「どうもいつもより早いと思いました。高松屋《たかまつや》さんが今日は一番乗りです」

苦笑しながら雅楽は上って行った。まだラジオもなく、正確な時刻は、正午に竹橋の近衛《このえ》連隊《れんたい》が鳴らすドン（午砲）で合せることしか知らぬ時代だったのである。しかし、雅楽がこの日、一番先に松栄座に行ったのは、重要な意味を持つことになったのである。

雅楽が二階へ上った時、劇場の建物の東側の、去年歌舞伎座の一座が引越して来た時に急造した楽屋の、五つほどある部屋の、手前から三つ目の部屋と、四つ目の部屋の辺を、うろうろしている男がいた。

ちょうど、その二つの部屋の間には、先月まで俳優のための水飲み場があり、行商に来る婆さんが品物をひろげてしばらく臨時の売店を開いていたりする場所にもなっていたのだが、今月は、大阪から嵐鴈升《あらしがんしょう》が出て来ることになっていたので、そのために、こ

こも部屋に直すことになった。

つまり、大幹部の楽屋が今月は六つになるはずだったのであるが、先月の末に鴈升が京都からの帰りに、乗っていた自動車が衝突して負傷をしたために、上京は見合せになったのだ。

そこで、一度楽屋らしく畳を入れ、出入りの戸口の枠を作って、板張りの壁をほかの部屋と同じようにならべたこの鴈升のための部屋が、あいてしまった。もともと、雅楽にしても、同じ年配の幹部である浅尾当次《あさおとうじ》と合部屋の身の上なので、頭取が「どうぞ使ってください」と申し入れて来たりもしたのだったが、役者気質《かたぎ》というのは妙なもので、何となくケチのついた感じのする部屋には入りたくない。雅楽は、笑って断った。当次も、

「将棋仲間がほかへ行くのはさびしいからね」と言って、やはり断ったので、あいた部屋は、昼の部の中幕の「七騎落《しちきおち》」に着けて出る、鎧や太刀をしまっておく仮の倉庫に現在なっている。贅沢な小道具部屋だった。

雅楽が二階へ上った時、男がいたのは、その鎧部屋の前であった。

「お早うございます」

盲縞の着物を着た、肩のガッシリした、三十四五の男で、色が白かった。彼は雅楽を見ると、右手をヒョイと腰に当て、頭をさげ、上目を使いながら、挨拶した。見おぼえ

のない顔だった。少し憔悴《しょうすい》して見えた。

「何だい？」

「へえ」と男は片側の壁に左手を当て、その左手をのばし、その左手の甲に右手の拳を軽くのせて叩きながら、「あのちょっと」と言った。そして、もじもじしながら、身をひるがえすようにして、「失礼いたしました」と言った。

男は去った。しばらくそのあとを見送っていた雅楽は、鎧部屋の戸口に物々しくとりつけた錠前をちょっと見てから、ひとつ先の自分の部屋へ入った。

早すぎた着到なので、弟子もまだ来ていなかった。鏡台の前にすわって、日課のように、剃刀《かみそり》を皮砥にあてて研いだ。まだ安全剃刀の普及しない頃だが、ドイツのゾリンゲンのいい剃刀を手に入れ、それを自分で皮にあてるのが、雅楽のたのしみであった。

剃刀を持っている時に、数日前に日暮里のほうであった通り魔事件の新聞記事を、雅楽は思い出していた。自然な連想だったといえる。

その時、隣の鎧の置いてある部屋から、何かかすかな音が聞えて来るのに、雅楽は気がついた。

蟹《かに》が畳の上を這っているような音だった。

殺人事件について考えた時に、神経が極度に敏感になって、そんな微妙な音が耳についたのだろう。

しかし、同時に、雅楽は水を浴びたように怖くなった。その音が、時計のセコンドを刻む音ではないかと思い、次の瞬間、その部屋に時計があるはずはないと考えついたからである。

下へ急いでおりて、頭取に話した。そこへ弟子の楽三《らくぞう》が来た。ほかにもその辺にいた者が加わって、五人ばかりで、頭取を先頭に二階へ上った。むろん、頭取は、錠前の鍵を、持っている。

「その鍵は、ゆうべは、どこに置いてあったのかね」と、歩きながら、ぬけ目なく、雅楽は訊いた。

「手提《てさ》げ袋に、ほかの鍵と一しょに入れて、家へ持って行きました」と言う。つまり、今廊下から見える錠前は、頭取自身を信用するならば、誰もあけた気づかいはないのである。

だから、その錠前を外して、戸をあけた時、中に思いもかけぬ死体が横たわっているのを見て、不安と疑惑で人々が真っ青になったのは無理もない。和服を着た中年の大男で、帯にまきつけた鎖をさぐってゆくと、懐中に、金の時計がはいっていた。そして、時計は、正確に時を刻んでおり、少なくともいま雅楽の左の腕にある時計よりもたしかな、十時五十二分を指し示していたのである。

楽屋に関係のない男であった。頭取も、むろん雅楽もその顔は知らなかった。彼は左の脇腹を、鋭利な刃物で刺されていたのである。

下座《げざ》で着到の鳴り物を入れている時に、警察から係官が到着し、大きな死体を検案した。その時、死んだ男の足が七領並べて置いてある一番端の鎧に触れ、その鎧が右に傾いた。隣の鎧がはずみで倒れ、七つの鎧が将棋倒しになったのが、いかにも不気味であった。七つの鎧の草摺《くさずり》が、起した後も、しばらくぶらぶら揺れていた。

雅楽は序幕に出演する身体なので、現場にいつまでもいるわけにはゆかなかったが、一応、頭取と二人で、もう一度不吉な部屋の内部を見てだけはおいた。

白い壁の中央から少し右寄りにガラス戸がはまった窓がある。活動写真館の時代には、この辺は床がたたきになったいわゆる運動場で、休憩時間に、暗い場内から出て来た見物がラムネを飲んだり甘納豆を食べたりしながら、ぼんやり戸外を眺める窓のひとつで、頭を屈めてのぞくと、善福寺の大銀杏《おおいちょう》の梢が、家々の屋根の向うに見えた。

ガラス戸の金具はキッチリ閉っていた。頭取が錠前に手をふれなかったとすれば、合鍵のないエール錠だから、昨日、「七騎落」のあとで岩波の職人がここへ鎧と太刀を運びこんだあと、錠前を頭取がかけて以後は、この部屋は密室のはずであった。

雅楽は、ていねいに畳の上を見たが、人がひとり殺されたというのに、意外に流血は少ないようだった。もっとも、それは刃物の突き工合で、そうなることもあったのだろうと思った。

「錠をかける時、あなたは、部屋の中を一遍たしかめたのかね」と雅楽が訊ねた。

「いいえ、まさかこんなことがあるとは思わないので、この部屋の中だけは見なかったんです」

「何時に錠をかけましたね」

「はねて(閉演して)からです。ずっと場内を見まわって、楽屋の火気をたしかめて歩いて、その時にかけました」

「ゆうべの九時半頃からあとだな」

「へえ」

「すると、その時に、中に死体があったのだろうか」

「まさか。だって私はずっと頭取部屋を動かないんですから、大きな人が前を通ったらわかります。それにほかに、それを刺すような怪しげな人はいなかったはずだ」

「しかし、それはわからないぜ。誰かが頭取の目をぬすんで、二階へ上るということもできないことはない。じゃア、頭取に訊くがね、さっき私が時計を見にちょっと戻って、それから二階へ行った。そのあとにだね……」

「誰も上った人はおりませんよ」

「上った人はない、しかし、二階からおりた人がいやしないか」

「え?」

「私は二階で会ったんだよ。盲縞を着た三十四五の男だった」

「高松屋さん、冗談を言っちゃいけません。この梯子を上りおりした人は、あなたのほかにありゃしない」

雅楽は、それで、頭取の注意力が、あまり信用できないことだけはわかった。階段がひとつしかない楽屋の二階で会った男が下へおりたのを見ていないと断定したのは、一時間ほど前の事だけに、これは頭取の黒星である。

もっともこういう問答のあとで、念のために、雅楽は、二階の廊下を端まで行き、窓の外も見た。あらゆる窓は内部から厳重に施錠されていた。

さし当って、可能性はひとつしかなかった。閉演時間以前に、ひとりの男が錠前のかかっていない鎧部屋へはいっていて、そこへ外部から誰かが入って刺したという、それ以外、考えられなかった。

しかし、閉演以前の時間といえば、仮に九時頃なら、「御所《ごしょ》の五郎蔵《ごろぞう》」の甲屋《かぶとや》奥座敷の幕がやがて切れ、舞台がまわって格子先《こうしさき》の短い幕になる。その間に、皐月《さつき》や逢州《おうしゅう》や土右衛門《どえもん》の門弟に出ていた俳優が、この二階かもうひとつ上の三階の大部屋に帰って来ているのだから、廊下を自由に歩ける条件では、まずないのだった。

雅楽が昼から夜にかけて四つの役を演じている間、死体の発見された現場で鳥居坂署から出張した係官がくわしい検証を行ったのはいうまでもない。もちろん、事件は夕刊にはのるであろう。しかし、芝居を見に来ている観客に、何かあったのだということは、気《け》ぶりにも知らせたくなかった。それが、こういう場合の劇場のとるべき態度なのだった。

やがて死体は病院に運ばれ、解剖も行われたのであるが、身許を知る手がかりは全くなかった。とまらずに動いていた金時計以外、ハンケチも紙入れも何もなかったのだ。担架を楽屋口から出す時に立会った頭取が、あとで雅楽に言った。

「大変に重い死体なんですって。二十貫以上もあるそうです」

「年配は、いくつぐらいだね」

「五十から五十五ぐらいの見当だろうと言ってました。何で刺されたのか、わかりませんが、ひと刺しで死んだのだろうという話です」

「ふしぎだね、あんな所で死んでいたなんて」雅楽は何度も自問自答した疑問を、もう一度口にした。「死亡時刻がきまれば、また話は変るかも知れないがね」

「わかるんですか、そんなことが」

「そりゃわかるさ。江戸のむかしだって、大体の見当はついたものなんだよ、今は第一、法医学というものがある」

五日の閉演後、警察側の要望で、前日閉演の頃に松栄座の中にいた者全部を集め、参考になりそうな事実の聞きとりが行われた。客席の椅子を利用して、深更、奇妙な会合が開かれたのである。

雅楽は死体発見のキッカケを作った立場上、頭取のそばにいて、皆の様子を見ていた。俳優でいえば、座長格の藤川与七《ふじかわよしち》から大部屋の女形《おんながた》まで、一応夜の部に出ているものは、全部そこにいた。ほかに大道具、小道具、衣裳方、床山、狂言部屋、下座の黒みすの中にいる囃子《はやし》連中の顔も揃った。一人の欠勤者を除いて、表（事務所）の者も揃っていた。

頭取が舞台を背にして椅子にかけ、そのほうを向いて、てんでんに客席に一座の者がすわっていた。

この会合は、しかしあまり役には立たなかった。閉演前に、楽屋の廊下に、二十貫をこえる大男がいたのを目撃した者はひとりもいなかった。鎧の置いてある部屋に、死体の男が、人目をしのんで侵入し、「七騎落」のあとから、夜おそく頭取が鍵をかけるまでのあいだにそっと隠れていて、そこへ誰かが行って刺したということは、不可能ではないが、まず常識では考えられなかった。

劇場の正面の木戸は九時半の閉演後、観客が出きるのを待って、九時四十五分頃にしめたという。これは事務所の女案内人が説明した。表の連中も、自分の分担する場所を一応見まわり、火気や忘れ物があるかないかを確かめ、楽屋口から帰ったのである。

劇場には、舞台の上手《かみて》（右手）の張物をならべて立てておく「馬立《うまたて》」のすぐ脇に、内部にもトタンを張った防火扉が開くようになっていて、それが万一の場合の非常口になるのだが、四日の夜、そこは昼間から固く閉ざされて、鍵が内側からかかっていた。ほんとうは開演中は、その鍵をはずしておかなければいけないのだが、うっかりしていたと、頭取がこの話の出た時に陳謝した。

その戸を閉めておいたのは、理由がある。前の日、つまり三日の日、蒸し暑いので、大道具の連中があけ放して、幕間《まくあい》に涼をとった。ところが、隣接地で工事を急いでいる家具屋の建築現場から、かんな屑や木片が舞台の裏に風で飛びこんで、あと始末に閉口したのだった。ここに集まっている者の耳には、電気を明るくつけて、夜なべをしているその工事場の物音が今も聞えていた。

雅楽は、客席の最前列の、頭取の近くに腰をおろして、時々手をあげて発言を求める者をふり返りながら、結局は何の収穫もなかったデータの採集経過に、耳をすませていたが、そういう時に、ふと気がつくと、椅子にすわっている人たちの中で、俳優はみんな楽に、人によっては居ぎたなくすわっているのがわかった。舞台できちんとすわることを強制されている人たちは、役から解放されると、急に気がゆるむのだろう。雅楽はそう思って、そっと微笑した。

雅楽の真うしろには、盲縞を着た職人風の一団がいる。衣裳方や大道具の連中だが、その中でも、目立って姿勢のいいのが二人ほどいた。俳優たちとは好対照である。これはツケ打ちなのであった。二人のうち、白いもののまじった髪を角刈りにしているのは、「太功記十段目」のツケを打ってくれる兼さんである。

ツケ打ちというのは、舞台の動きや見得《みえ》に合せて、板の上に木を打ちつけるいわば伴奏の仕事をする職分だが、ツケを打たない時は、正座して膝に手を置いて待っている。

ツケ打ちは大道具から出るものなのだが、荒っぽい重労働と、繊細な神経を必要とするツケの仕事とが同じグループに所属する者の性格になっているのは、おもしろい。

雅楽は今朝楽屋で会った男が、盲縞を着ていたのを思い出した。あの男も、挨拶は慇《いん》懃《ぎん》だった。

翌六日の朝刊には「被害者の身許はまだわからない」と出ていた。雅楽は、前の日よりも更に三十分も早く、松栄座に行った。

そして目をまるくしている頭取から鍵を借りて、鎧部屋の中をもう一度見、階下へおりて、頭取部屋のすぐ横にある出入り口から、まだ序幕の飾りつけのできていない舞台を、何となく歩いていた。何か手がかりがありそうだという気がしたのである。

緞帳《どんちょう》はおろしてないから、客席もすっかり見渡せる。舞台端《ぶたいばな》を歩いて、上手の非常口の辺までゆくと、張物が置いてある一廓に、大道具の人たちや手のすいているツケ打ちが待合せる場所があり、よりかかる背板のない椅子が一脚、ポツンと置いてあった。

間もなく、大道具がこの舞台に、「太功記十段目」の、尼ケ崎光秀《あまさきみつひで》閑居をこしらえると、この椅子も、キッカケを待つために、かげで待機している人のすわるものだという ことがハッキリするのだが、舞台の上に何もない状態の時に見ると、椅子そのものが、実に奇妙な感じを与えるのである。

ちょうど、それは、無断で闖入《ちんにゅう》して来たもののようにも見えた。あり得べからざる所にあるものといってもいい。そういえば、あの死体こそ、全くあり得べからざる所にあった、無言の闖入者にちがいなかった。

その椅子の下のところに、妙なしみが、かなり広範囲に、床板を汚していた。油がこぼれたようでもある。舞台の上で演じられる殺し場で血糊を使うと、よくこんなしみがつく。今月の夜の部の二番目の大詰は、「御所の五郎蔵」の逢州殺しだが、この芝居には、血糊は使わない。

雅楽は、床の上のしみを見て、すぐそんなことを考えたが、同時に気がついて、ぞっとした。これは人の血ではないかということである。

雅楽は、しかし、すぐそんな想像をみずから否定した。こんな所に人の血が流れるはずはないと思ったからだ。どうも、すっかり神経が過敏になっているようだ。

ただし、雅楽は床の上をなお注意深く見た。すると、踏みしだかれてもはや原形はとどめなかったが、煙草の吸い殻の砕片らしいものが、そのしみの上に散っているのを発見した。それから、たった三粒であるが、黒いビーズの玉が、その付近に散らばっていた。

芝居の方では、夜の部が閉演して、大詰の舞台面を飾っていた装置をとり片づけたあと、一応、その辺を掃き清めて帰るのが普通だが、そういう時に、清掃する場所は、いわゆる大臣柱と見付《みつけ》柱のあいだ、廻り舞台の盆の上に限られている。無精をするわけではないが、広い舞台の隅々まで、きれいにしてゆくことは、ついしないものだ。きのうも一昨日も、この椅子の近辺は、拭いたり掃いたりしなかったのであろう。

雅楽は、何となく、すてがたい気持がしたので、ビーズを拾って、その三粒を更に紙に包んで、紙入れの段口《だんぐち》にしまった。

そんなことをしている所へ、大道具の人たちが来て、ちょっと不思議そうな顔で、雅楽を見て、「お早うございます」と声をかけ、無言で、馬立から張物を運び出しはじめた。

雅楽は、これから飾りつけられる尼ケ崎の光秀の隠居所に、旅僧にやつして入りこむ真柴《ましば》久吉の扮装をしなければならない。心は急いていたが、しばらく、大道具の仕事を椅子にかけて見ていた。

入歯と称する階段で正面から昇り降りする高足《たかあし》の二重屋台に、手際よく、柱と長押《なげし》に囲われた壁がはめこまれ、障子や、のれんがつけられてゆくうちに、見る見る田舎家が出来上ってゆく。寄せ木細工を見るような、見事な仕上りである。枠をいくつか縦横に寄せて、しるしのついている所へガッチリと嵌めこむと、忽ち建物の形がととのうわけである。ふだん見ていそうで、こういう作業をあまり見る機会のない雅楽は、めずらしいものを見るような顔をして、次には邪魔にならない幕だまりの所に立ちながら、序幕の装置の出来上る経過を、ゆっくり見た。見て決して損はなかった。

それから楽屋へ上ろうとすると、頭取が声をかけた。

「今日もお早いんですねえ」

「どうしたろうね。身許は今日あたりわかるかしら」

「もう何か連絡がありそうなものですがね」

頭取部屋の上りがまちに腰をかけている青年が二人の会話を、二人の顔を交互に見ながら聞いていた。新聞記者ではないかと思った。

やはりそれは警察詰めの記者だったらしい。まもなく頭取がその青年からの情報を伝えに来た。

警察では、死体をしらべた結果、刃物で突かれて即死したものであり、その時刻は五月四日の夜九時から十一時の間と推定されたというのである。

化粧をし終って、頭に羽二重《はぶたえ》をつけ、鏡に向って自分の顔をじっと眺めながら、雅楽は、頭の中にいくつかの疑問を、箇条書にしてみた。

第一に、錠がおりていた密室の中に、あの大兵肥満《たいひよう》の男の死体があったのは、なぜだろう。鍵をかける前から、それがあったのか。鍵のかかっている戸を、別の鍵であけることはエール錠だから、まず不可能である。しかし、鍵をかける九時半より前に、果してあの場所で人を刺すことができたか。あの男が、あそこへ入りこむことができたか。

第二に、死体の周囲に、ほとんど狼藉《ろうぜき》の見られないことである。つまり抵抗したような争いの痕《あと》もなければ、あたりに血も散っていない。これはなぜか。死体を他所から運びこむことができたとすれば、現場のそういう状況も納得がゆくが、あの大男を、まだ劇場に人のいる間に持ちこむことはできないし、閉演後とすれば、戸に鍵がかかっているのである。

第三に、大男はどこから、この劇場に入ったのか。死体として持ちこまれたとは考えにくいから、生きて、歩いて入ったにちがいないが、いつ、どういう風に入ったのか。

第四に、金時計を持っていた大男は、一体何者か。足袋を穿いていたが、草履《ぞうり》はなかった。ふところには何も入っていなかった。時計だけが動いていた。あの男は何者なのか。

第五に、舞台の上手の床のしみは何か。血糊に似ていたが、やはり人の血ではなかったろうか。あの場所で、大男が刺されたという風には考えられないか。

第六に、床に落ちていた黒いビーズは、何だろう。まず考えられるのは、この頃流行しているビーズ編みの財布だが、男の持ち物とは思えない。女の持ち物とすれば、あの場所に、女がいたのか。劇場の裏の、あのような所に女がゆくことは、まず考えられないが、この疑問は、どうして解決されるか。

第七に、同じ場所に、煙草の吸い殻のようなものがあったのはなぜか。震災以来、火の元については大変やかましく、特に危険な可燃物の多い張物の置き場の辺で、煙草を吸う不謹慎な者はいないはずである。だから、あれは、劇場に関係のない者が、来て吸った煙草のように思えるが、どうだろう。

こんな風に、鏡の中の久吉の顔をにらみつけながら考えていると、

「旦那、二丁ですよ」

と、弟子の楽三が声をかけた。旅僧の姿の雅楽は、われに返って、

「かつら」

と言った。これから舞台へ出てゆくのが、今日に限って、ひどく大儀だった。

皐月と操《みさお》と初菊《はつぎく》が、若武者十次郎《じゅうじろう》の出陣したあと、手をとり合って泣いている所へ、風呂が焚けたと告げに出て、先に入ってくれといわれ、「湯の辞儀は水とやら」のセリフを言って上手へ引っこむと、雅楽はすぐ楽屋にかえり、段切れにもう一度出る御大将

の姿に、扮装を変えた。

自分を狙って竹槍を障子ごしにつき通す光秀の裏をかいて、ひそかに難を免れ、配下の四天王をつれて「ヤアヤア」と呼び留めに出る久吉は、智勇ともにすぐれた武将である。烏帽子《えぼし》をつけ、金で五三の桐を縫いとった袴と陣羽織を着た雅楽は、弟子の怪訝《けげん》な顔を横目に、出のキッカケより十分も早く、舞台裏に行って、待とうとした。

実は、今朝見たあの場所を、もう一度見たかったからだ。久吉の扮装のまま、そっと歩いて上手のほうへまわって行き、床板の上を屈んで、すかして見たりした。そして、まだここにある吸い殻の残片が、ひとつの想像を雅楽に与えるまで、その辺を静かに、行ったり来たりしていた。

雅楽が、久吉の二度目の登場の前に思い当ったのは、ここに踏まれてもはや跡形もない吸い殻が、かなり短く、根もとまで吸われたものだということである。それは、煙草を吸っていた者が、かなり待たされたという想像を促す。

普段からおいてある椅子に多分腰かけて、人を待っていた男がいる。男が待っていたのは、女ではなかったろうか。そして、女ならば、そこに黒いビーズが落ちていても、ふしぎはない。

ただし、持ち物のビーズが三粒こぼれたというのは、持ち物が破損するような、平静でない状態があったということだ。つまり、揉み合うとか押し合うとか、とにかくはげしい人間の動きがあって、例えばビーズで編んだ財布の端の、糸が切れて、玉が散ったというわけである。

そして、そんなことがあったとしても、それは、舞台で芝居をしている時には、行われる機会も可能性も絶対にないと考えていいのである。

劇場で死体が発見されたというケースは、警察の捜査には、都合がわるい。興行を強制的に休ませることができないとすれば、事件の現場の保存は困難だからであった。

今度の松栄座の場合は、楽屋の一隅の鎧部屋が現場だったから、そのままの状態を保つことはできたが、二年前に浅草の公園劇場で、正面のモギリの傍で、遊び人の死体が発見された事件の時は、観客が出入りする場所だったために、その直後に、参考になりそうな足跡がすっかり消されてしまったりした苦い経験があるのだ。

六日の日は、刑事が何回も、頭取部屋に来た。雅楽がその時に、身体があいていれば、あるいは、舞台の上手の床板のしみについて、耳打ちしたかも知れない。そうなったら、科学者が実験材料を持ちこんで、そのしみが血痕であるという事実を立証したかも知れないのであった。

だが雅楽と刑事は、顔を合せなかったし、じつは雅楽ひとりで、この事件にひそむ謎の真相を解こうとしていたのである。

「太功記十段目」の久吉のあと、「七騎落」の間は身体のあいている雅楽が、一階の浴室から浴衣を着たまま出て来て、頭取部屋に寄った。

「一昨日のことだがね、楽屋にいた者が、ひとり残らずいなくなった時間は、いつ頃だろうね」

「そうですね、それはさっきも刑事さんがいろいろ聞いて行ったんですが、いつものように私は、かなり遅くまでいました。十時十五分ぐらいですかね、帰ったのは」

「楽屋に寝泊りしている者はいないね」

「おりません、しかし万一の時のために、夜中に何かあったら知らせてもらうように、隣の日の出食堂にたのんであります。それから、楽屋口の合鍵をひとつ食堂に預けてあります」

「頭取が一昨日は鍵をかけたわけじゃないんだね」

「へえ、私より遅くまでいた人がいます」

「誰だい」

「表の事務所の工藤さんです。工藤さんとは、しばらくここで話をして別れました。工藤さんも合鍵を持っているんです。どうぞお先にと言われたんで、あとを頼みますと言って、私は出たんです」

「あとを頼むというと、どういうことが、ほかに残っているのかね」

「私が毎日していることをいえば、表と裏の人がみんな帰ってしまったあと、工藤さんに表のほうの内側からの戸や窓のかけ金が間違いなくかかっているかを確かめたあと、楽屋をまわって火の気のないのを見とどけ、あの鎧部屋と階下のかつらと衣裳の部屋の鍵をかけ、下座の脇と作者部屋と揚幕《あげまく》とこの頭取部屋に、夏でも少し炭火を埋けておいてある火鉢の残り火のあるなしを調べ、火の気があったら火消し壺に入れ、最後にスイッチで電源を切って懐中電灯を持って楽屋口を出るわけです。私が帰ろうとする時にほかに人がいたとしても、工藤さんか、事務所の者で工藤さんから鍵をあずかっている人以外は、先に行かせて、私がなるたけ最後に出るようにしています」

工藤という支配人が呼ばれて来た。

「私は、頭取が行ったあと、五分ぐらいして帰りました。実は昼間買った物があって、それを包み直すために残ったんです」

「電源を切って、外からあなたが鍵をかけたんですね」

「はい」

「そうすると、工藤さんが帰ったあとは、この小屋全体が、密室でもあったわけだ」

雅楽は、ここで、また新しい疑問に逢着《ほうちゃく》した。

工藤が帰ったのが四日の十時二十分だとする。その時に、まだ劇場の中に、大男とほかの誰かが残っていて、大男が刺されたとしても、あの鎧部屋に死体を入れるのが第一不可能だし、殺した者が、そうすれば、松栄座の中に隠れていて、翌日、楽屋口の鍵があいて外へ出られるような状態になるまで待ったとしか考えられない。

だが、人を殺して、その現場の近くに、夜を明かすことが、普通はいかにも心理的にむずかしいと見なければならぬ。当然、表のほうの窓をあけて外へ逃れるはずだ。

ところが、その窓の戸じまりに故障がなかったとすれば、殺した者は、十時二十分に、楽屋口が外から閉鎖される前に、楽屋口から出たと見なければならぬ。

頭取が、昼の部の二番目の「堀川《ほりかわ》」の与次郎《よじろう》の顔をこしらえている雅楽の所へ来て言った。

「高松屋さん、これはもう、とても魔法を使ったとしか思えない話ですね」

「いや、そうじゃない。魔法なんてことはない。きっと、私が謎は解いて見るつもりだ。今し方気がついたことがあるんだが、九時半から十時という間で、裏で働いている人の中で一番忙しいのは誰だね」

「そりゃ、大道具ですよ。大詰の幕の道具をすっかり片づけなければならない」

「ここの舞台は下手《しもて》とうしろ側がせまくて、張物を立てる場所は、上手にしかないね。上手のふところに、ギッシリ張物が立っているわけだね」

「へえ」

「『御所の五郎蔵』の甲屋の奥座敷がまわって、格子先の逢州の殺しになる。あの殺し場のあいている時、裏のほうでは、もう奥座敷をバラしはじめるんだろうね」

「ところが、この小屋では、歌舞伎座などとちがって、そういう芸当ができないんです。舞台があいているあいだに、裏で道具をバラすのには、まわりに余程動く場所がないと、うまく行かないんでね。ですから、奥座敷が切れて、次の格子先がすむまで、上手で大道具は待っていて、すっかり芝居が終ってから、裏表両側の道具を一時に片づけるんです」

「格子先のほうは、アッサリしているが、奥座敷のほうは、手のこんだ大道具だ。どういう順序で片づけるのかね」

「幕になりますと、もう一度、舞台をまわして、客席のほうに奥座敷の道具を持ってゆきます。そして、それをすっかりバラしてから、もう一度盆をまわして、格子先の張物をしまうことになります」

雅楽は、じっと腕を組んで考えていた。

なるほど、盆の三分の二ほどを占領している奥座敷の大道具を片づけるのには、一旦舞台をまわして、手勝手のいいようにして、それを解体した上で、もう一度舞台をまわし、一枚の張物を、四つに分割して「馬立」に運ぶわけなのだ。

与次郎の猿まわしの扮装を完成した雅楽は、風呂敷包みと、小道具の猿を背負って部屋の戸口を出ようとしながら、

「この小屋の廻り舞台は、電気で動くんじゃなかったね」

と言った。

「ええ、手押しです。何しろ急に切った盆なので、配電工事が間に合わず、電気ではうまくゆきません」

「頭取が、はねてから、帰り支度をしている時に、大詰の道具を片づけるために、盆が何回もまわるわけだね」

「へえ」

「毎日廻るんだね」

「へえ」

雅楽は大きくうなずいて、頭取部屋の脇から、奈落へおりて行った。与次郎は、揚幕から花道へ出る役である。そのために、奈落を通らなければならない。

雅楽は立ちどまって、廻り舞台の盆を動かす手押しの力木《ちからぎ》を、しばらく、じっと見ていた。

夜の部の中幕で、当時の出し物の「俊寛《しゅんかん》」の瀬尾《せのお》をつきあい、「御所の五郎蔵」の五条坂出会いの場の甲屋与五郎《よごろう》にも出る雅楽は、この日、朝から四回変る役柄を、順々に演じてゆくあいだに、考えが筋道を組み立ててゆくのを、ひとりで楽しんでいた。

五郎蔵と子分、土右衛門と門弟が、花の廓《くるわ》の吉原で大喧嘩をはじめようという中へ、とめに入った与五郎の役をしまい、部屋に帰った時、雅楽は、はじめて夕刊を開いた。すると、一昨日から失踪している金融業者で麻布三河台町在住の財部太平《たからべたへい》（五十三）が松栄座で発見された身許不明の被害者だと判明したという記事が出ていた。

頭取を部屋に呼んだ雅楽は、もどかしそうに、話すのだった。

「被害者が金貸ということになれば、今度の五郎蔵の芝居じゃないが、返金に困った者が怨んで刺したと、まず考えられる。しかし、それだけじゃない。これには女がからんでいると見る。そしてその女の身寄りが、荷担している。男を刺したのが女で、その身寄りの男が、あと始末をしたのだろう。私はこう考えるんだ。

そして殺した場所は、鎧の部屋、私の隣の部屋じゃなくて、舞台の上手の非常口の所だ。あのいつも椅子の置いてある場所の床の上にしみがついているのを私は今朝見たのだ。それは、流れた血を拭きとっても全部は拭ききれなかったしみだと思う」

「では、そこで殺して、死体を二階の楽屋へ運んだんですか。しかし、鍵がその時、まだかけてなかったのですか」

「かかっていた。しかし、死体を中へ入れることができたのだ。そんなことができるのは、限られた人でしかない。私は、大体見当がついている」

「へえ」頭取は、何だか浮かない顔をしながら、雅楽をじっと見つめて、黙ってしまった。

与五郎の顔をまだ落さず、衣裳だけ脱いで部屋着になっていた雅楽は、頭取の目を見返しながら、話し続けた。

「死んでいたのが大男で、二十貫の余《よ》もあるということから、そんな死体を持って歩くはずはあるまいという感じが、私にも初めからあった。その前に、鍵のかかった部屋の中に死体があった以上、あの鎧の置いてある所で刺されたと思うのが、まず常識だ。しかし、あの畳の上には、ほとんど血が流れていない。一方、舞台の上手に妙なしみがあって、血糊のように見える。ということは、それがほんとうの血かも知れないのだ。

私は今朝、それが血じゃないかと思ったが、すぐ打消した。というのは、さっきも言ったように、死体はひとりで動かせないほど大きいということが頭にあったからだ。

私は、舞台の上手で黒いビーズの玉を拾って、その好みから三十代の女を考えた。女が殺すということはちょっと不自然だが、ビーズで女の存在を考えるのは自然で、女ひとりであの死体を運ぶのはとても無理だが、もし誰かが手伝ったら、それも必ずしも不可能じゃない。

そこで、女があの場所へ上るという場合を考えると、舞台の裏で働いている誰かと親しい間柄と思わなければならない。次に、その女のひとは、楽屋口の閉る前に、小屋で働いている誰かと親しい間柄と思わなければならない。次に、その女のひとは、楽屋口の閉る前に、小屋から出て行っているはずで、それを見とがめる者がなかったとしたら、この小屋で働いている女という風にも思える。三十から四十ぐらいの間の年頃で、この小屋に勤めているひとといえば、誰だろうね」

頭取は、青い顔をして、考えていた。

「表にはいますね。その年頃の女なら」

「工藤君を呼んでくれ給え」

「はい」

すぐ支配人の工藤が来た。

「表で、きのうから休んでいるひとはいないかね」

「会計をしている中田というのが、休んでいます」

「女のひとだね」

「ええ、病気とも何とも言って来ないんですが、連絡がないので困ります。一昨日の夜は、元気に別れたんですが」

「いつどこで別れた？」

「私が帰るすぐ前に出て行きました。頭取が帰ったあとです」

「中田というそのひとは、どこから出て来たね、その時」

「ええ、それがですね」と工藤がしばらく考えてから答えた。「二階からおりて来ましたよ。おかしいな。あの中田が、どうして二階から来たんだろう」

「盲点だよ。しじゅう会っている人については、楽屋の人は鈍感になっているもんだ。

一昨日はあんまり大きな事件が起ったので、かえって工藤さんも、その中田という女が、二階からおりて来たのを忘れていた。工藤さん、中田と親しい人で、この大道具に働いている男がいるでしょう」

「います。郷《ごう》といって中田の姉さんのつれ合いです」

「じゃア、それが昨日の朝、私の見た男だ。挨拶する様子、私にものを訊かれた時の様子が、すべて大道具の人の動き方だった。身体が頑丈で日にやけていないのも大道具の人らしい。頭取さんが、下へおりて来た人はいなかったといった少し前に、実はその中田の兄貴が、私と二言ばかりしゃべって、その梯子をおりて行ったのだよ」

「気がつかなかったんですがね」

「裏方は、いつでも、その辺に動いている人だから、外から来た人と違って、これもやはり盲点になっていて、見ても忘れてしまうんだね。もっとも、頭取が、その男が二階へ上るのを見なかったと言ったら、これは信用する。一昨日の晩、その郷という人は、かわいそうに、この楽屋のどこかにいて、夜の明けるのを待っていたのだよ」

「じゃア気がつかないわけだ」ホッとしたように、頭取が言った。

「もうひとついえば、頭取は、いつもよりも一回多く、この小屋の舞台の盆がまわった音にも気がつかなかったんだね」

「そんなことがあるんですか」

「私は、男が刺されたのは、九時五十分頃だと思う。その前に、あの男は、多分、芝居を見に来た見物の一人だ。正面から入ったとしか考えられないからだ。その札を、男が買ったか、中田という女がとってやったかは知らないが」

「中田がとってやったんです。知っている人にサガリ（招待券）を一枚お願いしたいといわれて、私が伝票に判を押しました」と工藤が言った。

「はねてから、中田とその男は、話す約束があった。だが中田は会計の残務があるので、その辺で待ってくれ、あとで会いましょうと言った。男はお客が出て行った後も、客席の隅にいて、待っていたが、そのうちに、幕をあげて、大道具をバラしはじめたので、それを眺めながら煙草を吸っていた。

大道具の人が引きあげたあと、暗い客席よりも、明るい用心灯のついている舞台上手に上って待とうと思い、手頃な椅子があったので、そこへ行ってすわって、もう一本煙草を吸った。中田が、男を探し当てて、そこまで行き、口争いが嵩《こう》じて、つい刺してしまった。こんなことではないかと思う」

「そこへ、郷が偶然来た」頭取が口をはさんだ。

「偶然じゃないね。中田と金貸のあうことを知っていたんだと思う。しかし、まさか、金貸が殺されているとは思わなかった」

「死体を二人で運んだんですね」

「見通しのいい舞台の上を、引きずってゆくのは、客席の所に人がはいって来たら、すぐわかる。何か着せたにちがいない」

「中田が、事務服を着てます」

「じゃアそれを脱いで着せたんだ。しかし、二人で引きずっては行けなかった。重くもあるし、遠くから見られたって、おかしい」

「どうしたのでしょう」頭取と工藤が異口同音に訊ねた。

「頭取部屋から二階までは、二人で、死体をあげた。頭取が揚幕や衣裳部屋など方々を見まわっている間をうまく縫って、二階まではあげた。しかし、頭取部屋のすぐそばまでは、引きずって来なくてもよかった。もっと自然な方法がある」

「何でしょう」

「舞台の盆をまわしたのだ。まわっている時に、それを見る者がいても、時間からいって、劇場の中の人に限られているし、小屋の者は、舞台がまわることに、やはり鈍感になっている。二人は、二十貫の死体を、上手から下手まで、引きずる必要がなかった」

「ちっとも気がつかなかった」

と頭取が言った。

「廻り舞台を動かせるのは、大道具で働いている者に限る。そして、死体を鎧部屋へ入れることも、大道具の者にしかできない」

「私にはどうもわかりませんね」

と工藤が言った。

「あの部屋の鍵は、頭取が九時半にかけてから、一度もあきはしなかった。錠前のついた戸口と、その両側の板壁とを囲む枠ごと、とりはずすことができるのだ。私は、瀬尾をすませて楽屋へ帰って来る時に、はじめて、そのことに気がついた。今朝、『十段目』の屋台を作っている時に、私は見ていたのだが、大道具では、二つの部屋の間に、戸口のついた枠をはめこんでゆくという方法を使っている。私のこの部屋と、向うの与七さんの部屋が前からあって、その間に、新しく鴈升の部屋を作る時に、二つの部屋の壁がはじめから両側にあるのだから、表側は板壁に戸口だけ切りぬいた枠を、嵌めこんでもよかったんだと気がついたのだ。

行ってごらん。とめてある鎹《かすがい》は、金鎚で簡単に動き、板壁と戸口とを一しょにした、一枚の板のようなものが、案外やさしくとりはずせるのだ。舞台の上手で死んだ男は、廻り舞台の盆で下手へ運ばれ、二階へかつぎ上げられたあと、鎧部屋の中に、こうして、おさまったのだ。楽屋のような所では、密室もトンカチ一丁で、作れるわけだったのさ」

雅楽の推理は、ほとんど、その場で目撃した者のように確かであったことが、間もなく判明した。

財部太平を殺したのは、松栄座につとめている中田ミサという三十二歳の女であった。ミサが自首して出たあと、大道具の郷友夫も出頭して、はからずも事件にまきこまれ、義妹のために、犯跡をくらまそうとして苦心した顚末《てんまつ》を、くわしく陳述したが、大体において、雅楽の想像は、正鵠《せいこく》を得ていたようである。

ミサは松栄座の会計をしている。紹介者があって父親の重病の時に財部から金を借り、利息に追われていた。最近になって財部は、返金を催促しない代りに、理不尽な要求をミサにしたのである。

もちろん、ミサは応じなかったが、四日の午後、芝居を見たいと言って来た財部は、閉演後、会ってくれと誘った。ミサは義兄の郷にそのことを告げ、とりなして貰おうとした。

九時五十分頃、舞台の上手の椅子にかけて待っていた財部の所へミサが行って「兄に会ってくれ」と言うと、少し酔っているらしい男は、ふところから匕首《あいくち》を出して、脅迫した。ミサが大声を立てようとすると、「冗談だよ、五郎蔵の真似だよ」と言った。そして、その抜き身をミサに持たせて、身づくろいをしようとしたが、又してもふざけてミサに近寄ろうとした。ミサは男を避けるために、防禦の意味で抜き身を擬した。

その時足をすべらした男が、倒れて来て、匕首を左の脇腹に刺した。自分の体重で、男はその刃物を腹部深く突入れ、ウッとうめいて倒れた。

呆然としている所へ、郷が来た。二人は相談して、とにかく死体を運び出そうとしたが、非常口は閉っている。舞台の盆にのせ、郷が奈落へかけおりてまわして、頭取部屋の様子をうかがった。頭取部屋に人はいなかったが、楽屋口の戸の外に人がいた。そこへ、地下室から足音がする。二人は咄嗟《とつさ》に考えて、死体を二階まで引きあげた。

二階の楽屋の廊下で郷がふと気がついて、鎧部屋の外部の枠をはずすことを考えた。その枠を、大阪から来る鳫升の部屋を作るために嵌めたのが郷だったのである。

ミサをとにかく階下へおろし、外に出したが、郷はとうとう小屋にとじこめられた。死体を入れた鎧部屋を、もう一度外から枠で打ちつけ、与七の部屋で夜を明かした。松栄座から離れるのも不安だったのだという。

朝、二階の鎧部屋の前へ、引かれる者のように行ってぼんやり立っていたが、その時に雅楽に見とがめられたのだった。

情状が酌量されて、ミサは懲役三年ただし執行猶予になった。郷も死体隠匿で起訴されたが、罪にはならなかった。死んだ財部は、過去に多くの人を泣かした男だったという。

雅楽はこの話の最後につけ加えた。

「凶器と財部の持ち物と履き物、死体に一度着せた事務服なんかは、ミサが持って外へ出た。そして翌日は一日家にとじこもって、泣いていたそうだ。夜の楽屋で枠をはずす仕事ができたのは、郷という男が金鎚を持っていたからだが、その音が聞えても、まだ小屋に残っていた頭取や工藤君が不審を抱かなかったのは、隣で工事をしている家があったからだろう。

なぜかミサが時計だけ死体からはずすのを忘れ、そのために私が鎧部屋をあけるまわり合せになったのだが、あの時も私がかすかな音を耳にして、おやッと思ったから、死体を発見できたのだ。それ以外、頭取にしても工藤君にしても、馴れていることが盲点になって、不思議を不思議と思わなかったために、もっと早くわかっていいことがわからなかったといえるんだね。これは、私が探偵のように、謎を考えて解いた最初の事件だ」

この話を聞いてから「演芸世界」の大正十三年六月号を見ると、口絵に壮年の日の雅楽の与次郎の写真が出ていた。次の月の同じ雑誌には、六月の興行年表が出ているが、松栄座は同じ顔ぶれに負傷の癒えた鴈升が東上参加した座組だったらしい。その出し物は、はじめ「女殺油地獄《おんなごろしあぶらのじごく》」の予定だったが「都合でとりやめ」とある。

なるほど「油地獄」は松栄座としても出し物にはしにくかったのだろう。なぜなら、それは五月四日の夜の殺人の芝居だからである。この程度の推理なら、私にもできるのだ。

＊　初出以来「昨日」となっているが、誤記あるいは誤植と思われるため、本書では「一昨日」に置き換えた。

等々力座殺人事件

戸板さんの隔月連載第二回である。裏日本のK市の近くのRという町に、非常に古い建物の芝居小屋がある。今ではどこにも見られぬ特殊の古風な廻り舞台が残っていて、戦後、東京の新聞でも話題になった劇場だ。この劇場の持主の家で殺人事件が起り、迷宮入りになっていたのを、ちょうどその芝居小屋を見物に来た老優名探偵雅楽が解決してみせるのである。例によっていろいろな小道具が巧みに使われており、それらの小道具はみな、古色ゆかしいものばかりである。意外性も充分にあるが、それよりも何よりも、うまい料理を噛みしめるような味のある書き方に、読み出したらやめられない妙味がある。(R)

旅先で思いもかけない時に、友人にあうほどうれしいことはない。だが、今度は、そのために奇妙な事件にかかりあって、私は自分の勤めている新聞社の仕事を、半月も抛《ほう》擲《てき》する結果になってしまった。

一月の半ば、私はむかし百万石の城下町と呼ばれた裏日本最大の都会K市にゆく用事を持っていた。私の社の創業五十年記念として前年から各地方の都市で巡回展覧会を催していたのが、この市にまわって来たのである。私はKの町の風情が好きなので、進んでDというデパートでのその催しの宰領《さいりよう》を買って出た。Kを訪れたついでに、すぐ近くにあるY温泉にもゆきたいし、「勧進帳」の旧跡や斎藤実盛《さいとうさねもり》の古戦場など、歌舞伎にちなみのある名所も歩いてみたいという下心も、じつはあったのである。

ところで、その話をすると、高松屋《たかまつや》中村雅楽《なかむらがらく》が、自分もKへ行きたいといい出した。Kには初代歌右衛門《うたえもん》の墓がある。その掃墓《そうぼ》も兼ねて、しばらく私と遊ぼうといってくれたのだ。

老優は十二月の芝居に出たあと、春暖が来るまで舞台を休む気になっていた時であったが、私はそういう雅楽と四五日旅をするのもうれしく、打ち合わせて、東京を一しょに発った。

めずらしい大雪が降ったために、多少予定のスケジュールが狂いはしたが、Yへ直行した雅楽を待たせ、私はK市での社用をすませたあと、温泉場へ向い、久しぶりで「高松屋芸談」をきいた。一日おいてまた降った雪がいかにも北国らしい風花《かざはな》になり、宿のガラス戸から渓流を見おろす景色は、何ともいえない趣があった。

いよいよ帰京することになり、二人でK市へ車を飛ばした。私は展覧会の事務のしめくくりをする。その間、雅楽は名園の中にある旧藩主の隠居所を見物する。そうして頼んでおいた翌日の座席券を受けとりかたがた駅で落ち合ったのだが、地下室でお茶をのんでいると、外を江川《えがわ》刑事が通るではないか。私は思わず大声をあげて飛び出した。

きいてみると、刑事は能登《のと》の親戚に不幸があって、こっちへ来たという。Kで警察に寄ったところが、最近あった事件について詳報を知り、これはぜひ私たちに聞かせたい話だと思いながら、今夜東京へ帰るところだったといった。「ふしぎなまわり合わせですよ」と、彼はいうのだ。

三人がこうして、偶然にも、東京以外の土地で落ち合ったのだから、このままでは別

とを、とりこにするに充分な事件だったというわけである。

そのため三人は、すぐには発てなくなったのである。何しろ、聞いた事件が、雅楽と私

れにくい。私たちは、その話もききたてし、むりやりに引きとめることにした。しかし、

刑事が同日の午後警察へゆくと、旧友の橋本刑事部長が、「妙な事件があってね」と話し出した。それは、こんな話であった。

K市から東へ二十里ほど行った所に、日本海に面した漁港がある。仮にそれをRと呼んでおこう。

Rの町には、昔から立派な劇場がある。等々力座《とどろきざ》という小屋で、かつては初代歌右衛門が出演したという記録も残っているのだというから、由緒《ゆいしょ》は古い。建物も風雪数百年、かなり傷んではいるが頑丈にできていて、それにしばしば土地の豪族といってもいい網元《あみもと》が寄進しては改修を施して来たためか、徳川時代のままの姿を、今も保っている。

等々力座の建築が、演劇学者や建築学者の注視の的になったのは戦後のことであるが、何しろ、今はどこにもない特殊な舞台転換の仕掛が遺存しているだけでも、貴重な有形文化財なのである。小屋主は杉田兵蔵《すぎたひょうぞう》といい、これが同時に俳優でもあって、芸名を中村兵蔵という。代々同じ名を襲《つ》いで、今が六代目とのことだ。

現六代目兵蔵は、もう俳優をやめようかと何度も思ったが、全国で、その土地だけの

ローカルな歌舞伎の残っているのは、ここと、あと四国、中国あたりのほんのわずかな数になったのを思うと、廃業もできない。それで、ふだんは小屋を映画館として維持経営につとめてはいるが、年に何回かは、等々力座の昔ながらの歌舞伎を演じる。その他、時には一座を組んで、北陸の主要都市を打ってまわることもしばしばあるそうである。一座には立役《たちやく》、立女形《たておやま》、二枚目、敵役《かたきやく》、老け役、道化役《どうけ》、若女形、子役というふうな、歌舞伎の主な役柄を分担する俳優がそろっている。出し物も、古典劇として誰でもが知っている「忠臣蔵」「太功記十段目」「熊谷陣屋《くまがいじんや》」といったもののほかに、今はもう東京でもめったに上演されない「小栗判官《おぐりはんがん》」だの、「三荘太夫《さんしょだゆう》」の鶏娘《とりむすめ》だの、めずらしい演目を手持ちにしているというのだから、話をきけば私も、ぜひ等々力座の芝居が見たくなる。

芸の系統は、初代歌右衛門の流れを引いていて、だから「陣屋」の熊谷などは、東京にない型も見せるというのだが、今の兵蔵の子で、小学四年になる中村若蔵《わかぞう》が、最近K市の新聞で大きく扱われ、そのために等々力座の存在が、今更のように土地の人に認識を与えたのだった。

というのは、去年の十月、大阪から巡業に来た嵐雁八《あらしがんぱち》一座が「盛綱陣屋《もりつなじんや》」を上演している最中、小四郎《こしろう》に扮していた子役が急病になって、代りがない。「寺子屋」で手習をしている村の子なんかならいくらでも補充がつくが、小四郎は大役だから、とてもすぐ出てこの役を代演する少年はいそうもないというので、雁八は盛綱を他の狂言につきかえようとした。すると、等々力座の兵蔵がちょうどK市に来ていて、「家のせがれを使って下さいませんか」と申し出たのである。

そうして、短時間のけい古で、若蔵という少年が、見事に佐々木小四郎の役をつとめ、雁八から大へんほめられたという話があったのだ。等々力座の歴史を学芸部が何度扱っても、あまり反響はなかったのだが、この若蔵というピンチヒッターの見事な救援ぶりは、社会部の種にもなったためか、等々力座をすっかり有名にした。若蔵は、そのことが機縁で、この一月から、ラジオ日本海というローカル放送の子供の時間の番組で、少年探偵を演じているともいう。むろんこのほうは、リアルに演じる役なのだが、それはそれで、自然なセリフまわしが巧みで、地方の小さな町に育って今まで誰もが知らなかったこの子役の才能は、将来おそるべきものがあると噂されている。いわば雁八一座の子役の急病が、埋もれていた素材を世に出すきっかけとなったのであった。

ところで、その等々力座で、十二月の中旬に、兵蔵一座の俳優の一人である中村源蔵《げんぞう》が死んだ。変死であった。

その時の新聞記事を、「北風タイムス」から引用しておく。このスクラップは、江川刑事が、いろいろの資料と一しょに借りて来ていたものである。

敵役の変死

R町等々力座の怪事件

(十二月)十六日午後九時頃、R町古町一八番地等々力座に隣接する座長中村兵蔵こと杉田兵蔵氏自宅の座敷で、兵蔵弟源蔵さん(五四)が変死していた。首に白いテヌグイがまきつけてありコウ殺されたものと推定されている。同夜は兵蔵の誕生祝で、近親者が集り会食したが、源蔵は酔ってしばらく横になりたいといい、他の者は別室に移って話していた。その短い時間の出来事らしい。源蔵は中村兵蔵一座の俳優としては敵役が専門で、「石切梶原《いしきりかじわら》」の大庭《おおば》、「忠臣蔵」の師直《もろのお》などが得意だった。別に同町で文房具店を経営、人柄は温厚で、敵はなかったといわれている。署は直ちに捜査本部をおき、犯人をさがしている。

これが第一報で、十七日朝刊に出た。なお別に等々力座の小屋の写真と、源蔵の扮装写真(説明はついてないが、黒装束の武者修行姿といったもので、顔を白くぬっている。雅楽は「将門《まさかど》」の大宅《おおや》ノ太郎《たろう》ではないかといっていた)が出ていた。

この記事にもあるように、源蔵は十六日の夜、兄の兵蔵の五十六回の誕生日というので、招かれて来ていた。等々力座の隣に、地つづきの私宅がある。小屋が古く頑丈な建築なのと同じように兵蔵の家も、ずい分昔の建物らしい。鷹揚に間取りをとった広い家である。北国らしい炉のある客間は十二畳位で、そこで平生一家の者は食事をする。ただしその夜は、近年特に建て増して、そこだけ際立って新しく見える離れの別座敷へ兵蔵、源蔵、ほかに親類の二三人（一座に関係なし）、それから等々力座の支配人をしている徳田《とくだ》梅太郎《うめたろう》が、午後八時頃から席を移して、のみ直した。十二畳の方には、女や子供が残って談笑していた。

別座敷へ移ってから、源蔵がめずらしく酔って、徳田とちょっとした口論をしたといわれる。

それというのが、兵蔵は、数年前から少し考えが変って来ていて、この地方だけに残っている地狂言《じきょうげん》とでもいうべき自分たちの芸に、あまり執着を持たなくなっていた。むしろ等々力座を本拠とする中村一家六代の伝統に対して、より執着を傾けていたのは弟の源蔵のほうだった。

ところが、十月に大阪からK市に来た雁八一座の「盛綱陣屋」で、若蔵が小四郎に起用され、「さすがに地方の名門だけあって、申し分ない子役ぶりだった」と、遠来の名優からわが子を絶讃されて以来、兵蔵の考えが変った。やっぱり、自分たちの芸は大切に守ってゆかなければいけないという気持が、新たに湧いたのである。

その夜も十数名の大一座で会食している時に、若蔵にも「しっかりせにゃいかんぜ」と兵蔵は声をかけた。「少年探偵もいいが、正月には、ほんとうの芝居をここ（等々力座）でしょうじゃないか」ともいった。それで、ひとしきり、小正月《こしょうがつ》（一月十五日）を中心に、毎年開場するのを恒例とする等々力座の歌舞伎の出し物について、何がいいだろうという話がはずんだが、別の座敷へ行ってから、支配人の徳田が、「しかし親方、やはりこれからは映画じゃないと、もうかりません」といい出したのだ。

それで源蔵が怒って、「映画が悪いとはいわん。しかし私たちの芸は、亡《ほろ》ぼしてはいかんのじゃ」といい、徳田とかなり激しい口調でやりとりがあった。酔っての上とはいえ、誕生祝のあと味が悪くなっても不愉快なので、兵蔵が中に入ってなだめた。

間もなく源蔵は、「酔った酔った、ちょっと休ませて貰うワ」と、手枕をして横になり、それをいいしおに、兵蔵以下の者は十二畳の方へ帰って、かいまきを着た源蔵一人が、寝ていたのである。

しばらく経って、源蔵の妻美保子が、夫の様子を見に行った。何だったら、そろそろ引きあげようと思ったのである。じつは宵から曇っていた空が、初めしぐれていたと思ったら、いつの間にか雪に変っていたので、帰ったほうがいいと考えたのだ。

行ってみると、かいまきは部屋の隅の方に乱雑にはねのけられており、源蔵は首に真っ白の手ぬぐいを巻きつけ、右足を立て、左足を前に出した形で死んでいた。顔は静穏で、笑みを含んでいるようにさえ見えた。

美保子の声でかけつけた者の中の一人である徳田が、急いで前の障子をあけると、やや白くなっている庭の上に、足跡らしいものが、その後積った雪を通しても判別された。この座敷の前は、この兵蔵の家全体を通じて、そこだけ風流めかした前栽（庭）になっている。座敷に立って眺めると、向って右側が四つ目垣で区切られていて、正面にはその四つ目垣の外からずっとまわった板塀があり、かぎの手に曲って母家の戸袋の所に続いていた。庭そのものは十坪ぐらいだが、織部《おりべ》灯籠だの、つくばいだのも配置されているほか、春は連翹《れんぎょう》、秋は萩が目立った。兵蔵の設計した部屋だけあって、いかにも役者好み、いいかえれば、この別座敷だけは舞台装置のような印象を受けるのである。

刑事はK署から、その変死の座敷の見取図と現場の写真を持って来ており、それも刑事が借りて来ていた。

その写真は、庭先から撮《うつ》したもので、一層大道具の感じが強いのであるが、正面に床の間とちがい棚のある南向の畳で、床の方には禅宗の僧が書いたらしい「無」という大幅がかけてある。ちがい棚には、獅子の飾りのついた小さな置き時計、香炉らしいもの、下の方に、和書を入れるケンドン蓋の古びた文庫（本箱）が二つ並んでおいてあった。

この正面の、背景をなす部分を、写真でじっと眺めていると、どこかに不気味な感じがあるのだ。「無」という一字の幅の書体もしくは、その文字の意味が、空虚な気分をそそるのかも知れないが、それだけではなかった。何となく、変なのだ。それを変だと私が思ったわけは、事件から二ヵ月も過ぎて、雅楽が難問を解決した時に、実ははじめてわかったのである。

江川刑事としては、たまたま雅楽や私と出あい、K市で一泊することになったその日の午後、警察に旧友を訪ねて「妙な事件」をきいた時、これを雅楽の所へ持って行ったら、何とかなりはしないかという意識が働いたにちがいない。雅楽や私と出あったのは、だから奇跡のような気がしたと、のちに述懐した。

橋本刑事部長は、「残念ながら迷宮でね」といった。事件から約一ヵ月、犯人の見当は全然つかないのである。江川刑事は、資料をあずかったままで私たちの宿に来、さりげなく話しはじめたが、これは雅楽の好奇心をそそるに充分だった。しかも殺されたのが、流れはちがっても、同じ中村の姓を名のる歌舞伎俳優であり、凶行の現場は、劇場に隣接する座敷というのだ。

雅楽は兵蔵のことは名前しか知らなかったが、雁八と共演して評判になった若蔵については、演劇雑誌の記事を読んで、知っていた。

刑事の話術のうまさもあって、その夜K市の宿の酒の味はひとしおうまく、夜更けまで私たちは、この事件について、様々に臆測したのだが、翌朝、雅楽が「Rの町まで行って見よう」といいだそうとは思わなかった。

刑事は「そうしてもらえれば、Rの警察も喜ぶだろうと思います」といい、事件を事実上一部移牒《いちょう》されていたこのK市の警察にも早速電話をかけた。橋本刑事部長は宿へとんできて、雅楽に鄭重に挨拶し、クルマは署の方で手配するといったが、その口調から察すると、江川刑事が（東京にいると思っていた）雅楽の知恵を借りてはということを、かなり強くこの橋本氏にふきこんでいたらしい様子も、想像された。

もっとも、老優のほうが一向に迷惑そうな顔もしていないのだから、私は別にそれについて気をもむこともない。ただ厄介といえば、東京行の座席券をキャンセルすることと、社の支局に、帰京のおくれるのを伝えることだけである。

Rの町に向って、雪の積っている県道を走りながら、橋本刑事部長が雅楽に説明した。私は助手台からふりかえって、その要点を時々ききかえしては、膝の上の手帳にメモをとった。

そういうメモのとり方は、永年の職業上の癖で、馴れたものなのである。

まず、先に述べた現場の庭の足跡が奇妙だということから、橋本氏の話がはじまった。兵蔵の離れの庭の四つ目垣が、人がまたいだ感じに少し倒れかかって、雪にやや柔かくなった土の上には、大きさはわからないがハッキリと右足の爪先で、強くふんづけたあとがあった。その足跡は、靴ではなく、むろんサンダルや下駄とも思われず、ちょっと靴下のままで踏んだようなふうに見えたそうである。

ただふしぎなのは、その四つ目垣の外は、一メートルほどの所に、座敷から向って左側にあるのと同じように板塀があるので、またいで出ても、塀をのりこえなければならない。そして、その塀の所までは足跡らしいものが何もなかったのを、急報でかけつけたR町の警察官が確認している。

源蔵を殺した何者かは、一旦庭に出て、四つ目垣をまたいで出ようとして、そっちの方へはゆけないのを知った。足をふみ出して躊躇したために、強く足跡が出たのであろう。そう解釈された。

だが、犯人は、どこをそれなら通って戸外へ逃れたのであろうか。離れ座敷から廊下を通って外へゆくためには、炉のある十二畳の部屋の前を通り、玄関あるいは台所へ出なければならない。十二畳は、障子が立っている部屋だが、当夜は人いきれがこもるので、あけてあったといわれる。

源蔵には殺されるような心当りがない。舞台でもっぱら扮するのは敵役だが、根は善人で、誠実な男である。融通がきかないといったほうがいい位几帳面《きちょうめん》で、文房具店は附近の学校を目当てに開いているのだが、借金は一切なかったという。夫婦の間に子はない。女関係は誰も聞いたことがないそうである。

源蔵は甥の若蔵を、だから大変かわいがっていた。店へ買い物に来る小学生の間でも、人気のあるおじさんであった。欠点といえば酒が好きなのと、酔うと少しからむくせがある程度だ。その夜、等々力座の支配人と口論はしたが、徳田がそのために源蔵を殺すなんて考えられない。

要するに、謎の変死というほかはない。

そんな話をきいているうちに、自動車はRの町に近づいていた。県道の左手には、冬晴れの日光を浴びて、日本海が美しく光っていた。

町の中心部に近い所に、等々力座がある。「あれが殺された源蔵の店ですよ」と、橋本氏が指した。その指の方角に、明治の建物の感じがそのまま残っている小学校の黒い屋根もあった。

等々力座には前もって電話がかけてあったと見え、座長の中村兵蔵が、キチンと羽織を着て待っていた。下ぶくれの立派な顔である。東京の名優雅楽の来訪を、光栄に思うといった表情は見えたが、弟の死が事件として解決の緒《いとぐち》が見えない心痛で、面《おも》やつれしているらしくもあった。

「ほんとうなら向うに座敷があるんですが、妙なことのあった部屋なので、むさくるしい所ですが、ここへどうぞ」と、私たちは、炉の切ってある十二畳の部屋に通された。

黒光りのする柱、大きな神棚、ボンボン時計、明治天皇の御真影など、地方の旧家によくある型通りの「舞台装置」で、兵蔵のすわっている場所の脇の小机のそばに、ケンドン蓋の文庫が二つ置かれていた。現場写真のちがい棚の所にあったのと同じ型か、あるいは向うからここへ運んだのか。(あとで離れの座敷へ行ってみると、そこには最早なかったから、運んだのだと私は判断した)一通りの挨拶がすむと、私たちは、源蔵の死んでいた部屋と庭を見せてもらい、それから、等々力座の小屋を、一ぺん道に出て正面から入り、客席、楽屋も隈《くま》なく見せてもらった。

花道もついて本格の構造である。舞台にも花道にも、型通りの切り穴がある。奈落《ならく》はなくて、花道を出る俳優が西の桟敷《さじき》(座席)の裏を通って揚幕《あげまく》へまわる仕組みになっているのが、いかにも古風で、なつかしかった。

小道具が完備しているのにはおどろいた。ヨロイも数領あるし、刀やキセル、傘、手ぬぐいの類が、物々しい金具のついたタンスにキチンと整理してあった。

雅楽は、「この小道具の員数《いんず》はしらべてありますか」ときき、台帳を興味ぶかそうに読んでいたが、特に手ぬぐいを出してもらって、拡げてみたりしていた。

「源蔵さんのナニは、白い手ぬぐいだといいましたね?」小声で橋本氏にきくあたり、さすがに雅楽の神経は細かい。

その後雅楽がたのんで、数を改めてもらうと、白の無地の手ぬぐいが一本足りなくなっていた。それは、警察署に保管されている物的証拠第一号に該当することが判明した。

犯人は、等々力座の小道具部屋から持ち出した手ぬぐいで、等々力座の俳優を殺したのである。

その夜の様子を、いろいろな人から話してもらったが、兵蔵の従妹にあたる人が、「実は廊下に土が少しこぼれていたんですよ」といった。もっとも、源蔵の死が発見される前に気がついたが、兵蔵が愛玩している盆栽を、離れの庭先から、雪を避けるために何鉢も、玄関の方へ運ぶ途中にこぼれたのだと思って雑巾で拭いておいたという。

「まだ誰も源蔵さんのことは知らないでいたんでしょうが、悪い人の足についていたのかも知れませんね」と、雅楽はいった。「悪い人」という表現も雅楽らしい。

お茶と、町の名物のくるみ餅が出た時に、学校から帰って来た若蔵が挨拶に来た。目のくりくりした、いかにも利口そうな少年である。

雅楽が「坊やは役者になるのかい？」ときくと、「ええ、東京か大阪へ行って、立派な役者になりたいと思います」とハキハキ返事をした。

兵蔵は苦笑しながら、「どうも去年、雁八さんの芝居に出てから、こんなことばかりいうので困ります」という。

「いや、いい心掛けです。ほんとうにその気があるなら、考えて上げてもいい。勉強しなければいけないよ」と雅楽はいって、少年の顔をじっと見た。

「いい役者になるためには、どんなことでもします。本も読んでます」小学四年生とは思えない、もののいい方である。私たちは、ちょっと気をのまれた形だった。

雅楽がRの町へ行こうといったのは、現場を見るということよりも、事件に関係した人たちとあい、等々力座を見、この土地とこの家の雰囲気を、何となくつかもうというのが目的だったらしい。

しかし、このR行の収穫は、別にもう一つ、「奇妙な事件」が、源蔵の死の一週間ほど前にあったというのを聞いたことである。それは、その夜Rで兵蔵の招待を固辞して、私たちだけで食事をしに寄った湊家《みなとや》といううなぎ屋の女中の話である。

日にちはハッキリしないが、ちょうどあの騒ぎの少し前に、この町の鎮守である船戸神社の宝物庫の錠があけられ、宝物の神鏡が紛失したということがあったというのだ。

船戸神社はもとの官幣《かんぺい》小社で、毎年三月に祭がある。その時は人が集るが、ふだんは境内もヒッソリしていて、参拝者も少ない。旅行案内にも別に書いてない位で、土地では名所にもしていないのだが、昔から鏡のいいのが社宝になっている点で、専門の人たちの間では有名だそうである。

Rからちょっと離れた村に住んで社務所に毎日通って来ている禰宜《ねぎ》が、十二月のはじめの或る朝、社へ来て、ふと宝物庫を見ると、扉が少しあいている。

急いで行ってみると、埃の積った内部に足跡があり、木箱の蓋が少しずれていて、鬱《う》金《こん》の包み布がダラリと出ていた。七点ある重要文化財の鏡の中で、ブドウにリスの紋様のある、その中では四番目ぐらいに貴重な神鏡が紛失していた。

この事件は、土地ではかなり問題になったが、品物がすぐ出たので、(あとで綴じこみを調べたのだが) K市の北風タイムスも、社会面の下隅の「朱筆」という欄に、ちょっと報道しただけであった。

私は方言をうまくまねられないので、要点を東京の口調で書くが、その女中さんは、「いえそれがね、おかしいじゃありませんか。お宮から三町ほど離れた所にある養鶏所の入口のそばにあったんです。

黄色い布の袋に入れた鏡を地べたにじかに置いて、その上に平たい石がのせてあったそうです。通りかかった人が見つけて、知らせたというんですがね」と結んだ。

雅楽がこの小さな事件に、私以上に興味を持ったのは意外だった。彼は橋本氏に頼んで、その神鏡紛失事件の訴えを聞き、調査に当った派出所の警官にあいたいといい出した。

私たちはR町の警察に寄って、その時の係官の話をきき、同時に、初めから予定していたように、等々力座殺人事件の捜査に従事した人たちの話もきいた。あとのほうが、今度の「出張」の本命なのだが、現場で、被害者の血縁の人たちには訊くことのできないデータも当然あるはずだから、これは警察で調べるほかはない。

警察で私たちの知ったことで、殺人事件のほうでは、源蔵が女性関係、金銭関係の実にきれいな人だったという話、それから死んでいる表情がおだやかで、いささか笑みを含んでさえいたこと、死体は右足をふみ出し、右手をうしろについて少し身体をねじっていたようになっていたこと等が確認された。

鏡の話では、宝物庫の錠がどうしてあいたかということについて、写真も見せてもらったのだが、ちょうど「忠臣蔵」の大序の唐櫃《からびつ》についているような海老錠《えびじよう》が苦もなくあいたわけがわからないと、土地の刑事はいった。「おかしいのは、その庫の近所に、キセルが落ちていたんです」と彼はつけ加えた。

雅楽が、「えッ、キセルが? こいつアおもしろい」と、大きな声を出したので、私はいささか驚いた。

「ほかに変ったことはありませんか」

「発見された養鶏所の石というのが、どこから持って来たのか判らないんですね。平たくて、割に軽いんですが、その辺にふだん、ない石だというんです。

それから、養鶏所の近所の人にきくと、その鏡の発見される前の晩、つまり、この鏡を神社から持ち出してそこへ運んだことになる前の晩、十時頃、鶏がけたたましく鳴いたそうです、棒っきれで追いまわされているような鳴き方だったそうです。

もう一つ、石のそばに、使用したマッチの軸が三四本落ちていたといいます。煙草の吸殻はありませんでした。

鏡を発見したのは、その養鶏所の三百メートルほど東に住んで保険の勧誘員をしている五十前後の婦人で、石の下から袋の紐がのぞいていたので、不審におもって、石をのけてみつけたのだといってました」

「鏡の事件の発生した日、つまり紛失したのが発見される前の晩の天候はどうでしたか」

調べてみると当夜は曇、月はなく、養鶏所の附近はかなり暗かったらしい。風はなかったという。

私たちはその夜、フルスピードでK市に帰った。雅楽も私も一刻も早く、自分の宿のこたつに入って、シュンの、今が一番うまい蟹《かに》で一杯やりたかったのである。Rという町は風光もよく、土地の人の気質もわるくなさそうであるが、殺人事件と、その少し前の鏡の事件とは、ともに何となく奇妙で、考えてゆくと、背筋がゾーッとするような印象を禁じ得ない。私は一刻も早くRの町を去りたかったのだ。そして事件について考えるにしても、少し離れた場所で、考えたかったのである。

宿へ着くと、私の社の支局の者が待っていた。彼は雅楽の所へ、古い写本を持って来ていた。今度の展覧会は、郷土の資料を展覧する目的を持っていたので、この地方に残存している古い画だの手紙だの、そういったものが集められていた。そういう中に、徳川末期にこの地方でかなり知られていた歌舞伎役者が、自分の息子に、芸の秘訣を教えるために書いたという手記があったのである。

題は「梅が香」という。その俳優が梅雪《ばいせつ》という俳名であるからかも知れない。もっとも、梅はK市の旧藩主の定紋《じょうもん》でもある。両方を兼ねた感じもあるようだ。というのは、巻頭に「梅にゆかりの町に住み、梅の名をいただく老人の手すさび、香こそ薄くとも、同じ道をわけ入る者のたどるべきよすがにはなるべし」云々とあるからだ。

雅楽は、前からこういう手記のあることは漠然と知っていたらしく、「これはいいものを見せていただく」と大変喜んでパラパラとめくっていたが、それを一応閉じて、「しばらく貸して下さいませんか」と頼んで、支局の若い記者には引き取ってもらった。

そのあと、江川刑事をまじえ、三人で夜食というほどではないが、改めて飲み直した。このあいだに、私たちはこもごも、こんな話をしている。(おかしいのは、私と刑事が等々力座の事件についてのみ語るのに、雅楽がふっと思い出しては、船戸神社の鏡の話に入るのだった。どうして、この小さな事件に彼が関心を持ったのか、当時としてはわからなかったが、やはり一種の直感が働いていたのだと、あとで知ったのである)

「源蔵という人が、倒れていた形というのがどうも変だな」

「まるで平作《へいさく》（沼津の）の落ち入りとでもいいたい恰好じゃないか」

「殺されながら、まさか芝居っ気を出すはずもないだろうがね」

「鏡のほうの話だが、江川さん、あんた、警察で現場にあったマッチの軸を見ましたか？」

　これは雅楽だ。

「見ませんな」

「私は見ておきましたよ。キセルも見たし、マッチも見たんです（と雅楽はうれしそうにいった）。証拠としてあんなものまで保存しておくんだから、おかみ（警察のこと）も大変だね、そのマッチの燃え方がおかしい。軸を箱のコバに水平に当ててこすったとでも見えて、木の燃え方が少ないんだ。四本ともそうだった」

「煙草を吸わない人なんでしょう」と、私がいった。

「というより、マッチをあまり摺《す》る習慣のない人が摺った感じだね」

「それにしても、あの座敷はへんだね。妙に芝居の大道具めいている」

「庭の四つ目垣が第一そうだ。もっとも、花道の方へゆく道はなかったがね」

「犯人が花道の方へゆきかけて、やめたんじゃないのかい、あの足あとは」

　これは刑事がいった言葉である。永い間私たちとつきあっているので、彼もスッカリこの頃は、芝居通《つう》になったようだ。

雅楽が、このあと、しばらく沈黙していたのを、思い出す。杯に酒を充したたまま、じっとそれを持って、私のうしろの上にかけてある長押《なげし》の額を見つめていた、あの目つきはすごかった。

翌朝寝すごした私が起きて、雅楽の部屋へゆくと、彼は朝茶をのみながら、前日社の支局から届いた「梅が香」を熱心に読みふけっていた。

それから朝の食事がすんで、「今日はどうしましょう」といったのに対して、彼は「この本を今日は読んでくらすよ」といった。私は、凝りはじめるといつもこうなる老優のくせを心得ているから、そっと自分の室にかえり、刑事と町へ出た。私は支局でしばらくしゃべったあと、見そこなっていたヒッチコックの映画を市の中央部のさかり場で見て、午後四時頃帰った。

すると、おどろいたことに、雅楽の前に、去年の秋以来数ヵ月分の北風タイムスの綴じこみがおいてある。

「竹野《たけの》さんがいなかったので、支局の方にスッカリお手数をかけてしまったよ。大へんおもしろい。私は段々わかって来た。しかし、ちょっと今度の事件はこわいね」などと、早口で老優はしゃべった。

私は三つの用事を持って、その翌日R町へ再び行った。ただし、なぜそんなことを雅楽が頼んだのかは、私には、しばらくわからなかった。

その一つは、等々力座の座長の家に、写本として「梅が香」が伝わっているのではないか、もし残っていたら、ぜひそれを読ませてもらいたいということである。

次は、兵蔵の家の周囲にある四角な平たい敷石のようなものが、ひとつどこかへ行ってしまったりしたようなことがなかったかということである。

三つ目のは、私が出かけようとした時に、思いついたように雅楽がいいそえたのであるが、「子役の若蔵は子柄もいいから、もう一度ゆっくり話してみたい。最近にKへ録音に来ることはないかときいてくれませんか」という伝言だった。

行ってきいてみると、兵蔵が、「よく御存じで、この写本はたしか天下に三冊しかないはずですが」といった。

「高松屋は現に今、読んでるんですが、さしつかえなければ、お宅の本も拝借して来てくれというわけなんです」

「おやすい御用です」

「それから、お宅の近所で、庭の敷石のようなものがなくなった覚えはありませんか」

「あ、あります。そうそう、十二月のはじめ頃だったかな。等々力座の木戸の前に横に敷いてある平たい石の一つがなくなったんですが、軽いもんでしたな、あれは。体裁がわるいんで、残った石の間を少しずつあけて一応恰好はつけておきました」

おまけに若蔵がちょうど今夜Kへゆくというのだから、私の使者の役目は完全に果された。若蔵は午後四時にラジオ日本海で、「少年探偵」の録音をする。隔週二回分をとるのだそうだが、そのあと、宿へ寄ってくれるように附き添って行く青年にも頼んだ。

かえりの車の中で、その青年と若蔵の会話をきいていると、名子役といったって所詮小学生である。この頃この地方にも映るようになったテレビの他愛もない冒険劇の話で、若蔵ばかりでなく、二人とも夢中だった。私は話に加わらずに、右側の海の景色をしばらく見ながらKへ帰って来た。


午後七時頃、雅楽の所へ若蔵が来る。それまでの間、事の首尾だけは電話で話しておいて、私は新派の当り狂言で知られている橋のほとりを散歩した。

宿へゆくと、雅楽は三角巾《さんかくきん》のようなもので右手を吊っている。「どうしたんです?」ときくと、「としよりの冷水さ」と苦笑したが、何も語らない。湯殿で転びでもしたのだろうか、危いことである。

そこへ若蔵が、青年に送られてやって来た。幼いながらも役者らしく、手をついてキチンとお辞儀をする。しばらく話していた雅楽は、「そうそう、ドロップは好きかい、そこにあるんだが、とってくれないか」と若蔵にいった。

チャブ台のあいている所に若蔵がすわり、その真うしろに茶だんすがある。茶だんすの一番上の棚がケンドンになっているのを指したので「ハイ」といって、若蔵は、その蓋をあけて、ドロップの缶をとり出した。

それをすすめ、若蔵も喜んで食べていたが、ケンドンの蓋がうまくはめてなかったのか、バタンと前へ倒れたという、小さな出来事があった。

「そういう蓋はね、坊や、まず上の溝にはめたあとで、下の方を奥へ押すと、うまくキッチリとはまるものなんだよ。いい役者になるんだったら、そんなことも覚えておかなくちゃいけない」

「ハイわかりました」

老優はにこにこ笑いながら、若蔵の可愛らしい横顔を見ている。

この子が大分気に入ってるらしい。電話が支局からかかり、私が下へおりてまた上ってゆくと、手の不自由な雅楽は少年に、煙草のマッチをサービスして貰ったりしている。若蔵は、八時頃かえった。いつもはバスに乗るというのを、雅楽がぜひハイヤーで送ってやれといったのである。

その夜、私は雅楽から「梅が香」を読めとすすめられた。私が等々力座から借りて来た写本のほうは、雅楽が見ている。一ぺん読み終ったあと、もう一度別の写本で読むというのだから、ずい分熱心である。

私の借りた写本（仮に支局本と呼んでおこう）は、奥附の所に、「この写し別に二通作りて、ひとつは等々力座の座がしらへ贈り、ひとつは江戸の素外兄《そがい》に贈る」とある。素外というのは、梅雪の親しかった江戸の役者の俳名かと思うが、私はきいたことがない。あるいは文人の号かも知れない。（今もって、つまびらかでない）

「梅が香」が等々力座にあることは、まさに写本の奥附どおりであった。私はそれを、兵蔵の居間の、兵蔵のそばに置いてあるケンドン蓋の文庫の中から、とり出してもらって来たのである。

とにかく、雅楽は熱心に、表紙をながめたり、裏返してみたり、まるでなめるように、借覧の写本（仮に兵蔵本と呼んでおこう）をためつすがめつしていた。一体、この位の年の人には古玩癖がある。雅楽も昔は、煙草入れや根つけの蒐集に凝ったそうである。「震災と戦災にあったので、骨董屋とは縁が切れた。だから仏さまのことで他人に迷惑はかけたりしないんだよ」と、いつぞや「尊像紛失」のさわぎのあった時に、私に笑いながらいったのをおぼえているが、しかし、この古写本の鑑賞ぶりは、少し常軌を逸していた。とにかく、しまいには天眼鏡までカバンから持ち出したのだから滑稽《こっけい》だ。

「梅が香」というのはおもしろい本で、歌舞伎の貴重な文献であることは、疑いない。

梅雪という役者は、努力型の人らしく、子役の時代から、与えられた役について、ずい分研究もしたらしい。何回かあった出世役、当り役について、どんなことをしたか、どうしてほめられたかを克明に書いてある。

序文は雅文で、書き出しの調子も、それに準じ、「まづ生ひ立ちから話さんに、師匠はまことにきびしき人柄なれど、わが身をいたはり給ふこと、わが子のごとし」というふうにお家流《いえりゅう》のきれいな字で書いている。（もっとも自筆かどうかは不明である）おかしいのは、しばらく書いてゆくうちに、そういう文章に仕立てるのがめんどう臭くなったと見えて、突如として、「ソレデ私ハコウ考エタンダ、コレカラハオ前サンノ芸ノタメニナル話ダカラトックリト読ンデオクレ」といった口調に変るのである。

ここまで読んで来ると、この「梅が香」は梅雪という俳優が、自分の子なり弟子なりに芸の秘訣を書きのこそうとしたものであることがわかるのだ。

そういういろいろな、経験談のあとには、「忠臣蔵」の定九郎《さだくろう》が掛稲の中で、どういう手順で胸に血をぬるかとか、宙吊りをする時には、どんなふうにいきをつめれば楽かといったような話もあり、「芸談」を長年筆記して来た私でさえ、初見の秘伝があって、この本は大変勉強になった。

私は読み終って、一応雅楽に返しに行ったが、「どうです、参考になったでしょう」といわれ、「ええ、おもしろかった」と答えたその返事が、あとで考えると、われながら、間のぬけたものであったのを思い知らされて赤面したのである。

雅楽がもう一度若蔵にあいたいといい出したので、電話で呼んだ。その時、江川刑事にもいてくれと雅楽はいった。

K市に泊まって七日目（もう一週間も経ったのだ）の夕方、宿の二階の雅楽の部屋で、私と刑事のいる所で、若蔵に、雅楽はこんなことをいった。

「おじさんは役者だ。若蔵君も役者だ。私のいうことに、何でも答えられるかい」

「ええ」

「じゃアきくけど、船戸神社のおくらから鏡を持ち出したのは、若蔵君じゃないのかい」

「ええ、そうです」

「鏡を持ち出して、運んで、鶏の声のきこえる所へかくしたんだね」

「はい」

「石はどうしたんだい」

「昼間通りかかった馬力《ばりき》にのせてもらったんです。ぼくも一しょに乗って行って、養鶏所の前でおろしました」

「ふうん、そうかい。それで若蔵君のおじさんが死ぬ時に、首に手ぬぐいを巻きつけたのも、若蔵君だろう」

「ええ」

「おじさんが、ほんとうに死んだので困ったろう」

「困ったけど、おじさんは喜んでいたし、ぼく、いい役者になるんだから」

私も刑事も、呆然として、声も出なかった。この少年には、罪の意識は、全くなかったのである。その後の捜査に、若蔵が「協力」しないのは、子供の心理の奇妙なあらわれにすぎなかった。私たちは、若蔵を一旦帰したあとで、そう結論するほかなかったのである。

「少年探偵」の名子役が、迷宮入りを伝えられていた殺人事件の犯人であったというニュースは、私などの目をおおいたい騒ぎになった。それについては、書きたくもない。また若蔵の父親の兵蔵のおどろきと歎きについても、叙述は省《はぶ》こう。

雅楽と私は、刑事をのこして、翌朝、形容をあえてすれば、ほうほうのていで、東京へ帰ることにした。私は座席券の手配をすることさえ、もの憂かった。

車中で雅楽は語った。

「源蔵さんの死に顔が、笑っているようにさえ見えたというのが、私はまず、変だと思った。犯人が身内の警戒しないでもいい人だったにちがいない。いや、もっといえば、わざと首を絞めさせてみた感じだった。起き直って絞められている。右足を立てて左足をのばした形なんて、苦しんでもがいた揚句の形じゃない。どうも芝居の型みたいだ。私はこれに気がついた。

第一、今度は、あの離れ座敷が、芝居の道具（舞台装置）めいているということからして気味が悪い。そこへもって来て、源蔵が芝居っ気タップリの死に方だ。私は、これは、芝居の真似をしていて、死んだのではないかと思った。

源蔵とあの日、あんな時に芝居の真似をするといえば、若蔵しか考えられない。若蔵は雁八の芝居に出て評判になり、ラジオにも出、東京の舞台にやがて自分も立てるいい役者になるかも知れないという気がしている。可愛がってくれるおじさんに、芝居を教えて貰いたいとせがんだことが何度もあるのだろう。

ところで、等々力座には『梅が香』の写本というのがあった。幼い時から、なんとなくあけてみたかったあの文庫を、若蔵はあけようとして、きっとたしなめられたのだろう。何が入ってるのと訊ねると、本だよ、これはえらい役者になるために、大変ためになることが書いてあるんだ、と親父からいわれつけていた。今に大きくなったら読ませて上げる、ともいわれた。そのうちに好奇心も出て来る、雁八の芝居で評判をとったあと、間もなく若蔵はそっと離れにおいてあった文庫の蓋をあけて、本を出して読んでみたんだ。初めの方は文章もむずかしいが、途中から、竹野さんも読んで知っているように、調子がやさしくなる。若蔵でもわかる。
読んでゆくと、こういう文章があった。（ここで、雅楽はKを発つ時借りて来た支局本の『梅が香』を開いて見せる）……

役者ニナルタメニハ、目ニフレルコト耳ニ入ルコト、何デモ一切ガッサイ頭ニ入レ、身ニタクワエナケレバイケナイヨ。イイ役者ニナル心ガケハ、ソレダケダ。私モ、イロイロナ役ヲシテ来タガ、自分デアア私モコレデドウヤラ役者ニナレルナト思ッタノハ、子供ノ時分、カオミセノ狂言ニ出テ、私ノ役ハ若シュ（若衆）ノ役サ。石悪イヤツガオ宮ノクラカラヌスンデキテ、石ノ下ニカクシテオイタ鏡ヲトリ出ス。石ニ手ヲカケ鏡ヲ引ッパリ出シテ、フシギニ思ウ。ココデ鏡ノウラニ彫ッテアルニワトリガ、ケタタマシク鳴クフシギガアッテ、フシギソウニ見マワシ、マタソノ鏡ヲ石ノ下ニシマイ、アカリデソノ辺ノ地ベタヲテラシテ思イ入レ。コレヲヤッタトキ、死ンダオヤジガ、ヤットオマエモ、役者ノイキガワカッタトイッテクレタ。私ハ泣キタイホド、ウレシカッタ。――

私はRの湊家というあのうなぎ屋で、お宮の鏡が盗まれたときいた時、何だか、昔の三立目《みたてめ》（序幕）のようだなと思った。私も若い時に、そういう芝居をよく見ている。それ、落語の『権助芝居《ごんすけしばい》』でよくやる『マンマと宝蔵《ほうぞう》に忍び入り』という奴だ。神社の庫に忍びこんで、宝物の鏡をぬすみ出すなんて、ずい分古風な盗賊もあったものだと思った。おまけにそれを質に入れたり、つぶしたりするどころか、目につく場所に石をのっけて、すてて行ったというんだから突飛だ。何か、これは、『芝居の真似』というふうな感じがした。

むろん、それと、等々力座の殺しが結びつくとは思わなかったが、向うの話のほうも、座敷のかまえといい、死に方といい、『芝居の真似』めいている。私は、ちょっと、これがひっかかった。だから、しきりに気にしたんだ。

Ｋへ帰ると、まるで天の配剤のように『梅が香』が届いて来た。江川さんや竹野さんのいない間、宿で私は読んだ。これが鍵になるとは思わなかった。私の家とゆかりのある役者の書きのこしたものというだけのつもりで読んだ。するとと、今の鏡の一件が出て来た。おまけに、この『梅が香』の写しが、等々力座にあるというんだ。それで目の前の雲が一度にカラリと晴れたんだ。この本を、等々力座の子役が読んだにちがいない。読んでそうして、本のとおりにやってみたんだ。

そう思いながら、読んでゆくと、こんなことが書いてある。

——マアア、ヒトツ、話シテミヨウ。コノ芝居ハ、私ノ出世役ノヒトツダ。私ハクワシクカイテオクカラ、一度マネヲシテミタライイ。

私ノ役ハ悪イコトヲ少シオボエタ小悪党デオジサンヲ殺ス役ダ。オジサンハ酒ヲノンデネテイル。ソコヘ来テ、オジサンニ金ヲクレトイウ。オジサンハコトワル。オコッテ私ハオジサンノ首ヲ白イ手ヌグイデシメテシマウ。オジ殺シトイウ、大変ナ役ナノダ。

私ハオジサンノウシロニマワッテ、首ヲシメルトキニ、フツウ誰デモスルヨウニ、イキヲヌカズニ、一気ニシメタ。オジサンガジタバタスル、片足ヲ立テ、片足ヲフミ出シテ、ウウントウナッテ死ヌ。ソノ顔ヲ前ヘマワッテ、シャガンダ形デジット見テ、庭ニトビオリ、花道ノ方ヘ行キカケル、コッチヘユクヨリハ、裏カラ逃ゲタホウガイイト考エ直シ、又上ヘアガッテ、オジサンノウシロニアル金包ミヲ持ッテニゲル。

オジサンニナッテクレタ人ガ、私ノヤリ方トピッタリ合ワセテクレタセイモアルガ、ハジメ私ハトテモコンナ役ハデキナイトコトワッタンダガ、大ヘンナ評判ダッタ。ハジメハコワカッタガ、ヤッテミタラ、何デモナクヤレタ。

イイ役者ニナルタメニハ、何デモヤッテミレバイイ。コワガルコトハナイ。

こういうふうになっている。この狂言は何だかよく判らないが、かなり世話の手（写実）の入っている芝居らしい。鏡のことを、本にあるとおりやってみたあとで、おじさんを殺す芝居を、若蔵が、本当のおじさんを相手にやったんだな。

若蔵がいくら頑是《がんぜ》なくても、この本に書いてあるとおりに読んでいたら、『真似』だけでやめたにちがいないんだが、じつは、等々力座の『兵蔵本』のほうには、同じ写本であっても、ちょうど裏表一枚分だけ、ぬけている所があった。

落丁ではなく乱丁で、何かのはずみに、とじ糸が切れて一旦バラバラになったのを、とじ直す時に、ここん所を、うしろの方に、まちがってとじたんだね。しらべてみると、本の隅にふってある『丁』（頁のノンブル）の数字が、二二というのが、三一に見えるんだ。だから、あとの方、三〇の次にとじこんであるのが、借りて来てもらってわかった。ごていねいに、三〇の次に二二が入っていて、そのあとに又三一、三二という順で、とじてあるんだから世話がない。

ところで、二二が、今読んだ所でいうと、『私ハオジサンノウシロニマワッテ……』のあと『庭ニトビオリ、花道ノ方へ行キカケル』の次にあたる。若蔵の読んだ写本では、以下、『コッチへユクヨリハ』からずっと飛んで、『ハジメハコワカッタガ、何デモナクヤレタ』までがない。

だからおじさんを殺して、『花道の方へゆきかける。いい役者になるためには、何でもやってみればいい。こわがることはない』となるんだ。

子供のことだから、書いてあるとおりにやってみて、どんな結果になっても、いい役者になるためにはいいんだと、若蔵は思ってしまったんだ。

十二月十六日夜、酒がすんで、源蔵さんが寝ている。本に書いてあるとおり、『おじさんは、酒をのんでねている』おあつらえ向きだ。白い手ぬぐいを持って、若蔵は、おじさんの所へ行って、『おじさんを殺すところをやらせてみてくれ』と頼んだにちがいない。

前からかわいがっている甥の申し出だ。『よし来た。芝居でゆくんだろう、障子をあけたらいい』ぐらいのことを、源蔵さんはいったんだと思う。

『さアしめてごらん』というので、若蔵が手ぬぐいを首にまきつけ、うしろからぐっとしめる。『ウーン』といい、もがきながら、芝居でよくやるとおりに、片足を立て、片足を前にふみ出して、やっているうちに勢いでほんとうに首がしまった。

『サア大変』と思うところだが、若蔵は悪いとは思わない。あるいは、ほんとうに死んだとも思わなかったかも知れない。この辺は確かめればわかるが、訊ねたくもなかったからね。

とにかく、若蔵が、おじさんの死んだあと、靴下のまま庭におり花道の方へゆきかける動作を『指定どおり』やってみたのは、確かだね。先は板塀だから、四つ目垣をとにかくまたいで、いわゆる『下手《しもて》』の方に、片足を踏み出してみて、また座敷へ上り、障子をしめると、自分の部屋へサッサと行って寝てしまったんだろう。靴下の泥は、その時廊下に落ちた。

大さわぎになっても『私が殺した』といわないのは、異常だが、若蔵としては『えらい役者になるために、大変ためになる本』の中で『何でもやってみればいい、こわがることはない』とおだてられているんだから、ケロッとしてる。

自分のしたことで、警察がやっきとなっているのを、すましていたのは、小学四年生の頭が、『いい役者』になりたいという一心に占められていたからだと思う」

私はえり元が今更のように、薄ら寒くなった。「梅が香」は、雅楽が事件の解決を行う前にすすめられて読み、この鏡の所も、おじ殺しのくだりも読んでいたが、私はついつい見すごした。あとの方はともかく、鏡の所でさえ、船戸神社の事件を連想しなかったのだから汗顔《かんがん》の限りである。

石の下の鏡、鶏鳴というのは「関《せき》の扉《と》」のような芝居にも出て来る、大時代《おおじだい》な趣向だが、鶏のいない家にいる若蔵が、石を自分の家の小屋の前の敷石をはずして、養鶏所の前まで運び、神社から持って来た鏡を一度隠し、石から鏡を出して見たりしたあと、棒っきれで鶏小屋をつついて、「指定どおり」ちゃんと鶏を鳴かせ、そのあとマッチの「あかり」で地べたを照らしてみたというのだから、「梅が香」は、とんだ騒ぎを後世にもたらしたものである。

それも、神社の宝物はまだしも、おじさんを殺してしまったのだから、考えれば、おそろしい。

雅楽は続ける。

「私は若蔵という見当は一応つけたが、手ぬぐいが等々力座から出ていること位しか、これが内輪の者だという、証拠はない。

しかし、若蔵という子供のしそうな、幼稚なところが、ほかにないかと考えて、その方面から見てゆくと、鏡のことでいっても、鶏小屋の所までわざわざ行っているというのが、なんとなくばかばかしい。あかりで地べたを照らしてみるということも、やってみたにちがいない。それがあのマッチなんだ。

マッチの摺り方が、あまりマッチを使いつけてないというのはもっともで、まアあの家で、煙草を吸うはずのない若蔵が、マッチを摺る機会はないと見ていい。通りかかった男が立ちどまって、煙草の火をつけようとして、何本か摺り損ねたという、マッチとは思われない。マッチをもっと立てて、火を大きくするはずだからだ。つまり若蔵が、鏡を持ち出したんだと思った。

次に、若蔵が本を読んだかどうかを確かめようと思った。

私は殺しの現場の写真を見た時に、ちがい棚の下に置いてある文庫の蓋が、キチンとしまっていないのに気がついた。あのケンドンのしめ方は、馴れていない者にはむずかしい。私たちの子供の頃は、雑誌なんかしまうのもあんな箱だったし、第一、百人一首がケンドン蓋の箱に入っていたから、あけたてに馴れている。若蔵は、そんなこと知りっこない。（現場写真がどこかしら変だったのは、文庫の蓋に、違和感があったのだ、と私はやっとわかった）

私は若蔵に宿へ来てもらった時、手をくじいたふりをして、煙草につけてもらうためにマッチを摺らせ、ドロップをやろうという名目で、茶だんすのケンドン蓋をあけさせてみた。マッチの摺り方は、想像どおり、へただったし、ケンドンのしめ方も知らずに、ちょうどあの写真にあった、文庫の蓋のような工合《ぐあい》にしめた。文庫の時とちがったのは、茶だんすのケンドンが、バタンと倒れて来たことだ。正直いって、あれには、ドキリとさせられたよ」

宿で三角巾を雅楽が吊っていた理由が、これでわかった。

雅楽は、露骨に、若蔵を問いただすことを一切せず、わきからわきから証拠を固めて行ったのであった。

「それから、いつか、北風タイムスの綴じこみを調べてましたね、あれは何です」

「そうそう、それをいわなかったね。私は、鏡のおさめてある庫の前に、落ちていたキセルを警察で見せてもらった。すると、これも小道具のように思えた。もっとも、平凡な、そこらにあるヤツだがね。中に最近吸ったらしい痕《あと》のなかったのは聞いて確かめておいた。このキセルは錠をあけるために使ったにちがいないと思った。

キセルで錠がほんとうにあくわけはないが、きっと鍵のかけ損《そこな》いか、甘くなっていたかだろう。これは、竹野さんも知ってるとおり、『千本桜』のすし屋で、権太《ごんた》が戸棚の錠をあける時にすることだ。私は犯人が、すし屋の芝居を見て思いついたんじゃないかと、ヒョイと思ったんだ。

新聞の綴じこみを見てしらべると、十月Kの小屋に雁八一座が来た時に、『すし屋』が出ているんだ。若蔵は、この時に、キセルで錠をあけるというやり方をおぼえて、等々力座の小道具部屋から持ち出したキセルで、錠をたたいてみたんだよ。

重要美術の入っている庫が、こんな手口で苦もなくあいちゃア困るね、全く」

若蔵が、その後どういう処分を受けたかについては、私は今ここで触れたくもない。幕末の古写本が、百年も経ってから、人を殺すということがあろうとは思わなかった。雅楽は謎を解いたが、彼の心は、苦汁をのんだようであったにちがいない。

なぜなら、今度の事件に限って、二度と雅楽は話題に上《のぼ》せようとしないからだ。私にとっても、江川刑事にとっても、「等々力座」という名前は、今後タブーになりそうである。

松王丸変死事件

いつもいうことだが、嚙みしめるとおいしい味のにじみ出すような文章である。今度の話には、京都の「てりふり人形」という面白い玩具が重要な役割をつとめているが、この可愛らしい人形と、人間の死とを結びつけたところに、ふしぎな味があり、この作者らしい小道具遣いの妙が感じられる。この雅楽探偵談は、今まで発表されたものが「車引殺人事件」と題する一冊の本となって、河出書房から出版される。本号発表のころには、書店の棚を飾っていることであろう。（R）

五月の第四土曜の午後二時すぎに、千駄ケ谷の、老優中村雅楽《なかむらがらく》の家を訪ねた。

私が座敷にすわると、雅楽はニッコリしながら、「今日の竹野《たけの》さんの朝からの様子を当てて見ようか」といった。

この老人は、じつにうれしそうに、いつもこれをいうのである。私はそして、どんな時でもわざと、「当ててごらんなさい、当るもんですか」と応じることにしている。ほんとうをいうと、十中八九、雅楽は、ピタリと私の行動なり、訪問した目的なりを推理してしまうのだ。シャクにさわるが老優の楽しみに協力するつもりで、この日も「さアどうぞ」と私は促した。

「こうッと」仔細《しさい》らしく手をこまねいたあと、雅楽はいうのだ。

「竹野さんは、今日は、いつもより一時間ほど早く新聞社へ着いた。それから仕事をしているうちにヒルになる。何か食べに出ようとしているところへ、来客があった。その人と、お茶をのみにゆく。話がすんで、あなたは社へ帰らず、タクシーをとめ、そのお客様を途中までのせて、私の所へいきなり来たんじゃありませんか」

まさに、一々的中である。誰かが私を見張ってでもいて、前もって雅楽の所へ電話で知らせておいたのではないかと思うほど、この日の私のデータは正確に推理されているのだ。そして、事件の謎を解いたあとでもそうだが、なぜそれが判ったかという話をする位、頭のいいこの老人にとって、うれしい時はないらしいのである。

煙草をフッツリやめたあと、時々口にふくむのがこのごろの癖になっている金米糖を、雅楽は卓上の銀のボンボン入れからつまんで、微笑する。

「じゃ、私の考えた筋をいってみようか。竹野さんの社では、十時頃ゆくと、今夕刊に連載されている、むずかしい字の多い『徳川随筆抄』の校正がまわって来るという話だったじゃないの? 旧仮名や正字のまじっているあの読み物に、朱を入れる仕事は、竹野さん位の年配の人でなきゃ無理だ。文化部の人では、できるのが幾人もいないと、いつかあんたがいっていた。

ところで、今日はあなたの右の指に赤いインキが少しついている。だから、その校正をしたにちがいない。とすると、文化部で、『徳川随筆抄』の校正ができる人の中で、竹野さんが一番早く社に顔を出したと考えられる。ついでにいうと、あなたが、早く社へ行ったのは、一時半頃に社をぬけだして、神宮（球場）へゆくつもりだったからだと思う。何故といえば、今日は、早慶戦だから」

「恐れ入りました、そのとおりですよ」

「さて、その次です。毎年早慶戦を欠かしたことのない竹野さんが、試合を見ずに私の所へ来た。これにはわけがある。それも、社用ではないらしい。というのは、社の仕事なら、社のクルマを使ったはずだ。

社のクルマだと、家の方へ横町を曲った所までは入って来られない。あなたの来る少し前に、ついその二軒先の所でクルマがとまった。あれは小型で、しかもとまってから、金を払っている間があったところを見ると、竹野さん今日はタクシーを拾って来たのだというふうに考えてもいいと思う」

私もこうなると、何もかも見通しになっているのが、むしろ痛快な気がして、「それで……」と訊ねる。

「早慶戦を見すてて、私の所へ来るというのは、容易ならぬ事件か、よほどこみ入った相談事が起ったにちがいない。

あなたに話を持って来た人、つまり社への訪問客は婦人と見た。というのは、めずらしく竹野さんが、いそいで髪に櫛をあてたらしい形跡がある。しかも、その相手を、あなたはよほど好きだ。

まず、櫛の一件もそうだが、その人をつれて行ったのが、今あなたが手にしているマッチによると、梅月堂らしい。コバの所が真新しいから、今貰って来たばかりのマッチですよ。梅月堂の二階へあなたがつれてゆくのは、大切なお客様と考えていい。

ここへ到着したのが二時三分、社からタクシーで二十五分というところかな。梅月堂で、大分ゆっくり話をしたというふうに見ると、その婦人が、訪ねて来たのが、十二時から十二時二十分頃のあいだで、何か食べに出ようという時間でしょう。それで、竹野さんが大切に扱う女の客というふうにしぼると、いく人もいない。ふだんから、あなたが好意を持っているのは、そう、三人、そのうち二人は、もうおばアさんだ。今日のいろんな状況からいえば、若い娘と見たほうがいい。とすれば、半蔵門に住んでいる、宇七《うしち》の妹のおたかさん以外ない。

おたかさんがあなたに何かを打ち明け、それについて私の意見をききに、あなたは来た。それも野球を見ることなぞ忘れる位、迫った感じの問題だった。あなたはタクシーに、おたかさんをのせ、半蔵門でおろして、それから家へ来た、と私は考えたわけです」

「もう何もいうことはありません、高松屋《たかまつや》さんには、兜《かぶと》をぬぎますよ」

私はいつもながら、素直な感じで、老優の聡明な頭脳に、敬意を表した。

推理されたとおりの物語をくり返すのも気がきかないようであるが、その朝のことを書かないと、第一、おたかさんについて、説明がしにくい。

私は午後二時までには神宮球場へゆくという心づもりで、朝いつもより早く社へ出勤した。短い原稿を一つ書いている所へ、デスクの若い青年が夕刊の続き物「徳川随筆抄」のゲラ刷を持って来た。「竹野さんが来て下さったんで助かりましたよ、今この字でもめてたんです」といった。「国性爺《こくせんや》」の「性」が正しくは「姓」でなきゃアいけないんじゃないかというのである。この辺は略しておくが、私は結論を述べ、連載三回分の校正をしておいた。それから三十分ほどして食事に出ようとする所へ、受附から電話で、「市来《いちき》さんがいらっしゃいました」という。

来客は、市来たか、二十四歳の娘である。この名前でいったのではピンとこないが、歌舞伎俳優中山宇七の妹で、唄がうまくて、おどりが達者で、才気煥発、幼い時には「天才少女」といわれた娘なのだ。しかも美しい。肌がすき透るように白く、化粧もせず、いつも地味な風をしているが、この人があらわれると、一座がパッと明るくなるような女なのである。

もっとも私がおたかちゃんを好きなのは、才女なのにちっとも才女ぶらず、目もとに小さな皺をよせて、いつも微笑んでいるといった人柄のよさにほれこんでいるのである。生まれも育ちもよく、天禀《てんぴん》に恵まれている女性というものは、とかく反撥を感じさせるような性質を持っているものだが、この人には、みじんも、いやな面がない。よほどできた女といえる。

宇七、おたか兄妹の父は、先代宇七だが、もう十数年前に死に、母も間もなくあとを追った。だから市来家の家事は、女学校を出てからは、おたかが一切やっている。風雪に耐えて、人間も更に鍛えられたのだろう。

私は先代宇七と親しかったので、おたかが童女の頃から知っている。「おじさん、おじさん」といって、何でも私には相談して来るのだが、それがまた私にとっては、うれしくて仕方がないのだ。

そのおたかは、あと半年もすると、兄と同じく歌舞伎俳優で、今を時めく、市川葉《よう》升《しょう》と結婚することになっていた。この縁談は、私にとって不意打ちの感じだった。私は、おたかのような女が、なぜ道楽者では極《きわ》めつきの葉升の所へ嫁ぐ気になったのか、今もって理解しかねていた。

おたかは、先ほど私が少しくどい位説明したとおりの才色兼備の女だから、前々から、妻に求めて来る男は多かった。保守党の少壮代議士が、新橋の八重村の女将を仲立ちに、強《た》って懇望して来たという話もある。興行師の長男からも望まれた。俳優の中でも、年配の似合う相手として、噂に上ったほど、おたかに熱をあげたという者が、私の知っている範囲で四五人は少なくともいたようである。

その誰の話もとりあわずにいたおたかが、素行上評判のよくない葉升と結婚するという話をきいて、私ばかりでなく、多くの者が、鼻白んだのは、むりもなかった。

私は、その婚約が成立したのをきいてから、何となくおたかにもあいたくなく、だから兄の宇七とも、ここのところ疎くなっていた。この二月、先代宇七の十三回忌のあった時も、ちょうど風邪を引いていたとはいえ、おして出られぬほどではないのだったが、欠席してしまった位である。

今日、おたかが来てくれたときいた時は、何の用か知らないが、私には複雑な気持があった。

下へおりてゆくと、おたかが、受附の所に立っていた。黄八丈のような感じのセルを着て、めずらしく日傘を持っている。髪には癖をつけない好みなので、この人のこの日の印象は、大正の女であった。私は私の青春時代に知った女性のおもかげを連想した。

「めずらしい、何です今日は」

「おじさん、ほんとに、ごぶさたして。でも、ぜひきいていただきたいことが、できたんです」

私は、テレビがあったり、いろんな人に顔を見られたりする社の近くの喫茶店を避けて、三百メートルほど離れた所にある梅月堂の二階へ、彼女をつれて行った。

そこで私は、びっくりするような話をきいたのである。

おたかがいきなりいったのだ。

「御存じでしょう、去年の秋に、佐多蔵《さたぞう》さんが亡くなったのを。あれはおじさん、自殺だったんですわ」

御存じでしょうも何もない、沢村《さわむら》佐多蔵が死んだのは、十月興行の都座の千秋楽の日であるが、その最後の彼の舞台を、私はたまたま見ていたのである。

この月、佐多蔵は、昼の部に、「保名《やすな》」を踊り、夜の部の一番目の「寺子屋」で松王《まつおう》丸《まる》を演じていた。

松王丸を終った彼は（附人《つきびと》の話によれば）部屋へ帰って衣裳をぬぎ、風呂から帰ると、ソッとしておいてくれといい、あとでのぞいてみると、鏡台の前で眠っていた。そしてそのまま覚めなかったのである。

わが子小太郎《こたろう》の亡骸《なきがら》を野辺送りする白装束を最後に着た佐多蔵は、その衣裳を枕もとに置いて死んでしまったのだ。

佐多蔵はその翌日テレビに出て、新しい脚本の勘平《かんぺい》を演じることになっていた。その千秋楽の夜も九時からリハーサルがある。そういう時には睡眠薬をのんで、しばらく眠るのが習慣だった。

だから弟子や、附人も安心していたらしい。楽屋での変死なので、一応警察の検問もあったが、薬瓶がおいてあったので、つい量を誤って致死量に達したのだと判定されたわけであった。

若いファンの間に人気のあったスターだけに、そして批評家たちからも将来を大いに嘱望されていた腕利きだけに、この過失はくやまれ、惜しまれたが、七十五日すぎると、去るものは日々にうとく、あまり噂も立たなくなった。

以後私は、同じ千秋楽に監事室でならんで見た雅楽とあうと、時折佐多蔵の話をしたのである。雅楽はそういう時に、「いや、あの松王はうまかった。人間て、死ぬ間際には、何か憑きものでもするんだろうね。首実検のあたりは、調子が乗って、芸の光がキラキラして見えたよ。二度目に衣裳をかえて出て来てからは、何か胸にせまって来るような感じがあって、泣き笑いの所なんかは、あの若さでよくもできたと思った。松王を見て泣かされたのは、五代目菊五郎《きくごろう》以来だった」と述懐していたのである。

私も同じように、前半と後半とがぐっと変って、それぞれの味をもった、こんな松王を見たことがない。むろんその興行の三日目に、一度見てはいるのだが、佐多蔵はことに、その死ぬ日の、千秋楽の演技が冴えていた。

おたかの話をきいて、私は目を見はった。

おたかは、続いて、こう話したのである。

「おじさん、まだこれは申しあげたことがないんですけど、こうなればお話ししないわけにはゆきません。じつは亡くなった佐多蔵さんが、私は好きでした。

佐多蔵さんも、私にはとてもよくして下さったんです。うちと佐多蔵さんの家は遠縁でもあり、お互いに子供の時分からのけんか友達でしたが、段々大きくなって来ると、しじゅうあったりはできません。でも旅に出たりすると何か送って下さったり、エハガキを下さったりしました。私も自分でこしらえたものを楽屋へたまに届けて、食べて頂いたりしていました。

もちろん、それが人から噂をされたりするような浮いた感じだと、自分では思っていませんでしたし、佐多蔵さんも私の顔を見るとまず、『今日のお前さんの着物は、そりゃ何だい』とか『たまには化粧でもしてごらんよ』とかいう調子ですから、まア私の気持も、そう、従兄か兄貴にあっているといった気楽な、でも、あっていると何となく安心するといったおつきあいだったんです。

ところで去年の夏でしたが、私にまたうるさい結婚の話がおこりました。家は兄さん(竹野註　宇七)が独身ですし、私もまだお嫁にゆく気にはならず、今までだって、大ていの話は、あいだに立った方が見えた時にすぐおことわりして来たんですが、今度の話は、都座の吉田さん(竹野註　劇場を経営している実業家)からで、葉升さんがぜひといっている、考えて見てくれないかと、おっしゃるんです。

葉升さんには、どこかに好きな女の方がいて、そこにはもうお小さいのがいるという噂も耳に入っていたんです。ですから私、テンから相手にしませんでした。でも、その人のいることはほんとだが、何もかも清算して、これからはまじめになる、新しく生活を第一歩からやり直すといっているという吉田さんの話です。私はたとえどんな理由でも、葉升さんがひとりの女の人を不幸にするお手伝いをするのはいやだと申しました。

葉升さん自身も再三、たずねて見えたり、電話をかけて来られたりしました。私はいつも、それには冷淡な態度で応対していたんです。

するると、吉田さんから話があって十日ほどした或る日、佐多蔵さんが朝早く家へ来ました。『きのう、葉升から話があなたにあったと聞いたので飛んできた』といいました。自分は葉升とは同い年で、子役の時分から、いつも好敵手だった、気がきいていて万事にす早い男で、ずい分してやられたなと思った経験は少なくない。しかし、芸の上ではこの頃やっと負けない気になった。気持がおちついた、むしろ葉升を気にしないというところまで行ったようだ、これでいいと思っていたんだが、たかちゃん、あなただけは、死んでも葉升にはやりたくないと、こういいました」

おたかは一気にこれだけいうと、ホッとしたように、初めて白いハンケチを出して額の汗を拭いた。急に温度が上った午後である。

私にとっては、葉升が吉田氏を立てて申し込んだということだけは聞いていたが、一時はその縁談もこわれたらしかったので、じつは安心していたのである。葉升の所へおたかがゆく決心をした理由は、このあとで多分聞けると思うのだが、その前に、佐多蔵のこの話は全くの初耳であった。新聞記者としての私は、ひそかに恥じた。

おたかの話は続く。

「私はその時こういったんです。『じゃアどうしましょう』『とにかくことわっておくれ』『そりゃ私はちっとも気が進んでないんだけど……』『じゃアあしたにもことわっておくれ』そういうと、まだ休んでいた兄に声もかけずに、帰って行ってしまいました。私はもの足りなかったんです。佐多蔵さんが、『葉升なんかやめて、自分と一しょになってくれ』といわないのが。

それで何かシャクにもさわって、佐多蔵さんをじらしてやろうといういたずらっぽい気持がムラムラと起った。ですから、断わる気でいた話を、実際に断わったのは、それから十日ほど経ってからでした。

その十日のあいだに、佐多蔵さんと私は三度あいました。三度とも口をききませんでした。もっとも、楽屋の廊下ですれちがっただけなんです。しかしそういう時、きっと何か冗談をいうあの人が、黙ってニコリともせずにいることが、私には気になりました。だから三度目にあったあと、家へ帰らずに行って吉田さんにおことわりしたんです。

それが九月の初めでした」

私はその八月に、佐多蔵と二人っきりで、銀座のバーへ行ったことがある。芝居のかえりに、私がタクシーを探していると、佐多蔵が、「竹野さん、どこかへ行ってビールでものまない?」と声をかけた。私は役者のフランチャイズにゆくのを、いろいろな意味で好まない。逆に私のゆきつけの店へ誘って、三時間ほど一しょにいた。そういえば、いつものように調子よく酔わず、時々思い屈した感じで、黙りこんでいた彼であった。

私は何か私に話したくて、佐多蔵が誘ったような気がしたのだが、改まってたずねるキッカケもなく、まとまった話題をもたずに別れた。ただその時、「前から思っていたんですが、近く寺子屋の松王をやってみたい」と彼がいったのだった。

二十八歳の佐多蔵が十月には「寺子屋」の松王丸を初役で演じるというニュースを、私が取材して、評論をそえて出したのが、九月になって間もなくのことだったのも、おぼえている。

「葉升さんの話をことわってから、すぐまた佐多蔵さんと、そとであいました。この時は機嫌よく、ニッコリ笑ってくれました。

でも、この間の話については一言もふれないんです。

佐多蔵さんは、『来月は松王をやるよ』といいました。『その前に今月は園江流《そのえりゅう》のおどりの会で、島の千歳《せんざい》をおどる。それから、テレビに出て、なよたけの文麻呂《ふみまろ》になる』といいました。

『まア大変じゃないの』といいますと、『すっかりはりきっちゃったんだ』と、白い歯を見せて笑いました。私は、うぬぼれじゃないけど、葉升の縁談を私がことわったので、この人、元気になってくれたんだという気がしました。その日家へ帰りながら、鼻唄をうたっている自分に気がついて、顔が赤くなったのをおぼえています」

去年の九月は、若い俳優、沢村佐多蔵にとって、大変な月だった。本興行では、昼の部で「扇屋」の小萩《こはぎ》実は敦盛《あつもり》、「連獅子《れんじし》」の子獅子、夜の部で「関《せき》の扉《と》」の宗貞《むねさだ》と、南郷力丸《なんごうりきまる》を演じている。おたかのいうように、園江流の年一回の大会では、「島の千歳」をおどった。私はその会へ、実は行けなかった。テレビで「なよたけ」の主人公を演じたのも同じ月だが、これも見そこなったのである。私はおたかの話をききながら、えがたい持ち味がみずみずしく芸に実《みの》っていた佐多蔵の死ぬ直前の仕事について、多く語れないのを、くやんでいた。

おたかが急に表情を硬くした。そしてサラサのハンドバッグをあけて、中から紙に包んだものを出してひろげた。出て来たのは、短冊のようなものである。

「おじさん、見て下さい、これ」

手にとると、それはまさしく寸づまりの短冊だが、白地に「梅は飛び桜は枯るる世の中に、何とて松のつれなかるらむ」と書いてあるその二行の文字のあいだに、ボールペンらしい痕《あと》で「さよなら」と書いてあるのだ。

「私はこれを、昨日、佐多蔵さんの家の仏壇の中から見つけたんです」こう、おたかがいうのだ。

「梅は飛び」云々の歌は、菅原道真《すがわらのみちざね》公の歌なのだが、芝居について多少知っている人は、これが「寺子屋」の中で、二度目に登場する松王丸の持って出る松の枝についている短冊の歌だというのを、常識にしている。

「寺子屋」で、藤原時平《ふじわらのしへい》の命により、かくまっていた菅秀才《かんしゅうさい》の首を討てと命ぜられた武部《たけべ》源蔵《げんぞう》が、その日入門した美少年の首を身がわりに打って検分に来た松王丸に見せると、疑わずに菅秀才の首とみとめてくれた。松王丸の去ったあと、ホッとした源蔵夫婦が若君の幸運を喜んでいるところへ、さっき自分の手で首をはねた子供の母親がたずねてくる。

やぶれかぶれで、母親のいのちも貰おうという気になり、源蔵が切りかかると、その母親は今日寺入りに持たせてよこした塗り物の箱でうけとめ、その箱の中から経《きょう》かたびらと六字の幡《はた》が出て来る。母親は、「若君のお身がわりに、お役に立てて下さんしたか、様子が聞きたい」という。あっけにとられた源蔵が「あなたは何びとの御内証《ごないしょう》（妻）？」というところへ、先刻と衣裳の変った松王丸が出て来て、門口から松の枝を抛《ほう》りこむ。

その枝に短冊がついている。源蔵がその短冊に書かれている歌の上の句「梅は飛び桜は枯るる世の中に」まで読むと、松王丸が「何とて松のつれなかるらん、女房喜べ、倅《せがれ》がお役に立ったわやい」といいながら家の中へはいって来るのである。

この短冊はまさに「寺子屋」の短冊で、そうなると、去年の十月都座で松王丸を演じた佐多蔵が、持って出た枝についていたものではないだろうか。

「昨日私は、佐多蔵さんの家の近くまで行きました。それでお線香をあげてゆきたい気がして、寄ったんです。

仏壇の前でしばらくすわっていました。すると、掃除がゆき届かないんでしょうね、棚の所に埃がつもってるんです。気になったんでフキンを借りて、拭いてあげようと思いました。御位牌《おいはい》を動かしたら、そのかげから、この短冊が出て来たんです」

松王丸の持って出る松の枝の短冊に「さよなら」と書いてあった。すると、この短冊を見た人、つまり松王丸に扮した佐多蔵が「さよなら」と書いて読ませた相手は、その時の舞台にいる武部源蔵に扮していた人でなければならない。

ところで、佐多蔵が最後に演じた「寺子屋」の源蔵には、市川葉升が出ていたのである。佐多蔵は、舞台へ出る直前、ボールペンで、短冊に訣別の四文字を記した。

出て来て拋る。受けとった葉升は、ハッとしたにちがいない。ハッとするのを、佐多蔵が予期したともいえよう。そこには、万感がこもっていたのだろう。

そこで、葉升と佐多蔵は、当然、対立した感情を持っていたにちがいないということになる。その原因が、今私の前にすわっているおたかにあることは、おたか自身からいわせるまでもなく、明らかなのである。

私はしばらく黙っていた。これ以上、つっこんで根ほり葉ほり訊ねるのは、残酷な気がしたからだ。

しかし聡明な彼女は、私が彼女をいたわっているのを知り、沈黙が段々負担になって来たらしい。

「私、それで実はおじさんに、あいに来たんです。私は今日の今まで、佐多蔵さんに、私の気持はわかってもらえなかったと思っていたんです。

私がこんなに思っていたのに、佐多蔵さんは、薬を誤ってのみ、死んでしまった。結局佐多蔵さんは、私とは縁がなかったんだとあきらめました。

あきらめた上で、やけになったような感じで、今年になってから、葉升さんから又追っかけて来た結婚の申し込みを、承知してしまったんです。

でも、今日持って来たこの短冊を見てから、考えは変りました。

私は、佐多蔵さんの死んだのは、覚悟の上の自殺にちがいないと思うんです。そして、それも、葉升さんに追いつめられて死んだのだと思うんです。短冊がそう教えてます。いきさつを確かめて見ないことには、私の気持は、どうも納まりません。おじさん、どうしたらいいでしょう」

おたかの目は、しっとりと濡れていた。

おたかを半蔵門まで送った足で、私が雅楽の門をたたいたのは、雅楽の推理したとおりである。私はおたかの話した一切を、老優に伝えた。

雅楽は、じっと庭の面を眺めながら、しばらく考えこんでいた。そして、溜息をホッとつくと、こういったのである。

「佐多蔵が自殺ということは、おたかの考えが当っている。つまり薬ののみすぎは、過失ではなかったわけだ。

ところで、自殺だとしては、書きおきがない。しかし、短冊にさよならと書いた、そしてそれを当然読むにちがいない葉升に読ませた、このさよならが唯一の書きおきだとしたら、葉升にうらみをいって死んだと見てもいいわけだ。

あの時の芝居、佐多蔵の死んだ日の『寺子屋』では、初めの間、佐多蔵の松王丸が、はるかに元気だった、二度目に出て来てから、沈んでいた。

芝居の筋の上では、前の方が病人で、それが仮病だったわけだから、二度目に出て来たら、元気になっているのがほんとだ、それがあの日は逆だったのを思い出す。

さてそうなると、松王丸が一度引っこんで、二度目に出て来るまでの間に、何事かがあったわけだが、葉升は、丁度そのあいだ、舞台で源蔵の見せ場の『五色《ごしき》の息《いき》』の所を演じているのだから、変だね」

そのあとで、雅楽は「竹野さん、佐多蔵は日記を書いてやしなかったかね。あったら読みたいな」といった。

私はおたかにあって、もう一度話し合った。友人の江川《えがわ》刑事を呼んで、おたかにあわせたのは、これは刑事事件ではないけれども、謎を解き明かす手がかりを探る意味では、犯罪の追及と全く同じだと思ったからだ。それに、正直いうと、彼と久しくここの所あっていない。二人で小酌《しようしやく》をこころみたい気持もあった。江川刑事も、自殺説だった。おたかは、気のおけない友人が、話し合っているのを、傍で、しずかに暗い微笑を含みながらきいていた。

その夜私は、おたかに、佐多蔵の遺品の中に、日記がなかったかと、それとなく調べてもらうことを頼んだ。すると、早速、その日記が届いて来た。

ボールペンが主、ところどころ万年筆だったが、克明に書いてあるノートが、やはりあったのだ。

佐多蔵が死ぬ年の夏ごろから、大変いらいらしている気持が、そこにはハッキリ出ていた。おたかの事は「市来」と書いてある。「市来部屋に来る」「市来とあった」という程度で、おたかに対する愛情も関心も、文面からは推察しようもない。しかし、むしろ逆に乾いた文字のかげに、青年の苦悩のようなものが読みとれた。

私は、名状しがたい感情にたえず包まれながら、佐多蔵の日記を読みおわった。そして、それを雅楽に届けた。

雅楽もすぐ読んだと見えて、私の所へ、例の巻紙に毛筆という、老優独特の好みの手紙をくれた。

そこには、こう書かれていた。

先日は失礼、佐多蔵日記まことに惜しむべき人を殺したものと、今更のやうにくやむことばかりに御座候、ついては日記中、ことに、左の日附の部分、少々心にかかるもの有之、貴兄の手控より同じ日附のところをおしらべの上、近々拝眉の折くはしく承りたく候、佐多蔵はまさしく、他の人の罪ふかきはかりごとに追ひつめられて、みづから死をえらびたること、たか女の明察通りと老生も判断仕り候

九月一日
九月二十七日
九月二十九日

十月十五日

十月二十四日

老生の右五日の行跡も追ってお話申しあげたき存念に御座候

雅　楽

竹野先生机下《きか》

私も日記は、中学の時から一日も欠かさずつけている。ことに、今のような仕事をしていると、手控そのものが演劇史料として役立つことがあり、現に戦争中の記録が焼失して或る期間の興行年表にブランクが出来た時、疎開もせずに東京にいて、いつもと同じように毎月芝居を見て歩いていた私の日記が、その穴を埋めることができて、大変感謝されたことがあるくらいだ。

そんな次第で、特にこの三四年は、パーティーに出て、誰とどんな立ち話をしたということまで、私は記録するようになった。

去年の九月から十月にかけて、私の行動は、くわしく判るのである。

雅楽の手紙を読むとすぐ、私は去年の日記を、もどかしいような気持で、検討した。私事も入っていてわずらわしいが、省略せずに、雅楽の指示した五日の日記を、ここに写してみる。

九月一日　朝メイ（註　わが家の犬）と散歩。社にゆく車中で、ゆうべ届いた演劇界を読む。若い劇評家の放談会おもしろし。特に女性の発言傾聴に値す。社で今月の劇評掲載日の打ち合わせをして、すぐ車で都座へゆき、初日の舞台を見る。特定狂言で「正雪の二代目」は出ず。佐多蔵四役にて大奮闘なり。雅楽老も夜の部を見る。幕間《まくあい》にすしを食べ、老は「関の扉」の宗貞の着附がおかしいという。寸法がニュアンスを狂わしているらしい。浜松屋のあく前に、佐多蔵を訪い、老優からの言伝《ことづて》として右を知らせる。南郷のこしらえ最中とて、キョトンとしている。廊下で弁天小僧の葉升にあう。上機嫌であった。はねてすぐ車で帰宅、疲れたのですぐねる。

九月二十七日　朝メイと散歩。午前中在宅、一昨日の台風のあと始末、庭で一時間ほど働く。玄関わきのヒバが一本倒れていたのを起す。十一時頃、葉升の番頭来り、襲名問題について各社の方々をお招きした、ぜひ集ってほしいとのこと、丁度今日は園江流の大会だが、舞踊の記者に行ってもらうことにして二時新橋クラブにゆく。葉升紋附羽織袴であらわれ、前々から話のあった古猿《こえん》の名跡《みょうせき》は、その名をあずかっている但馬屋《たじまや》未亡人不承知なので、襲《つ》ぐのをあきらめたと語る。茶菓の会おわって、一同すぐ演舞場にかけつけたが、「島の千歳」は二十分ほど前におわっていて残念。おたかさん、廊下に立っていて「島の千歳よござんしたわ」とささやく。めずらしい人にあ

帰る。

きく。那美子の顔を知らぬ演芸記者もいるのだから、時代も変ったと思う。車ですぐ

帰ったと話す。話していると各社記者来り、中の一人小声で「あれは誰ですか？」と

う。アメリカに行っていた滝島那美子《たきしまなみこ》なり。二世と結婚、子供を両親に見せに一昨日

九月二十九日　朝メイと散歩。若い娘二人「藤ゆりかさんの家はどこですか？」とき

く。先月越して来た新映のスターなり。指して教えると、門の前にかけてゆき、表札

を確かめ嬉々として去る。京都へ行っている新派の連中よせがきをくれる。社へゆき、

短文ながら「国立劇場の使命」という評論を書く。運動部の方から後楽園のナイター

の切符があるが、ゆかないかという。心動くが今夜は来月の「寺子屋」の主題で、各

社の劇評担当者、雅楽、与七《よしち》らも集り、社の催す座談会あるのでことわる。吉の家《よしや》へ

ゆく。源蔵の葉升はいるが、佐多蔵は不在、今日はテレビ出演という、松王役者のい

ない会ではおかしいなど不平あり。テレビは「なよたけ」を見たいと思い、ここには

ないかときくと、家《うち》はテレビがありませんという。結局雅楽と与七の芸談をきく会に

なってしまった。散会後、雅楽と小酌、送って帰る。

十月十五日　雨はげしく降る。社へゆくと、都座から来月の狂言内定という。佐多蔵

が「すしや」の権太《ごんた》をすることは、二三日前に聞いていたが、新作で「出雲《いずも》のお国」、

おどりは佐多蔵の「喜撰《きせん》」、別に葉升が「小原女《おはらめ》」と「奴《やっこ》」がきまった。四時頃、大

学時代の同級生高木、社の前を通ったからといって寄る。新橋へ行ってビールをのみ、結局十一時まで、方々をのみ歩く。高木は水産会社の部長、魚の話を大分きいたが、すしやで魚の話をきくのは、興ざめなものなり。
十月二十四日　朝メイと散歩。社へゆくと、机の上に箱のようなもの届いている。葉升の弟葉牡丹《はぼたん》の京都みやげとある。南座に出ている当人より土産が一足先に来たわけ。あけてみると、てりふり人形。(照り降り人形。天候に応じて交互にあらわれる仕掛けのもの)午後アメリカ映画「なやみ」の試写、隣にファッションモデルの何とかいうロシヤ娘がいて、悲劇の最中ゲラゲラ笑う。

去年の九月上旬から十月下旬にかけての、私の日記は、こんなぐあいである。

私はこの日記を筆写しながら、すでに、或る事実に気がついていた。つまり、雅楽が、なぜ、特に五日だけ限って指示したかの意味が、ぼんやりわかった。もっとも、全部わかったわけではない。五日のうち、それぞれ、佐多蔵と葉升の名前が出て来るのは確かだが、例えば十月二十四日の項は、どういう意味か判断に苦しむのである。

とにかく私は、私の日記の写しをもって、千駄ケ谷へ行った。

雅楽は、「とにかく、佐多蔵の日記を見てごらん」といった。一度読んではいたのだが、自分の日記と比べるという新しい角度で接すると、また格別な興味がある。
九月一日　晴、十時半都座へゆく、初日だ。「扇屋」の敦盛は初役、大変むずかしい。カンザシを拋った。アメリカ人が拾った。「連獅子」のほうはいいが、宗貞はどうもおどりにくい。楽屋に竹野先生来られ、衣裳の寸法、高松屋おじさんのダメ伝言にビックリする。おじさんに訊いたら、この寸法がいいということを、先日葉升からいわれ、そのとおりに注文したのだから。こっちのききちがいか。南郷がおわってガックリ疲れてしまった。帰宅後マッサージをしてもらう。
九月二十七日　十時半演舞場行。園江流大会、二時十分から「島の千歳」をする。市来部屋に来る。客席に先生方一人もいなかったという。ふしぎでならない。夜テレビけいこにゆく。演出の川島先生、セリフまわしがまだいけないとおっしゃり、自分でいってみせられる。そのとおりにいってみようとしても、舌がまわらない。夜、テレビ台本を見ながら、ねてしまった。
九月二十九日　朝から「なよたけ」けいこ三回、本番は七時半。実は東都新聞の座談会で、松王の話をおじさんたちに訊くことになっていたが、他の日にしてもらえず欠席、残念無念。夜、高松屋おじさん電話下さる。玉ずしからも電話、どうして座談会の場変更になったかという。知らなかった。東都新聞の主催なのだから、理由はわからない。
十月十五日　十五日目、楽屋入り十一時。来月の出し物大体きまる。「喜撰」は初役。午後歯医者にゆき、かえって「寺子屋」へ出る。夜市来に電話する。二十五日にもう一度見に来るといった。
十月二十四日　二十四日目、楽屋入り十一時。葉牡丹から京都みやげを貰う。

この日記を見てわかったことは、佐多蔵が九月に四つの大役（うち一役は初役）を演じたあと、脂ののりきったような感じの彼が、一方では園江流の大会で「島の千歳」、一方では新しい戯曲「なよたけ」の文麻呂を演じたという時に、私ばかりでなく、佐多蔵がぜひ見てもらいたいと思う人たちが、この二つを全然見なかったという事実である。

これは、私が当時、たしかに残念だったと思ったことなのだが、実はその気持も淡いもので、まもなく忘れてしまっていた。しかし佐多蔵の側に立ってみると、これはかなりのショックだったと思うのである。

しかも、それをハッキリ気がついて誰も感じなかったのだが、九月二十七日佐多蔵が「島の千歳」を踊った時間に、符節を合わしたように、われわれ同業者たちは、演劇評論家を含めて、新橋クラブに、「軟禁」されていたのだ。しかもクラブに襲名に関してお集り願いたいといって来たのは、葉升なのである。

この時は、数年前から葉升がつぐといわれていた演劇史上の名跡古猿の「襲名のことで、お話ししたい」という申し入れだったのをおぼえている。こういわれれば、いよいよ名前を貰うことができ、近いうちに披露をするという話だと、誰でも思ったにちがいない。私にしてもそう思ったからこそ、カメラマンをつれて行ったし、行く前に、先代古猿の事蹟を調べて、すぐ原稿にできるようにしたこともおもい出す。ところが行ってみれば、しばらく絶えていた古猿の名前をあずかっている但馬屋の未亡人に異存があるらしいので、襲名はとりやめるというだけの話であった。劇評家まで呼んでおいて、物々しく正装であらわれて、こんな話を聞かせたのは、明らかに、「島の千歳」をわれわれに見せまいとした葉升の謀略だったようである。

一日おいて九月二十九日の場合も、そうなると思い当る。この夜の会は、私の勤めている新聞社の特集のために、「寺子屋今むかし」という座談会を催す話がおこり、私から雅楽にも出席を依頼して快諾してもらっていた。他に評論家六名、次の月に松王と源蔵をする佐多蔵、葉升も出て来て、抱負を語ってもらうことになった。むろん、若い二人が老優の雅楽や与七から、明治以来の「寺子屋」の名演技についてきくことのほうが、この会の成果として期待されるものであった。

ところで、社のほうで用意した会場は、築地の玉ずしの広間だったのだが、三十日の夜の会というのが、葉升の都合で、どうしても二十九日にしてくれということになり、次に葉升がすぐその前に放送の仕事があって築地では遠いから四谷の吉の家にしてくれないか、何なら自分のほうで賄《まかな》わせていただいてもいいのだがとまでいい出した。むろん社として、葉升に御馳走になる気はなかったが、結局、会場も日時も、源蔵役者の葉升の都合で、間際に変更になったのである。

二十九日は、佐多蔵がテレビに出る日なので困るといったが、そうなるともう他に日もなく、「寺子屋」の座談会を流してしまうのは、松王に扮する佐多蔵としても本意でないというので、紙上参加ということにして、結局佐多蔵ぬきで、座談会を決行したのだった。私は会の途中、速記をやめて、テレビの「なよたけ」を見るつもりでいたのだが、吉の家は、旅館も兼ねている家なのだが、よく作家が仕事場に利用するせいか、テレビを置かないということが、当夜になって判ったのである。

今にして思うと、葉升は、吉の家にテレビがないのを承知で、というよりもテレビがないという条件を知って故意に、会場を吉の家に変更したのにちがいないのだ。

この二日にわたる、佐多蔵自身に対する意地悪い葉升のやり口は、ライバルに向っての挑戦というよりも、もっと陰性な、どす黒い「悪」のにおいを感じさせる。

佐多蔵自身、日記にそれとはあらわに書いてないが、二十九日以後の数日のあいだに、当然見てもらいたかった評論家のいく人かが、やはりテレビを遠ざけられて、吉の家にくぎづけになっていたのを知って、内心どんなにくやしく思ったかはわかる。

佐多蔵に葉升がこういういやがらせを、かなり手のこんだ方法で計画したのは、葉升が自分のおたかに対する結婚申し込みを、佐多蔵が妨害していたことを探知したからだと、今日では、想像してさしつかえあるまい。

いわばこれは、葉升の復讐行為だったわけであるが、芸好きで、自分が精根をこめて演じた芸を、結果において信頼する批評家から黙殺されたのと同じことになったというのは、夏から秋にかけて、いらいらしていた彼にとっては、かなりの痛手だったにちがいない。

私は、夏一しょにのんだ時の、佐多蔵の顔の色つやがわるく、沈みがちだったのを思い出しながら、九月一日の「関の扉」の宗貞の衣裳の寸法についても、彼が直接雅楽にたしかめなかったのが、手おちだったとしても、あいだにいた葉升が、わざとちがう寸法を教えたのだと気がついて、愕然とした。

この宗貞という役は、美しく装った若殿様の役で、かつらは「源氏《げんじ》」、着附も羽織も、共色で、水浅黄《みずあさぎ》の地に金銀の糸で扇を縫いとった豪華な衣裳を着て出る。だが着流しで、おまけに下駄を履いておどるという至難な役だけに、寸法がちょっとちがっても工合《ぐあい》がわるいのだ。白い足袋が着物のすそからどの程度に隠見するかという微妙な問題があるだけに、多分古老の雅楽に問い合わせ、教えを乞うたものと思われる。ただその返事が口頭で伝えられ、おまけに葉升がとりついだので、その時、のちに二回も続けて、佐多蔵のものを批評家に見せない工作をしたのと同じような陰険さで、故意に違う寸法を教えたのだと、私は思うのだ。

むろん二日目には寸法も直っていたと思うが、こういうミスは、当人にしては泣いても泣けない。俳優の初日の心持を傷つけるようなやり方は、最大の罪であるに相違なく、私が楽屋ののれんを掲げて雅楽の言葉を伝えた時、佐多蔵がキョトンとしていたわけが、今こそよくわかったのである。

私が大学にいた頃、ギターのうまい男が同級にいた。彼は才能に富んでもいたし、人間も立派だった。ただ惜しいことに、気が弱く、それと幼い時怪我をして、片足をひきずるという欠陥があった。その男は、師事した人の推薦で、学生だったのに、個人の演奏会を持つことができたのだが、その直前には、永年恋していた少女の心をしっかりつかむことができた。しかし晴れのリサイタルでギターを弾いた彼は、おわってから足が悪いために立てない。幕をおろしてもらうのを待っていたが、同じ少女を恋していた同級生の某が、わざと幕をおろさせないようにしていた。いつまでも幕がおりないので、やむをえず彼は立って片足をひきずりながら、ギターを抱えて退場した。聴衆の中でクスクス笑う者がいた。その夜、彼は自殺したのである。この事件にひそむ「悪」を私は今、慄然としながら思いうかべたのである。葉升も同じようなことをしたのだ。

さて十月二十四日に、私と佐多蔵とは、同じ葉牡丹の京都土産を貰っているが、あれはてりふり人形だった。そうだ。私はあることに気がついた。そして、ゾッとした。

次の月の芝居の顔寄せの日だった。雅楽から電話があった。機会を待っていたが、今日ちょうど葉升とあうから、ゆっくり話してみたい、それとなく立ち会ってほしいというのだった。

私は稽古場へ、時間を見はからって行って待っていた。顔寄せというのは、次の興行の出演者が集って、吉例の手をしめて一応解散するのである。稽古へ入る前のプロローグというようなものであった。

雅楽に誘われた葉升は、私が一しょなので、「おや、竹野さんも」と愛想よく、声に出していった。三人は、劇場の近くのすし屋の二階へ上り、酒をのみながら、雑談をはじめたが、雅楽が思い出したようにいった。

「葉ちゃんは、寺子屋の松王はまだ、してなかったね、たしか」

「ええ」

「一ぺんやってみないか、私がいい型を知ってるんだが。どうもこの頃の寺子屋は、誰がやっても、明治の団・菊の型になってしまった。今のうちに、別の型を、誰かにおぼえといて、もらわなくちゃ」

葉升は、盃《さかずき》を措《お》いて、ぼんやりしている。

雅楽は、それに気がつかないように、

「佐多蔵だって、そうなんだ、私に話をききに来さえすれば、白装束になってから、高《たか》股立《ももだち》にする型ぐらい、教えてやったんだ。あの男も何だって、若いくせに、薬をのみちがえて死んだりしたんだろうね、全く」

この話のあいだに、葉升が額に一杯汗を溜めたのを、私は見のがさなかった。

彼は、急に、ちょうど絶句したセリフを、やっと思い出したとでもいうような感じで、話し出した。

「おじさん、佐多ちゃんは、自殺したんです。それは私だけが知っていることなんです。そして……佐多ちゃんを死なせたのは、この私です」

雅楽と私は、予想したよりも、まことに素直に告白する葉升の顔を、それだけに、気の毒で、正視できなかった。

以下は、佐多蔵に関する葉升の物語であるが、私なりに整理して書くことにする。

葉升は宇七の妹のおたかに求婚したが、結局断わられた。すると、それは佐多蔵が断わるようにすすめたからだという噂が耳に入った。

葉升は、佐多蔵に復讐しようと思った。

九月は二人とも一座していたが、初日をひかえて「関の扉」の宗貞の衣裳の寸法について、佐多蔵が雅楽に問い合わせ、その返事が稽古場へ届いた。折あしく佐多蔵はいず、葉升がそれをきいてとりついだ。わざと丈《たけ》を一寸短く教えた。そのため、初日の宗貞はツンツルテンのような感じを与えた。葉升は内心ほくそえんだ。

九月の芝居のあいだに、おたかが何度も楽屋へ来た。兄も出ている劇場だから当然なのだが、葉升のほうでは、佐多蔵にあいに来ているのだと思って、むしゃくしゃしていた。おたかは自分の話は断わって、佐多蔵の所へゆくにちがいないと感じた。

月末におどりの会で「島の千歳」、テレビで「なよたけ」をするので、佐多蔵の身辺は忙しかった。作家、評論家、ファン、記者などが楽屋に出入りする。葉升にとっては、一々シャクにさわった。

佐多蔵は今度の自分の仕事がひとつの転機だとしきりにいっている。事実、九月の舞台を見ていると、「島の千歳」も文麻呂も立派にできそうである。それが又新聞や雑誌に書き立てられることを思うと、葉升はくやしかった。

それでおどりの会の日に、同じ時間に批評家や記者席の人たちを、どうしても自分の所へ引きつけ、みんなが見落すように工作した。「寺子屋」の座談会の日も、テレビのない場所をえらび、これも見られないようにしたのである。その結果、二十七日と二十九日に佐多蔵が演じたものを、ほとんどの批評家は、形の上で無視したことになる。

十月の「寺子屋」は二人の芝居で、葉升は毎日毎日、松王に扮する佐多蔵のうまさに圧倒された。恋のうらみ、芸での敗北、益々彼の心はねじくれて行った。

京都に行っている弟の葉牡丹から、帰京後「おみやげ」といって配るはずのてりふり人形が届いた。それは十四日だった。この人形は、何本かの女の髪の毛を撚《よ》らずに軸にしかけてあって、湿度のデリケートな変化によるその毛の伸縮で、二つの室に入っている人形のどっちかが出て来るようになっている装飾用の玩具である。雨の降っている時は、毛がのびて、左側の室から桶を抱えているいがみの権太の人形が出る。晴れて湿度の低い時は、毛が縮んで、右側の室から小原女の人形が出る。

葉升は、この人形を見ているうちに、権太を来月、佐多蔵が初役ですることに気がついた。彼は、「よし、自分はそれなら右側の小原女の人形で、ぶつかってやろう」と思った。それで劇場の方に来月は、のちに奴《やっこ》に引きぬく「小原女」をおどらせてくれと申し入れた。

佐多蔵にその人形を見せて、二人が対立している姿が、そのままてりふり人形の形に凝縮しているのを指して示してやろうと思った。それで弟の帰京を待たず、二十いくつかある人形を、楽屋のいく人かに、また新聞社の知人たちに、配らせたのが二十四日だった。

佐多蔵はその人形を見て苦笑したようである。葉升に、「どうも来月は二人がてりふり人形になるわけだね。洒落にもならないね」といった。

二十五日のことだった。千秋楽なので、昼の芝居がおわると、楽屋は昼の部の衣裳を片づけたりする必要があった。葉升は、鏡台のまわりにある装飾品などを片づけさせていたが、埃をよけるために、廊下へ出て、裏の川に面したベランダの方へゆこうとすると、佐多蔵とおたかが、小声で話をしていた。佐多蔵は、おたかに何事かを迫っているらしい。おたかが、「私の気持はわかっているでしょう」といった。

葉升は胸がかきむしられるようだった。

おたかが、「じゃア私の気持を手紙に書くか何かして、わかってもらうようにするわ」といった。「手紙でなくてもいい、ぜひ今日中に知りたい」「寺子屋の前には無理だけど、寺子屋がおわるまでに、そう、どうせそこで着かえるんでしょう、あすこで待っている多一《たいち》さん（註　佐多蔵の弟子）にでもあずけておくわ」といった。

佐多蔵がおたかに、正式に結婚を申し込んだのだと思った。口ぶりでは、もう承諾したのも同様で、葉升は嫉妬に胸がもえるようであった。

「寺子屋」のあいだに、松王丸が引っこんで、黒い羽織袴の下に白装束を着こんだ二度目の衣裳に着かえるのは、舞台と同じ平面にある、楽屋一階の控え室で、そこは葉升の部屋の真ん前だった。佐多蔵の部屋は二階の別館なので遠い。それで、いつもは長唄連中の詰めるこの部屋を借りて、着かえていた。

そこへ、おたかが「心のあかし」を届けるのだという。

葉升は源蔵の姿になって、立ったりすわったりしながら、苦痛にたえかねていた。ふと見ると、弟から貰って自分の所にも来ていたてりふり人形が出窓の所にある。その日は快晴で、小原女がピョンと飛び出ていた。

葉升は残酷な表情をしたが、その人形を、部屋の入口近くに運んでおいて、「寺子屋」の舞台に出た。

源蔵が帰って来て、小太郎の顔を見、この子を若君の身がわりにしようと決心して、女房の戸浪《となみ》にも納得させる。「せまじきものは宮仕え《みやづか》」の述懐があって、そこへ松王の駕がやって来る。門口で玄蕃《げんば》と松王の二人が寺子の顔を一々見るところで、源蔵夫婦は奥へ入る。

葉升は上手《かみて》の障子屋体へ入ると、大いそぎで自分の部屋まで行き、松王がやがて来て衣裳を着かえる控え室へ入った。手には、てりふり人形を持っている。「ちょっとここへおかせてくれないか」といい、怪訝《けげん》そうな顔をしている弟子たちの前の大テーブルの上にその人形を置いて、障子屋体に引っ返した。

雅楽がここで口をはさんだ。

「それで、佐多蔵は、首実検がすんで入って来ると、着がえをする部屋のテーブルの上に、小原女がのっているのを見たわけなんだね。

佐多蔵にしてみると、おたかが、葉升の縁談を断わったような口ぶりでいながら、自分から改まって思いを打ち明けたりすることもできず、おたかの側からは、何もいわないのに業《ごう》をにやしていた。それで、その日とうとう思い余って、おたかの本心を問い質《ただ》そうとしたわけだ。おたかの返事は、手紙という形では多分示されない様子だったが、何かのしるしが、控え室に来ると、届いていやしないかと思って、松王の姿で入って来た。花一輪でもおいてあれば、おたかの気持が判る。そう思いながら、いそいそして入って来たにちがいない。

葉升君が、そこへ人形をおいたのは、佐多蔵をうちのめすための、見事なやり方だったんだね。第一、この人形の片っ方には、自分が来月する権太が隠れている。そのことまでは考え及ばなかったとしても、小原女がそこにいたことは、おたかがまだ葉升に何かのかかりあいを残しているのだ、つまり自分の思いは遂げられなかったんだと、ひとりできめてしまったにちがいない。望みを絶たれて、佐多蔵は薬をのむ気になったのだ」

葉升はうなだれて、ただうなだれて、雅楽の言葉をきいていた。

葉升にしても、まさか、その夜、佐多蔵が自殺するとは思わなかっただろう。一本又しても「お面」を入れて、内心溜飲をさげようという程度のいたずらのつもりだったと思う。

その日の天候の加減で、てりふり人形の微妙な仕掛が、小原女を前に飛び出させていた。それを見て、葉升が思いついたいたずらだとすれば、うらみたいのは、十月二十五日の天候である。いや、こんな人形を、京都みやげに葉牡丹が買いととのえたりしなかったら。こう考えて行っても、所詮すべては愚痴になってしまう。

あり合わせたボールペンで、松王の佐多蔵が、二度目の出に持って出る松の枝の短冊に「さよなら」と書いた。私はその時そばについていたはずの弟子の多一に念のため確かめてみたが、それを書いている様子については、何も思い当らないといっていた。ただボールペンは、そこに置いてあった書きぬきに挿んであったのでしょうといった。しかし、この時、短い着がえの時間の寸暇に書いたのだけは、まちがいあるまい。幕のあく前には、まだ絶望していなかったのだから。

葉升がいう。

「松王が抛って来た短冊を見て、例の『梅は飛び』の歌を読もうとする時、『さよなら』と書いてあったのを見て、私はハッとしました。

それから幕切れまで、この日も、実に佐多ちゃんは巧かった。泣き笑いの所なぞ、つりこまれて私までが、いつになく泣かされてしまったんです。

舞台が終って、私は『さよなら』が気になったので、声をかけようと思っていたんですが、私はそのあと二つ役があったし、役がおわるとすぐ録音があり、そのまま佐多ちゃんにはあいませんでした。

佐多ちゃんが死んだというのを聞かされたのは翌日のことでした。私が自殺に追いやったのだということはわかっていたので、だから、お通夜だのおとむらいだのの間、しじゅう胸をしめつけられていました。

それで、短冊のことですが、あの松の枝は松王が幕切れに腰にさす、幕になるとすぐ佐多ちゃんの弟子が受け取って小道具の部屋の方へ持って行こうとしたのを、私が声をかけて一寸借り、ソッと短冊だけはずしてふところへしまっておきました。（多一にこのことも私が確かめたら、それはおぼえていた。ただし葉升から返してもらった松の枝に、短冊がついていなかったのには、気がついてなかったというのだった）

私はまさしく佐多ちゃんの絶筆になったこの短冊を、ずっと私の家の仏壇のかげの方に飾って、手を合わせて拝んで来たのですが、ついこのあいだ、おたかちゃんがやっと私の所へ来てくれるということになったので、それを佐多ちゃんの家へ行って、気のつかれぬようにお位牌のかげにおいて来たんです。

おたかちゃんを貰う話にしても、私は佐多ちゃんにすまないと思いながらも、どうしても、思い切れず、今年になってまた人を介して申し込んでいるうちに、やっと承知してくれたわけで、私もこれからは新しく出直すつもりでした。でも、こうなれば私はおたかちゃんはあきらめます。何とも申しわけありません」葉升は、目に涙を一杯溜めて、このようにいうのだった。

おたかと私とで、雅楽の家に、また行った。私は葉升の告白をくわしく、その夜のうちに、おたかに伝えておいた。

私は、佐多蔵の通夜から葬儀、初七日にかけて、去年の十月の終りの数日間、毎日毎日雨ばかり降ったことを思い出した。そうして、佐多蔵の楽屋から自宅へ運ばれた遺品の山がとりあえず茶室の床の脇に積まれていたのを、段々に記憶をよび戻していた。他の女の人たちと一しょに、おたかも手伝いに来ていて、私が誰かとその茶室で話をしている時に、お茶を運んで来た。その時私が床脇においてある、てりふり人形の権太の姿を見て、「佐多蔵がこの役をやるはずだったのにね」といったら、おたかが急に声をあげて泣いたことも更に思い出した。

しかも私は、今度雅楽にいわれて十月二十四日の日記を見るまで、その人形のもう一方が小原女だったことを、自分も同じものを貰っていながら、忘れていたのだ。その茶室の人形の、権太でないほうが小原女だとは、ちっとも気がつかなかったのだ。

雅楽の家へゆく途中で、私がこれらのことをいうと、おたかは、「あの時は、土砂降りでしたわね」とさりげなくいった。そうだ。あの時は雨だった。だから、権太が出ていたのだ。私はゾッとした。

私が雅楽に、「どうして日記の中で、特別に五日をえらんだんですか」というと、「竹野さんには、十月のほうの二日を私が挙げたわけがきっとわからないだろうと思ったよ。私は十月二十四日に、やはりてりふり人形を貰っていた。権太と小原女で次の月の佐多蔵と葉升の役だったということを思い出した。そうしていろいろなことを記憶から呼びおこしているうちに、去年、佐多蔵が薬をのんだ日、『寺子屋』の直後に私が頭取《とうどり》に用があって、楽屋へ行った時のことが、次々に浮かんで来たのだ。私が松王の衣裳をかえる部屋の前を通った時、なぜか知らないが、佐多蔵の弟子の多一が、てりふり人形を、葉升の部屋へ届けにゆくところを見たんだ。よその弟子が葉升のものを運ぶというのは、今思ってみるとおかしい。その辺で、おおよその筋がわかったんだ」こう、老人は答えた。

次に私がおたかに、十月二十五日「寺子屋」の時に、どこにいたのかときいたら、「花屋へ行って、バラを探してたんです。一軒目は休んでいて、二軒目にもバラがなかった。松虫草の鉢が窓においてありましたわ。それで私はあとで電話して佐多蔵さんに会うつもりで一度家へ帰ったんです。ちょうど兄さんのお客様で、それから忙しくしているうちに、知らせがあったんです」といった。「松虫草」に「哀しい未亡人」という花言葉のあることを、私は知っていたが、黙っていた。わざわざ告げる必要はないであろう。

最後に私が雅楽にいった。

「葉升の罪は大きいですね、罰する方法はないんでしょうか」

雅楽はもっぱらおたかの方を見ながらいった。

「おたかさんが葉升と一しょになる話は、これで自然に消えたんだ。葉升にとって、これほどの刑罰は、あるもんじゃない」

奈落殺人事件

昭和××年六月の出来事である。

築地の大東劇場の地下室で、女の変死体が発見された。この事件は「奈落《ならく》の殺人」という見出しで、当時の新聞の社会面にかなり大きく扱われたから、読者の中には、記憶している人も少なくないだろうと思う。

事件を解決に導いたのは、歌舞伎俳優の中村雅楽《なかむらがらく》であった。東都新聞の記者である私が雅楽と特別に親しくなったいきさつは、今は略すことにするが、じつは事件の起った日、私は雅楽と二人で、三崎《みさき》に行っていたのである。

三崎には、私の旧知で、寺の住職をしている俳人がいる。ちょうど雅楽の休演の月で、彼が海の色が見たいと云いだしたのを幸い、北原白秋《きたはらはくしゅう》が利休ねずみの雨が降ると歌った城ケ島を見たり、魚を思う存分食べたり、そんなのんきな一日を過そうと思って、朝早く、東京を発ったのだった。

その日の見聞の中で、今でもおぼえているのは、三崎の町の、港らしい雰囲気が、ものの色にもにおいにも濃く感じられる街角にあるバスの発着所である。

部厚い鉄の丸い板が、コンクリートで固めた土台の上に設置されていて、終着点に来たバスが、そこに乗ると、車台ぐるみ、ぐるりと方向を変える仕掛なのである。舟着き場のそばのせまい道まで行く必要のあるこのバスは、こういう仕掛を用いなければ、向きを変えることができないのだった。

もう老年の雅楽ではあるが、何事に対しても、少年のような好奇心が、今もって消えていない。

「竹野《たけの》さん、こりゃア、とんと廻《まわ》り舞台じゃないか、おもしろいね」と、しきりに喜んで、バスのまわる様子を彼は見ていた。

日中はもうかなり暑い季節であったが、二人は、潮の香をかぎながら、その辺で、ずい分永い間ぶらぶらして、山の上の寺へ帰ったのだった。

そのバスの発着所のところで、案内に立った住職がカメラで、二人の姿を撮《うつ》したのが、今でも私の所にある。雅楽も、今より、いく分若い。私もむろん、若い。

車を思いきり飛ばして、夜おそく東京へ帰った。千駄ケ谷の雅楽の家まで私は一旦帰って、老人の健康状態を確かめ、安心してから帰りたかった。

雅楽の家に着くと、細君が青い顔をして出迎えた。

「変なことがあったそうですよ」というのだ。

江川《えがわ》刑事から何回も電話がかかり、私たちが戻ったら、すぐ連絡してほしいとのことであった。

雅楽は、日帰りの旅で、かなり長時間車にゆられたあとの疲れを忘れたように、「すぐ様子を尋ねてください」といった。電話をきいて、雅楽に報告する時、卓上に出ていたさくらんぼの色まで、私はおぼえている。

宵から湿度があがって、ひどく、蒸し蒸しする夜であった。

江川刑事の話をきくと、大東劇場で、この夜、八時から九時のあいだ、出し物でいう と「新曲隅田川」の開演中に、地下室で、女が死んでいたという。

死体を発見したのは、その「隅田川」の班女《はんにょ》の前に扮していた嵐芙蓉《あらしふよう》であった。おどり終って、花道をはいり、揚幕《あげまく》の中の鏡の間《ま》を通った芙蓉は、そこで待っていた弟子に、小道具の扇を手渡し、かつらを脱いで、羽二重《はぶたえ》だけの頭になって曲った階段を、奈落におりた。

芝居のほうでは、劇場の地下室、つまり舞台や客席の真下に当る部分を、「奈落」といっている。怪談狂言で、うらめしそうな顔をした幽霊が「ともに奈落につれ行かん」という、あの奈落のことで、つまり地獄の底とでもいう意味だ。

劇場でも、一般の観客が歩く範囲は、よそゆきに飾って、たとえば床にも敷物を敷いたり、壁には布を張ったりして、いかにも華やかにしつらえられている。これに反して、観客の目の届かない、裏の部分は、設備の費用を節減するためか、そういう一切の装飾を廃し、床も壁も、むきだしのままという、まことに殺風景な有様である。コンクリートで固めた床の上に、あいだの透《す》いた渡りの板が、少しずつの間隔をおいて、並べられている。

階段をおりきって、その渡りの所まで来ると、女が倒れていた。芙蓉は、ぎょっとして立ち止った。ついていた弟子が、女のような奇声をあげた。女形《おんながた》だから、仕方がない。芙蓉がもっと、おどろいたのは、その女が自分の知っている山瀬《やませ》たみ子だったからである。

山瀬たみ子は、銀座二丁目で、小さなバーを持っていた。前には、八丁目のほうのバーに勤めていて、その頃は、ハニーという名前を名のっていた。妙な店で、出ている女の名前を、みんな洋風にしているのが特色だったが、このハニーは、愛敬のある子で、ひいきにしてくれる客が多く、そのうちに独立して別に一軒の店を出すことになった。

その店の名を、ハニーは「芙蓉」とつけた。後援者と目されるのは、黒島という運動具店の主人だったが、店の名に、なぜ、こんな花の名をえらんだのかは、歌舞伎に縁のない客にはわからなかった。

このたみ子と芙蓉とが知り合ったのは、映画俳優たちの年末に催すダンス・パーティだという。誰が紹介したのか二人とも忘れてしまうほど、親しくなり、やがて別れられない仲になっていた。

芙蓉は、嵐勝五郎《あらしかつごろう》の弟子で、二枚目と女形を兼ねる役柄だが、なかなかの才人で、その頃やっと発足したテレビのドラマにも、早くから出演したり、若い能役者と舞踊の試演会を持ったりして、この世界では、新人とかホープとか呼ばれていた。

私は、芙蓉が好きで、将来については嘱望《しょくぼう》していたが、たみ子の件については、反対だった。雅楽も、たみ子について、いく分知っていたらしく、「若いものが、あんなことをしていちゃいけない」と、ひそかに、私には洩らしていた。

そのたみ子が倒れていたのを見た時の芙蓉のおどろきは、想像に余りある。

しかも、着ている細かい蚊がすりの着物の左の脇腹のあたりが、血で染まっていた。

刺し殺されたものということは、素人目《しろうとめ》にもわかった。

劇場の裏につとめている人々を、一カ所に集めて調べた結果、この奈落を、全く人が通らなかった時間は、大きく幅が縮められた。

芙蓉が舞台を終って階段をおりて来る十分ほど前には、劇場の支配人が、この奈落の、廻り舞台の脇で、狂言作者の並木吉助と立ち話をしている。何の話をしたかというと、その夜、後楽園で行われているナイターの、巨人と阪神のどっちが勝つかという話だった。

劇場の支配人と狂言作者がそんな話題を交わしたって、別に、仕事に怠慢なわけではない。

そのナイターは、ちょうどテレビで八時から、中継放送されていた。揚幕のところから、曲ってついている階段のおり口、つまり女の倒れていた場所から五歩ぐらい歩いてゆく所に、ガラスの戸がある。その戸を押すと、そこは、大東劇場の人たちが利用する理髪店であった。

横井という、新派の俳優の深川清の弟が、この理髪店を、兄の口利きで持たせてもらっていた。大東劇場は、奈落の一部に、楽屋の連中が飲んだり食べたりする簡易食堂と、この理髪店のあるのが特色で、雅楽も、食堂は使わないが、髪のほうは、時折この横井のハサミの世話になっている。

利用する人の数も知れているが、それでも、のぞくと、誰かがたった一脚ある椅子に、大抵乗っていた。その日も、一人いた。

支配人が吉助と別れて、頭取《とうどり》部屋のほうにゆきかけて時計を見たのが、八時二十分だという。芙蓉が揚幕にはいったのが八時三十二分と、これは監事室の青年が、毎日六通作成して保存書類にする時間表を見ても明らかである。班女の前が、花道をはいる姿を、舟人が舞台で見送っているところで、幕がおりて来るのだから、八時三十二分はもうここ四五日動かない定時であった。

その八時二十分から三十二分までの間の、十二分間に、奈落に、たみ子があらわれ、殺されたのであるが、楽屋中の者で、たみ子を最後に見たのは、芙蓉の弟子で、揚幕で待っている芙美男《ふみお》よりも二年ほど年長の、蓉五郎《ようごろう》だった。

蓉五郎は、はじめ、かかり合いになるのをおそれて、黙っていたようだが、結局、刑事にこんな話をした。

「へえ、たみ子さんは、よく存じております。師匠とは、二年越しの親しいおつきあいですから、師匠の身のまわりのことを知らなければならない私や芙美男も、もう何度も会ってます。じつは芙美男の所におふくろが訪ねて来て、部屋の前の廊下で待っていたので、師匠が揚幕にはいって来る時のお世話を、かわって私がしようと思って、楽屋のほうから歩いてまいりますと、横井さん（理髪店）の戸の前に、たみ子さんが、立っていました。こんばんはと挨拶しますと、ちょっと頭をさげて、何だかさびしそうに、笑いました。何ですこんちは御見物ですかと声をかけますと、兄さんもうおりて来るわね、といいました。へえ、師匠のことを、あの人は兄さんと呼んでるんです。私が、もうすぐでしょうと申しますと、そうそう、銭屋《ぜにや》のおかみさんがあなたを探してたわとたみ子さんがいうので、私は急いで、横井さんの店を通らせてもらって、売店の間を通り、表のほうへあがって行ったんです。銭屋のおかみさんがすぐには見つからなかったので、私はしばらく探したあとで、また下（地下室）へおりて来ますと、人が集って、たみ子さんの死体を囲んでいました」

八時二十分から三十二分のあいだに、この蓉五郎が、横井の店を通りぬけたことは、その時、もうこの時間には役があがって帰れる市川小半次《いちかわこはんじ》の頭を刈っていた理髪店の主人が証明した。

小半次と横井は、その時間には、テレビのナイター中継に、気をとられていて、じつは頭のほうは、ハサミを持つ方も使われる方も、うわの空だったといっていい。

奈落のほうからのガラス戸をあけると、部屋の大きさでいうと六畳位の店があり、向って右側に、大きな鏡がひとつ、壁にとりつけられている。その前に、一脚の、廻転も傾斜もできる本式の椅子がある。

隅のほうに、水道の蛇口と洗髪のための流しがあり、戸棚には、タオルや剃刀《かみそり》やハサミや調髪用の香料などがおいてあった。その脇に、背のない丸椅子が二つ、客のない時は、横井と、横井のおかみさんが腰かけて、新聞を読んだり、テレビを見たりしている。

つき当りのガラス戸をあけると、そこはもう表の地下室の売店の脇で、出たところの左角が、たばこだのあられやせんべいの類を売っている三好という店であった。

外には聞えないといっても、開演中は、遠慮ということもあるので、テレビの音はできるだけ小さくするのだが、この晩のナイターは、二ゲーム差というところでせり合っている巨人阪神のナイターだから、三好の店に勤めている女の子も、ついさっきまで、しばらく見に来ていた。

小半次は、椅子をちょっとずらせて、背後の低い台の上においてある小型のテレビを鏡ごしにのぞきながら、髪を刈ってもらっていた。小半次の視野には、テレビの真上の壁の、春山富夫《はるやまとみお》のポスターも入っていた。

春山富夫は、横井の遠縁に当る歌謡曲の歌手である。在学中にデビューして、もうかなりの人気を持っていた。この四月に大学を卒業し、社会に出て最初のリサイタルがこの六月の下旬にあるので、そのポスターを、横井は壁に貼っておいたのだった。スクール・カラーの青、赤、青の、いわゆる三色旗の意匠で、中央の赤刷りを、白く春山富夫という文字がぬけていた。

テレビを、鏡ごしに見ているのは、左手で背中を掻くように手勝手のわるいものだが、小半次は、神妙に、横井にすっかり頭をまかせ、横目でブラウン管に映る投手や打者の様子を注視していた。

私は、刑事にその夜あい、翌朝雅楽に事件の顚末《てんまつ》を報告したあとで、社へ行って運動部の記者から、前夜のナイターのスコアブックを見せてもらった。なにか役に立つこともあるだろう、と思ったからだ。

八時二十分と三十二分のあいだは、試合でいうと、四回の表から裏にかけてである。得点は、はじめ三対二で阪神がリードしていた。巨人の投手は、高安から藤宮にリレーし、四回の裏には、巨人の四番梶原が二ストライクのあと、好球を打って左中間の三塁打にしている。

ちょうど、その梶原がバッターボックスにはいった頃、円《まる》い椅子にかけて一しょにテレビを見ていた横井のおかみさんが、部屋を出て行った。

雅楽は事件の翌日には、劇場に行って現場を見たり、いろいろな人から話をきいたり、例によって旺盛な知識欲をほしいままにしていたが、気に入りの小半次からは、特にくわしく事情を聴取した。

小半次はいう。

「すぐ外で、人が刺されたんだから、悲鳴ぐらい聞えそうなものだと、刑事さんからもいわれましたが、私は、何しろ野球きちがいで、おまけに、ひいきの巨人が負けているんですから、気になって仕方がありません。横井さんと一しょに、力こぶを入れて、鏡ごしに見てました。おかみさんが、表のほうのガラス戸へ出て行ったのは、梶原がバットを持って出て来た時です。ホームランを打ってくれと二人でいって、梶原がその通り、大きく振って打った球が、ライトのほうに飛んだ時にはおどり上りました。

おかみさんはまもなく帰って来ましたが、梶原の次のバッターの野々宮が三振、一死三塁という時に、奈落の方の戸の外で、芙美男が叫ぶ声がきこえたんです」

「芙蓉は、どうしたんだね」雅楽が、芙美男にきいた。

「はい、師匠は、倒れているたみ子さんの背中を見て、多分着物に見おぼえがあったんでしょうか。あッたみ子だとおっしゃいました、そして、衣裳の裾《すそ》をからげた恰好のまま、すぐ頭取部屋のほうへかけていらっしゃいました。私もゾーッとして、そのあとを追いましたが、師匠は、部屋へ着くと、衣裳をぬぎ、もう引っ返そうとはなさいませんでした。私は、かつらと小道具の始末をすると、現場へとって返しましたが、十分ほどして、警察の方が見えました」

「竹野さん、ふしぎだと思わないかい？」と雅楽がいった。

「芙蓉とたみ子は、弟子が知っているほどの、深い仲だ。死体をたみ子と気がついて、そりゃア気味はわるかろうが、手もかけずに、さっさと逃げ出すというのは、どんな気持なんだろうね」

「そうですね、私にもよくわからない。ことによると、最近、二人の仲が、うまく行ってなかったんじゃないんでしょうか」

「私もそれを考えている。さっきから、考えているんだ」

劇場の裏の事務を一切管掌《かんしょう》している頭取の部屋の隣の、出演者が出番を待つ控え室に腰をかけ、静かに扇をつかいながら、雅楽はいった。

剖検《ぼうけん》の結果によると、山瀬たみ子は、鋭利な刃物で、着衣ごしに、左の背後から腹のほうへ刺され、即死したものと見られる。被害者に苦痛の表情はあっても、おどろきの痕《あと》がないのは、うしろから不意に刺されたものと思われるが、傷口の場所から考えると、左利きの人が刺したのではないかと思われた。

兇器は、細く長い刃物で、深く刺さっているところを見ると、短刀でもなく、むろん剃刀のはずはない。ペーパーナイフのような感じのものではないかと考えられる。

しかし、そういうものを持っている人が、この辺をうろうろしていたとは思えない。奇妙な話というほかない。

「左利きというんだね、ふうむ」

雅楽は、いつものように、考え深そうな顔をして、腕組みをしていた。

そこへ、狂言作者の吉助がはいって来た。

「どうも、きのうッから、大変なさわぎで、おどろきましたよ。芙蓉さんは、顔の色をなくしてしまってまさア。あの女も可哀想でさアね。今度の芙蓉さんの縁談では、やきもきしていたにちがいない」

情報通で知られたこの吉助の、独りでのみこんだようなもののいい方は、今にはじまったことでもないが、雅楽も私も、聞き耳を立てずには、いられなかった。

「吉助さん、今、何てお云いだい」

「へえ」

「芙蓉に縁談がはじまっているんだって」

「はア」

「相手は誰だい？」

「銭屋の娘さんのお今《こん》さんですよ」

「ほう」雅楽は目をかがやかせた。

「宝来屋《ほうらいや》が口を利きましてね、いえ、最近はじまった話ですが、もしこれがまとまりゃ、芙蓉さんも、銭屋の養子というわけですから、出世といやア出世ですよ」

銭屋というのは、浅尾《あさお》弁五《べんご》郎《ろう》、宝来屋というのは松本雷太《まつもとらいた》郎《ろう》、ともに名門である。芙蓉は人気のある新進ではあったが、歌舞伎の社会では、いわゆる御曹子《おんぞうし》ではなく、嵐勝五郎の弟子筋にすぎない。

近代的な服装をしてはいても、芝居の裏には、まだ封建的な因襲がつよく残っており、名門以外の者は、なかなか浮かび上ることがむずかしい。そういう意味では、依然、本家は分家より上位におかれ、御曹子は、いつも、弟子筋の人よりも、与えられる役もよければ、現実の待遇も優先していた。

私は六月興行の夜の部の三つ目に、厩橋《うまやばし》の家元《いえもと》の振りつけで「新曲隅田川」を、芙蓉が出し物にしているのを内心ふしぎに思っていたが、銭屋が娘をこの芙蓉にやりたいと考えているのだとすれば、これも、弁五郎が斡旋《あっせん》して実現した演目と考えてもいいのではないかと思った。

弁五郎の娘のお今との話を、芙蓉が受け入れ、縁談を進行させていたとすれば、前から深いわけのあったたみ子が、それを喜ぶはずはない。芙蓉自身に尋ねなければわからないが、折々難詰《なんきつ》もされたろうし、逃げ腰の男を追って、この日、たみ子が劇場に来たと判断してもよさそうである。

たみ子の倒れていた場所は、揚幕へかけ込んだ芙蓉が、自分の部屋へ帰るためにどうしても通らなければならない道である。そこに、たみ子は待ち伏せをして、何か重大な話をしようとしていたのではあるまいか。そして、そういうたみ子を殺した者は、とにかく、たみ子の存在を、この際抹殺しなければならぬ動機の持ち主であろう。

しかし、まさか、弁五郎の娘が、かよわい手で兇器をふるうことはあり得ない。芙蓉自身には、「牡丹燈籠《ぼたんどうろう》」の伴蔵《ともぞう》がおみねを殺したように、「かさね」の与右衛門《よえもん》が鎌をふり上げるように、たみ子を殺す動機は想像できるが、その本人は発見者であり、直前まで、舞台にいたことは、二千名あまりの観客が証言できるのである。

「たみ子が、蓉五郎に、銭屋のおかみさんが探してるよといったのは、どういうわけでしょうね」と私はいった。

「それは、たみ子が、あの通路に、一人でいたかったからだろう。蓉五郎を追い払うために、一番うまい口実だったのさ。つまり、銭屋のおかみさんがといえば、それッと飛んでゆくような空気が、芙蓉の家には、できていたことがこれでわかる。とすれば、銭屋は、芙蓉を娘の聟《むこ》にするために、弟子たちをも懐柔《かいじゅう》していたという事情がわかる。それをうまく、たみ子は使ったんだよ」

たみ子という女が、かなり聡明であることは、この口実を工夫したあたりの知恵からも、察することができた。しかし、それで、そのために蓉五郎が表のほうへ行き、たった一人になっていたため、兇行に遭ったのだから、考えれば気の毒というほかない。

私は、店に出ているたみ子の姿を見たことはないが、劇場の近くのビフテキ屋や喫茶店で、芙蓉とむつまじそうに話し合っている様子は、何回か目撃している。だから、たみ子が何だか哀れでならなかった。

たみ子のパトロンの商人が、自分の世話している女が歌舞伎役者に夢中になっているのを怒っているという見方も、一応してみる必要はあった。

しかし、黒島という男は、至って太っ腹で、「私はしいていえばハニーのファンでしてね、色気だけで、店を持たせてやったというようなわけじゃありません。芙蓉とのことも知ってますが、別にそれに対してみっともないやきもちを焼いたりするようなまねはしたことはありません」と江川刑事に語ったという。第一、彼は、たみ子の死んだ時刻には、同業者との懇親会で、柳橋の某料亭で、さかんに飲んでいた。

「奈落の殺人」という大見出しで新聞に書きたてられたこの事件は、捜査が一時袋小路に入ってしまった。

私と刑事は、雅楽の考えを聞くために、千駄ケ谷の家へ行った。何だか、不愉快なので、二人とも気が滅《めい》入り、雅楽の細君がすすめてくれるビールも、一向にうまくなかった。

ふと、雅楽がいった。

「あの横井という野球気ちがいの床屋ねえ、あの店には、芙蓉もよく行っていたのだろうね」

なぜこんな疑問を提出したのか、とっさにはわからなかったが、私は電話で、弟子に問い合わせてみた。

すると、芙蓉は、十日に一ぺんぐらい手入れをする頭髪のために、わざわざ銀座まで、劇場から足を運んでいるということがわかった。大東劇場に出演している俳優の大半が、横井の店の椅子にすわるのに、芙蓉だけは、絶対に、この店へは行かなかったのである。しかも、用事があって、表のほうに出る時も、横井の店の中を通ることをせずに、わざわざ階段をまわって、揚幕の鏡の間のわきから、廊下へ出ていたという。そんなことまでわかった。

雅楽は、両手をこすり合わせながら、少し小鼻を怒《いか》らせて、深い呼吸をした。こういう徴候を呈した時には、かならず、いいヒントがつかまえられた証拠なのである。

しかし、期待している二人にむかって、別に何もいわずに、雅楽は、刑事に、三浦三崎の話などはじめた。

「江川さん、バスの終点にある廻り舞台を御存じですか」

「知ってますよ、私の家の近くにも、あります」

「あれはいいね、家をあんな風に、盆の上にのっけて、自在に動かせるようにしておいたら、冬なんぞは、いつでも日当りのいい場所にいられて、さぞ工合《ぐあい》がいいでしょうね」

他愛もない雑談だった。

事件から二日目の午後、雅楽に誘われて、私はまた劇場へ行った。こういう事件があると、私は雅楽の秘書みたいにさせられてしまう。

万事が解決するまで社のほうの仕事はおあずけだが、社会部の人たちに今までも喜ばれるようなスクープを私が教えて来ているので、文化部長も、こういう時の私の行動については、あまり文句をいわず、放任してくれるのである。

劇場へ着くと、雅楽は、「しばらく横着をしていたから、刈ってもらうよ」といって、横井の店にはいって行った。その割に、髪は伸びていなかった。

地下室の売店の側からガラス戸を押して二人が入ろうとすると、横井のおかみさんが、内部から戸を引いてくれた。その戸を引く左の肩が、何となく不自由らしく見えた。

目のいい雅楽は、「おかみさん、肩でも痛むのかね」といった。

おかみさんは、手を引っこめて、「いえ」と小さな声でいった。

「そうかい、何だか痛そうに見えたんだがね」といいながら、「親方は」ときく。

「今呼んでまいります、食堂にいると思うんですけど」といった。

おかみさんの出て行ったあと、私は、壁の歌手の名の印刷されたポスターを見たり、戸棚の上にのっている砥石《といし》を見たり、むろん今は消してある小型テレビの銘柄を見たりしていた。雅楽も、私と同じものを、順々に見ていたらしい。

横井が白い上っ張りを着た姿で帰って来た。おかみさんも、あとから帰って来た。

雅楽は、椅子にすわって、目をつぶった。ハサミの音がしはじめた。

「おかみさんは、野球が嫌いなのかね」

突然、雅楽が鏡を通して、話しかけた。

かわって、主人が答えた。

「いえ、これも私にかぶれて、大の巨人ファンですよ」

「このあいだの晩のナイターの時、負けていた巨人が、梶原とかいう選手を出して、打たせようという肝心の性念場《しょうねんば》で、おかみさんが外へ出て行ったってのは、どういうわけだい」

ニコニコしながら、雅楽がこう質問したが、私はハッとした。なるほど、野球が好きなものなら、四番打者がボックスにはいろうという時に、テレビをすてて、座を外すのはおかしい。

もっとも、おかみさんは、小半次の話だと、奈落のほうではなく、表の売店のほうのガラス戸を出て行ったというのだから、事件とかかわりはないのだろう。

おかみさんが、静かな声でいった。

「電話をかけに出たんですよ、ヒョイと急な用事を思い出しましてねえ」

「ふうむ」雅楽は、なま返事をした。「おかみさん、その戸棚の上にあるのは、砥石ですか」

「ええ」と見上げて、おかみさんは、ちょっと狼狽《ろうばい》した。「あら、こんな所にのせてたんだわ」

ハサミの音は、依然、続いている。

雅楽は、頭取部屋へ帰ると、小半次を呼びにやった。小半次は、昼の部二つ目の、「弁慶上使《べんけいじょうし》」の侍従太郎《じじゅうたろう》のこしらえをしたままで、私たちの前に現われた。

雅楽はきいた。「君、この間の野球の時、おかみさんが外へ出て行ったといったが、たしかに表の売店の方へ出て行ったんだね?」

「ええ」

「そして、帰って来た時も、その売店の方から入って来たんだね」

「ええ、同じ戸口から、帰って来たと思います」

「まちがいはないね」

奇妙な、念の押し方であった。

私は、雅楽に、ふしぎなことを調べるように命ぜられた。横井のおかみさんの前身についてである。

先刻髪を刈ってもらいながらの質問といい、雅楽が異常な関心をこのおかみさんに対して持っているのはわかったが、まさか、たみ子殺しの犯人とマークしたとは思えなかった。だから、これは別の興味で、何かわけがあるのだろうと考えていた。

私は、千歳座《ちとせざ》に出ている新派の深川清のところへ行った。さりげなく、こういう話は、切り出さなければまずい。もともと、私に対して雅楽が、例によって、何もくわしい話をしないのだから、仕方がないが、唐突に、深川清に、こんなことを尋ねるのも、ずいぶん、妙な話である。よほど、うまく「取材」まで持ってゆかなければならない。

「おめずらしいですな、竹野さん」

「ちょっとこっちまで来たもんだから」と、私はあぐらをかいた。新派きってのお洒落という評判の深川は、涼しそうな水色のシャツを着ていた。

「大東劇場の事件は、いやですね。例によって、雅楽さんがのり出しているんでしょう」

向うから、そこへ話を持って行ってくれた。私はその綱を、一生けんめい、手繰《たぐ》ることにした。

「横井さんの店のすぐ外ですからね、横井さんも気味が悪いだろうと思いますよ」

「物音に、気がつかなかったというのも、変だな」

「それが、巨人阪神のナイターのあった晩で、頭をやってもらっていた小半次君も、横井さんも、テレビに夢中だったというんですよ。おかみさんもいたんだが、気がつかなかったらしい」

「あのお稲も、近頃は、亭主の好きな赤烏帽子《あかえぼし》で、すっかり野球に凝っちゃってね、もとは、ああいう女じゃアなかったんだが」

「あのおかみさんは、どういうひとなんです？」うまく、話が壺にはまった。

「お稲ですか、あれは苦労した女でね、若い時分には、浅草のときわで仲働きをしていたんです。つまらない男にひっかかって、男の子を生みましてね、まアその子は、よそへやったんだが……」

「すると、横井さんとは」

「私がそのお稲を、ときわの時分から知っていて、震災後に、横井が女房をなくしてしまったんで、世話をして一しょにしてやったんです」

「前に生んだ子供というのは、どうしたんでしょう」

「いえね、それが、竹野さん、誰だと思います？」

「……」

「嵐芙蓉なんですよ」

私は、のけぞるほど、びっくりした。

「そうだったか、やっぱり」

「どうして、高松屋《たかまつや》さん、わかったんです？　芙蓉があのおかみさんの子だという、見当がついていたんですか？」

「まア、それは、ほんとのカンなんだがね、私の思いつきは、三崎で見た廻り舞台から始まってるんだよ」

実際わるいくせで、雅楽というこの老人は、ここまで来ても、ポツリポツリと、話を小出しにして、私を迷わせる。もっとも、そういう謎めいた口ぶりを、楽しんできく習癖が、いつの間にか、私にはついていたといってもいいのだ。

「竹野さん、私は、たみ子を刺したのは、あのおかみさんだと思う。表の売店の方へ出て、食堂の脇にある非常口から、奈落へはいったんだ。そして、たみ子を刺してから、今度はまわり道をせずに、店へ帰ったんだよ」

「だって、小半次君の話では、やはり、表の方から帰ったといいましたぜ」

「それだ、それは錯覚なんだよ」

「わからない、どうしてもわからない」私は、頭をかいた。

「私は、今朝、横井の店へ行ってみて、わざわざ、まだ早いんだが、髪を刈ってもらった。あの時、戸棚の上に、砥石がのっていただろう。きれい好きで、いつもキチンと店を片づけているおかみさんが、どうして砥石を、あんな所にのせたのかと思った。その途端に、私は、たみ子を刺したのは、研ぐために、ネジを外して、二つに分けたハサミの片刃じゃなかったかという気がしたんだ。これは、直感だよ」

なるほど、二つの部分に分かれたハサミの片割れだと、傷口と一致する。私も、この発見には、おどろいた。

「おかみさんが外へ出て行ったという話は、小半次にきいていたが、表の方へ出て、表の方から帰って来たという。それだけでは事件に関係はなさそうだが、丁度兇行時間に、店にいなかったという点では、疑ってみる必要はある。

ところで、表の方へ出たのはともかく、表の方からまた引っ返したというのが、ほんとうかどうかと、疑えるふしが出て来た」

「すると、かえりは、奈落の方の戸口から入ったというんですか」

「心理的にも、店へすぐ、目の前のガラス戸から帰り、そ知らぬ顔をするという風なことはありそうだ。そう思って、もうひと足進んで考えると、竹野さん、私にはピンと来たことがある。竹野さん、私が今いう名前をきいて、三人の共通点をあげて見ないかえ」

「何の話です」

「コバヤシイチゾウ、イチカワチュウシャ、キタバヤシタニエ。この三人に共通しているのは、何だろうね」手をこすりながら、いかにも、雅楽は、うれしそうに見えた。

さアわからない。今あげた三人は、ひとりは興行会社の社長、ひとりは歌舞伎役者、ひとりは新劇の女優である。強いていえば、芝居に関係があるということだが、そんなつまらない解釈では、どうやらなさそうである。

私の知識にはないことだが、この三人が、例えば犬好きとか、釣をするとか、そんなことなのだろうか。しかし、今この三人の名前があげられたのは、推理の過程、つまり謎の絵解きのまっ最中なのだ。

私はただもう「わかりませんね」というほか、なかったのである。

「小林一三、市川中車、北林谷栄。字をよく考えて御らん。三人とも、裏返しにしても変らない名前だよ」

「ははア、なるほど」

「ところで、横井の店に、歌謡曲の歌手のポスターが貼ってあった。三色旗の、真中の赤のところに白くぬいた字で、春山富夫。これは、やはり、裏返しにしても、変らないポスターということになる。

三崎のバスの終点の廻り舞台は、オモチャの仕掛みたいで、私も大変気に入ったんだが、私は床屋の椅子も、簡単にまわるもんだと気がついた。

小半次がいったろう。梶原がライトに打ったって。ところが、新聞を見ると、左中間の三塁打なんだ。妙だと思わないかい」

「そうですね、そういったな、確かに」

「私はこう解釈した。鏡ごしに、テレビを横目でにらみながら、小半次は頭を刈ってもらっていた。梶原がボックスに入った時、おかみさんが表の方へ出てゆく姿を、鏡ごしにやはり見ている。つまり、小半次の前にある鏡の中で、おかみさんは、左の方へ動いて歩いているんだ」

「……」私には、まだ、これから何が語られようとするのかが、理解できなかった。

雅楽は続ける。

「梶原という選手が、ストライクを二つとられた。この頃になると、もう小半次も横井も、夢中になって、椅子をぐるっと回転させて、テレビをじかに見た。少なくとも、梶原がバットをふった瞬間には、小半次は、鏡に映ったのではなく、まともなテレビの画面に見入っていたにちがいない。その時球が左中間に飛んだ。小半次は、ずっと前から見ていた、鏡のテレビの、逆の画が頭にあるから、左翼の方に飛んだ球を、まだ裏返しに翻訳するくせが抜けてなかった。それで、ライトへ打ったと記憶し、その通り私に話したんだ。

その梶原の三塁打が出た直後、おかみさんは、さっきとはちがう、奈落の方の戸口から、多分手に血で染まったハサミの片刃を、割烹着の下にでも隠してはいって来たに相違ない。

しかし、小半次としては、今度はまともに、左の方から戻って来たのを見ても、鏡の中で左へ行ったのを見ていた記憶が何となくあるために、出て行った戸口から帰って来たと思いこんでいたのだろう。

鏡を見ていた人が、椅子をぐるっとまわして、まともにテレビを見るようになった時に、前と引き続いて同じ感じが残っているのは、正面のポスターが、逆にしても全く同じ色、同じ文字だからだよ。あの春山富夫という名前が、例えば三橋とか堺とかいう風に、偏とつくりとがあって、裏文字だとすぐわかるようなものだったら、小半次は、髪を刈ってもらいながら、裏返しの文字をずっと見ているわけだし、椅子がまわって、今度は、正しい文字を見るわけだから、鏡の中と、まともの世界とを、分けて印象に入れたはずだ。床屋の椅子が、三崎のバスのように、グルッと、簡単にまわることを考え、ポスターの文字が、左と右と全く同じだと思いついた時に、私は、あのおかみさんが、奈落から帰って来たことを知ったのだ。すると、おかみさんに、たみ子を殺す動機があるりはしないかという風に考え、竹野さんに調べてもらったのさ」

兇器は、のちに分ったのだが、まさしくハサミだった。そしておかみさんは、研ぐために、片刃に解体してあったハサミを、左の手で使ったのである。

「おかみさんの左利きであることも、私には分ってた。戸をあけてくれる時に、いつも左の手を使っている。さっきも、そうだ。私は、左の肩が痛そうだといったが、竹野さんが、あの戸を左手で引いたことに気がついていたかどうか、じつは、あなたを試してみたのさ」

と雅楽はいった。

刑事の訊問で、横井のおかみさんが、山瀬たみ子を殺した事実を告白した。

嵐芙蓉は、このおかみさんが若い頃に生み、里親にあずけた子供である。その子が、子役になり、成人して、かなり腕のいい歌舞伎役者になったことを、母親はひそかに誇っていた。

大東劇場には、芙蓉もしばしば出演する。子供の舞台は、よくのぞきに行っていた。そういえば、私も何かの時に、花道の脇の「放送室」に、いつも白い割烹着を着ているこのおかみさんがすわって、芝居を見ている姿を見かけたような気がする。

この劇場に横井が店を持つようになるすこし前に、芙蓉は、ある朝、電話で義母に招かれ、横井のお稲という女が自分の母親であることを聞かされた。親子の情に対しては、芙蓉も弱かったし、さんざん苦労した話をきけば、同情もしたくなる。だが、もうたみ子とも深い仲になっていて、見栄も十分にあった花形役者としては、劇場の理髪店に実の母親がいることは、何となくきまりが悪かった。だから、「私としては、困ることでもあったら、お母さんのために、できるだけの心配はします。しかし、人の前で、挨拶はしないし、お母さんも私のことを吹聴《ふいちょう》したりしないでください」といった。

母親もそれは承知したが、頑強に横井の店に来もせず、避けて通る芙蓉の態度を、さびしく思っていた。芙蓉を大成させたいと強く念じる親ごころの中には、母親の愛情を理解し、やさしいいたわりをもってそれに報いるような所が、やはりなければいい役者とはいえないという気持もあった。

かげながら案じている芙蓉が「銭屋の弁五郎親方」に目をかけられ、その娘と結婚するだろうという噂は、早くから、この店に髪を刈ってもらいに来る人たちによって、伝わっていた。

今はゆくえさえ知れない男に、つまりは、だまされて生んだ男の子が、弁五郎の娘聟《むすめむこ》となり、他にも例のある通り、それを機縁に、劇界で出世の道をたどるであろうという予想は、浄《じょう》るりに出て来るように古風なこの母親にとっては、思い設けぬ夢の実現であり、何としてでも成し遂げるべき幸せであった。

その母親のひそかな喜びに、暗い影がさした。前々からこれも様子はきいている山瀬たみ子の問題である。たみ子が、芙蓉をつけつまわしつして、この縁談を破壊すべく工作を行っているらしくもあるというのだ。

相手が何をするかわからないだけに、こわかった。折角の芙蓉の幸せが、これで妨《さまた》げられたらどうしよう。それのみ、思っていた。

その夜、突発的に、事件は起ったのだ。

おかみさんは、泣きじゃくりながら、江川刑事に、次のように陳述した。

「あの晩、私はハサミを研いでおりました。ハサミはいつもわけて研ぐので、この日は二挺《にちょう》を研ぐことにして、ネジを外して、片刃を一つずつ砥石に当ててました。ちょうど三つ目の刃を研いでいる頃、テレビのほうもおもしろくなって来ましたから、手を休めて見てました。椅子には、小半次さんがかけていて、鏡の方に向いてました。あの人はお洒落で、髪についてはうるさいんです。帰りに誰かにあうというので、テレビにもかかりきるわけにはゆかないというんで、主人もほんとはハサミを使いたくなさそうでしたが、仕事をはじめました。小半次さんは、自分の頭をちょいちょい見、テレビも鏡ごしに見ていました。

ふいと、奈落の方から、蓉五郎さんがはいって来て、何か独り言をいいながら、通ってゆきました。私は、あの人の出て行ったあと、あの人が何だか大変あわてている様子だったので、もしや芙蓉に何か起ったのじゃないかと思って、あとを追って売店の方へ出ました。そして蓉五郎さんを階段の所で呼びとめて尋ねますと、いや今し方たみ子さんから、銭屋のおかみさんが探してるといわれたんでねといいました。たみ子さんが、銭屋のことなんかいうのは、おかしいんです。これは、変だなと思いました。

　たみ子さんに会ったの？　と尋ねますと、奈落にいるよと申しました。私は店へはゆかず、食堂の脇の戸から、奈落へ入りました。気がつくと、手に研ぎかけのハサミを持ってました」

「たみ子は、そこにいたんだね」刑事がきいた。

「はい、私はあの人とは今まで口も利いたことがありませんのです。その時、私は、たみ子さんに、お願いだから芙蓉さん（芙蓉さんというい方をしました）と別れてくれと申しました。たみ子さんは、あんたは誰、何だってそんな余計な口出しをするのさ、とまるでもうとりつく島のない素ぶりでした。私は、わけは今いえないが、判って下さいといいました。フンと鼻であしらうように、冷たい目をしたたみ子さんが、くるっと背中を私に向けました。その瞬間、私の左手が、たみ子さんの脇腹にのびていたんです。悪い夢を見ているようでした。

　私は、ハサミを手もとまで引き抜くと、血で真っ赤になったハサミと私の手を、割烹着の下に隠し、急いで、店に、直《す》ぐそばにあるガラス戸をあけて、入りました。テレビが、ワアワアいってました。私は夢の続きのように、大変疲れ、円椅子に腰かけ、しばらく目をつぶってました。やがてハッと気がつき、ハサミを洗いました。もう研ぐ気にはなれず、砥石を持ってうろうろしたんですが、その時戸棚の上にのせたことは、全くおぼえていませんのです。

奈落の方で、すごい声がしました。そのあと、私はそっちへは行かず、売店の方に飛び出してしまったんです」

おかみさんの口述を聴取した江川刑事が、雅楽と私の前に帰って来て、事件の解決を告げた。三人とも、物を言う元気もなかった。

不気味な殺人ではあったが、殺されたたみ子も、殺したおかみさんも、女の悲しみにあえいでいる。記録するのも辛い事件であった。

刑事の話によれば、おかみさんは、引き立てられてゆく時、いつも店にかよって来る時通る劇場事務所の通用口から出るのがいやだといったそうだ。奈落を通って、楽屋口を、さりげなく出たいといったおかみさんの気持を察して、刑事は承知した。

おかみさんは、年中着ていて、しかも毎日新しく替えている白い割烹着を、その時も着ていたが、それを脱いでていねいに畳み、毎日見なれている鏡の前で、クシをあて、えりもとを正してから、刑事に頭を下げたという。

ガラス戸をあけて、出てすぐの所に、たみ子の死体が、あの日、あったわけだ。

おかみさんは、そこで、しばらく立ち止って、目をつぶった。

前にもいったように、たたきになっている奈落の床には、渡りの板が、楽屋のほうまで続いている。

スリッパを店で脱いで、草履の包みをかかえたおかみさんは、その渡りを歩いてゆくのを固辞して、たたきを踏んで行った。足袋の裏のつめたさをしみじみ味わうことで、贖罪《しょくざい》のいく分かを果そうとしたのでもあろうか。刑事の顔には、犯人をつきとめた喜びのかげなぞ、微塵もなかった。

おかみさんの捕えられた翌日、なんと因果なことに、私は雅楽と二人で、監事室から、「新曲隅田川」を並んで見る必要がおこった。このおどりについての対談を、「舞踊世界」から求められたのである。どうしても見なおさなければ不安だったのだが、それにしても、芙蓉を、しみじみと今見るのはつらかった。

幕があいて間もなく、監事室の戸があいて、江川刑事が顔を見せた。彼は、私と今夜こそどこかで飲みたいにちがいない。社に問い合わせて、ここをつき止めたのだろう。

芙蓉の班女の前は、心もち、おどりが、数日前に見た時よりも固かったし、スラリとすべてが行ってなかった。しかし、内に秘めた哀愁は、この役にふさわしく、意外の効果も出ていたようだ。

ただ左の肩が何となくぎごちなく見えた。極端にいえば、左の腕が不自由なのではないかという気さえした。私は、ふと思い当って、背筋が寒くなった。山瀬たみ子は、左の脇腹を刺されて死んだのだ。たみ子が、芙蓉の左に、のり移っているのではあるまいか。

幕がおりると、刑事に挨拶をする間もなく、私は隣の雅楽にいった。

「芙蓉の左の肩や腕が、痛そうなので、ゾッとしましたよ。たみ子が左を刺されたのを思い出してね」

すると刑事がいった。

「ゾッとするといえばね、横井の店の戸棚の中から、兇行の時のハサミが出て来たんです。バラバラにしたままで、小指止めのついた片方の刃だけ、布にくるんで置いてあった。それで刺したんでしょうな。ネジで止めて、もと通りにしておけばいいものを、わざわざ片方だけ包んだりしておいたのは、どういうわけだと訊くと、おかみさんは恐ろしそうに、あれからどうネジをまわしても、元の通りに合わないんだっていうんです。身体をふるわせて、そういってました」

「芙蓉が不自由そうにおどっているのを見て、ぼくも因縁を感じたな」

私も溜息をついた。

雅楽が扇を膝で弄《もてあそ》びながらいった。

「竹野さんも、江川さんも、案外古風なんだね。竹野さん、芙蓉の場合ね、あの人が横井のおかみさんの子だとしたら、どうだい、遺伝ということが考えられないかね。左利きだったが、あのおかみさん、左の肩を、ちょっと見ると痛そうに動かすくせがあったんじゃないか。ホラ、きのう、私はあの店で、それを尋ねたはずだよ。

それから江川さん、ハサミのほうはね、おかみさんがあの日、二挺研いでたとかいっていただろう。だからもう一挺の分が、ほかにあって、組み合わせ方をあわててまちがえたにちがいない。さがして御らんなさい」

江川刑事がすぐ地下室におりて、横井の店の他の場所をさがしたら、やはり片刃ずつになったもう一挺のハサミがあった。そして、二組の刃を片方だけ入れかえたら、キチンともと通りの二挺になったのである。

三人の中で、老優の中村雅楽が、いちばんリアリストであった。

滝に誘う女

八月六日の朝、京都に着いた武井治《たけいおさむ》は、木屋町《きやまち》の宿に泊まっている同じ東都新聞の記者で、同窓の先輩でもある竹野《たけの》に電話をかけた。じつは今度彼に結婚をすすめてくれたのが竹野で、竹野の遠い親戚の娘で、この京都にいる同志社出身の富島さだ子と会ってみるのが、この旅行のおもな目的だったからである。

竹野から、歌舞伎俳優の中村雅楽《なかむらがらく》から、芸談の聞き書をとりかたがた、京都へ来ている、ひまをつくって一度来ないかという手紙をもらった武井は、社会部のデスクを受け持っている仕事の関係で、即答もしかねたのだが、思い切って東京を発つ気になったのは、ひとえに、そのさだ子という、仏教美術を専攻したこの春までの女子大生の人柄に、何となく会ってみる前から魅力を感じさせられたためだが、祇園《ぎおん》の八百文《やおぶん》で竹野に紹介されると、まさしく、竹野の前から話していたことが、いわゆる仲人口《なこうどぐち》ではなかったのを知って、楽しくなっていた。

竹野だけ先に席を立ち、午後、初対面のさだ子と三四時間すごした。京都は今ごろは大変暑いはずだが、二日前の台風の余波が気温に影響したのか、この日は凌《しの》ぎやすく、二人で曇り日の嵯峨野《さがの》を歩いたりした。

三十歳になるまで独身で来た武井は、むろん軽々しく、初めての印象でこの縁談をきめようとは思わなかったが、さだ子は好きなタイプだった。

五時に、四条河原町の長崎屋で冷たいコーヒーをのんで別れたが、その時、卓上に、十円入れると、伝書鳩の脚についている筒のような形になった運勢くじが飛び出す灰皿兼用の器械があった。「おみくじはめいめい自分で引くものですのよ」とさだ子がいって、さきに十円を入れ、武井も微笑しながら、ポケットにザラザラ抛《ほう》りこんである硬貨を出して、同じようにした。

武井の手に入ったくじは、「今あなたの前におこっている話は大へんいい話ですから、躊躇《ちゅうちょ》せずに推進なさい」とあった。武井は気をよくした。

もっとも、その次の行に、「しかし、あなたには、女難の危険があります」とあった。「事がおこったら、あわてずに、冷静に処理して下さい」ともあった。武井は苦笑して、さだ子に見せたりもせずに、その五号活字をベタ組に組んだ薄葉《うすよう》の紙を畳んで、新聞記者証のケースの裏にしまった。

さだ子が帰ってから、支局にいる同期の友人とビールをのみ、七時すぎに別れた。

武井は竹野に連絡をとった上で、夜行の月光か銀河で帰ろうと思ったのだが、その後に起った出来事のため、帰ることができなくなった。見ようによっては、これも、運勢くじの暗示した「女難」だったと断定しても、さしつかえない。

　四条通の本屋で文庫本の小説を一冊買った武井治は七時半には、五条坂をタクシーで上っていた。急に清水寺《きよみずでら》が見たくなったのである。

　さだ子が、「清水の舞台から見る京都の夜景はとてもよろしいのよ」といったのを思い出したからである。「右側の方に、ネオンのついている都会があって、正面には昔のままの東山の峰が続いているというのは、いいものです」と彼女はいっていた。

　乗りこむ汽車には時間があると思ったので、車をとばして、山門の手前まで来た。この頃は、この寺の舞台にゆくのに、拝観料というのを納めることになっている。札を売っている老人が、愛想よく、挨拶した。そんな些細な事柄さえ、武井には幸福感を与えた。

　舞台の欄干《らんかん》に倚《よ》って、今上って来た道をふり返るような形で、西の方角を見ると、京都駅を中心にしたこの古都の南のブロックの、想像以上に明るい光が目を射た。しかも、舞台を背負った目の前の谷は、所々に点じている外灯を除いては、王朝の時代と全く同じ輪郭を示している暗い木立に蔽《おお》われていて、ずっと下のほうから聞えて来る滝の音が、いかにも古風だった。来てよかったと思った。

　七時四十九分という時計を、常夜灯の下で見た武井が、しばらく谷を見おろしていると、「滝のほうへいらっしゃいません？」と声をかけた女がある。

白いブラウスにスカートという、一見、地味な感じのひとである。見知らぬ男に、声をかけるぶしつけさを、その身なりが、いかにもうまく庇っていた。

舞台の入り口で札を渡してくれた老人が、その時、すぐ近くに来ていて、

「向うの出口から左へまわると、地主《じしゅ》権現様を通って山門へ出られるんですが、せっかくいらっしゃったんですから、音羽《おとわ》の滝を見ておいでなさい。その御婦人、よかったら一しょに行ってあげてください」といった。

武井は、きっとこのひとは、滝のほうへおりたいのだが、道が暗いので、不安なのだろうと思った。あるいは、つれがないので怖いと老人にうったえたのかとも思った。

滝を見てもいいし、短い時間、この見知らぬ女をエスコートしても、先刻別れたさだ子にすまないことにもなるまいと考えた武井は、むしろ、声をかけられたのが、自分のたのもしさを認めてもらったような気がして、喜んで応じることにした。

舞台をずっと奥へ行き、出口になっている本堂のはずれを外へ出ると、右に折れて、かなり急な石段がある。石を積んだ崖には、電灯もともっているが、足もとは暗い。

「じゃア先に行ってください、すべってはいけませんよ」といいながら、女のうしろから、武井は降りて行った。もっとも、この女が、さっきから、一言ものをいわないのに、彼は気がついていた。女は一歩一歩、慎重に歩いておりる。

音羽の滝は三つの蛇口から絶え間なく、水を落していた。滝の裏側に小さな祠《ほこら》があり、多くの人は水の下をくぐって拝んでゆく。女もそうした。女はつつましく合掌している。武井も、それに従った。

滝を見たあと、女は、舞台を下から見あげる道を、山門のほうへ歩き出した。この辺を歩いている人は、ほとんどいない。わずかに、自転車を押しながら歩いている男が、七つ位の女の子をつれているのを見ただけである。夜の清水寺には、昼の観光客の雑踏が、うそのようであった。

その自転車のうしろから二人は、依然、ものをいわずに、歩いて行ったのだが、少し先をゆく親子づれが、ちょっと段になっている所で、急にとまった。女の子が、石につまずいて転んだからである。

すると、武井の右側をうつむきがちに歩いていた女が、敏捷《びんしょう》に駆けて行き、女の子を抱きおこし、泣き声をあげるひまを、与えなかった。

「これは、どうも」と、父親らしい男は、ていねいに礼をのべていた。武井には、この時の女の動きの機敏さが、もっとも印象的であった。

右側は、谷へ落ちる危険を避けるために、うねうねとめぐらされている玉垣である。所々に日覆《ひおい》のある茶店が、夜も縁台をならべたままになっていた。

山門の近くまで来ると、女は、「ここへ休みません？」といった。少し離れた所に、人が住みこんででもいるような売店があって、若い娘がバケツに汲んだ水を運んだりしている姿が見えた。

武井はラムネを注文した。偶然ならんで音羽の滝を見て来たこの女に、一種の興味を持ったことも、否定はできない。

女は、「私、つめたいお茶をいただきます」といった。娘がラムネと麦茶を運んで来て、二人は谷のほうに向いて、縁台にかけたが、誰が見ても、いわゆるアベックだった。妙なことになった、と武井は思った。しかし、さっきのおみくじの「女難」のことなぞは、ケロリと忘れていたし、話しかけなければ悪いとも思わなかったから、黙って煙草をふかしていた。

女は立って行って、もう一度今度は水をコップに入れて運んで来ると、「私、薬をのみます」といった。その時、武井は、所在なさに、玉垣に両手をついて、すぐ下の、二メートルほどの所にある石材の山を見ていた。この辺の玉垣を修理でもするのだろうか、柱のように切った石が、かなりの嵩《かさ》に積んである。

ふり返ると、縁台にいる女が、白い紙をひろげて、散薬《さんやく》を水で飲もうとしていた。

薬を飲むと、女は、武井の方へ歩いて来ようとして、膝を立てたが、その瞬間、くらくらっと目まいでもしたかのように、崩折《くずお》れて、土に両手をついた。そして、女は動かなくなった。

武井治は、それから、茶店を通じて医者を呼ばせ、結局救急車が来て、すでに死んでいた女の遺体を収容するまで付き添ったあと、進んで、警察に行った。

東京へはむろん帰れなくなった。新聞記者であることがわかっていたし、武井の話が、筋の通ったものであるのを知った警察官は、

「御苦労様でした、しかしなおお訊ねしたいことがあると思いますから、宿だけは教えておいて下さい」といった。

支局の当直の記者に知らせ、竹野に知らせた。竹野はちょうど雅楽と、四条大橋の近くの床《ゆか》で遅い食事をしていた所であったが、「すぐ来給《たま》え」といった。雅楽が、この出来事を判断してくれると思ったからだ。

武井は、ふだんならば億劫で会いたいとも思わないでいた老優と、こんな事件のために、偶然会うことになってしまった。

雅楽は、武井の顔を見るなり、いろいろと細かい質問をした。武井もさすがに六年も社会部で飯を食っている青年だから、よく自分の観察を整理して話した。そのことが、雅楽を満足させた。たとえば二人は、こんな問答をした。

「その女のひとの持ち物は」

「腕時計、和製です。私のより十五分ばかり進んでいました。実際に、薬を飲んだのは

八時十分ぐらいでしたが、そのひとの時計は二十五分を指していました」

「ほかには」

「ハンドバッグではなくて、買い物袋といったほうが早い手提《てさ》げを持っていました。とりあえず、女のひとが倒れたのを抱きあげ、縁台にねかせ、茶店の娘を呼んで電話をかけさせてから、私はその手提げをあけてみました。すると、中には、ハンカチ、二つ折にした何も書いてない頼信紙《らいしんし》、わけのわからぬ地図のようなものを書いたハガキぐらいの紙、筆箱と、これしかありません。筆箱の中には女持ちの万年筆、赤い鉛筆、消しゴム、裁縫用のハサミ、針と黒い糸がはいってました」

「ふうむ」と雅楽は、興味深そうに聞いていた。

「その地図のようなものを、見おぼえてますか」

「大体わかります」

「女のひとの様子は」

「美しい人でした。舞台であってからずっと歩いている間、こっちも別に関心を持っていなかったので、あまり顔を見ようともしなかったのでしたが、倒れたのを抱きおこす時、きれいなひとだと思いました」

「ほかに気のついたことは、ありませんでしたか」

「右の中指の腹に、ペンだこがありました。それから、おもしろいのは、両手が、赤い染料のようなもので、染まっていたんです」

「おもしろい」

竹野がそばから口を出した。「染料というと、京都には友禅《ゆうぜん》だのいろいろな染織がある、そういう工場ででも働いている人かしら」

「そうかも知れない、しかし、そういう人にペンだこが出来るかな？」

雅楽は、そういって、しばらく、床の下を流れている黒い鴨川の面《おもて》を見つめていた。


翌朝の新聞には、「清水寺で自殺、女の身許不明」という風な見出しの記事が出た。

警察が、自殺と見たのは、会社員武井治（二八）と、職業や年齢がすこしずれた記載の、この発見者の申し立てに信頼を持ったためでもあろうが、雅楽は、その新聞を持って朝から部屋へ来ていた竹野に、

「これは自殺と、軽々しくは決められないだろうね」といった。

同じ宿にゆうべ泊まった武井は、朝食も早々に、記者かたぎを発揮して、遺体をあずかった病院へ行ったり、警察へ行ったりして、十時ごろ帰って来たが、雅楽が、「清水へ行って見よう」といい出したのには、おどろいた。かねがね竹野から聞いてはいたが、この老優の、貪欲な好奇心に、感心せずにはいられなかった。

清水寺には、ゆうべの事件など知らぬ大ぜいの団体客が、山門の下にバスを乗りすて、見物に来ていた。

雅楽と竹野と武井と三人は、いきなり舞台に行った。

拝観料と記した紙をガラスに貼った小部屋の所に、武井にゆうべ声をかけた老人と、若い僧が話をしている。

老人が、僧に、文庫本を渡そうとしている。「これ、忘れ物や」といった。

武井は今思い出したのだが、昨日四条の通りで買った文庫本を、女が倒れた直後、どこかに置き忘れていたのだった。

「あの、ちょっと見せて下さい」といって、文庫本を見たが、老人は、記憶がいいと見えて、武井をおぼえていて、「毎日御熱心ですな」と笑った。しかし、武井との同行をすすめた女が、すぐこの舞台の下の茶店の縁台で死んだことを、知った様子もなかった。

なぜなら、それにはふれず、

「いえ、この本は、あなたさんのじゃありません。あなたが行かれたあと、ここへ来たお方が持っていられた本です」といった。見ると、それは、菊池寛《きくちかん》の『恩讐の彼方に』だった。武井の買ったのは、きのうさだ子が話してほめていた野上弥生子《のがみやえこ》の『迷路』の一なので、厚さもちがっている。

雅楽は目ざとく、その文庫の表紙の文字を読んで、老人に、

「妙なことを伺うが、この本を持って来た人が、これをどこへ落して行ったんですか」と尋ねた。

「落して行ったんと、ちがいます。ここへ置き忘れたんですワ」

「この入り口へ、戻って来たんですか」

「それがこうです。多分この舞台でどなたかと待ち合わせていたと見えて、ずい分長くいたお人ですが、三十分もしてから、私のところへ来て、電話を借りたいといわれるので、この電話をお使いなさいといいました。八時半で、もうこの入り口も閉めようとする間際でした。電話を切って、ここから帰りたいといわれて出て行かれたんですが、その時にこれを忘れて行かれたんです」

「すると、八時からいたんですね、その人は？」

「へえ」

「いくつ位の年配の人でした」

「そう」とちょっと考えてから老人は、指で武井を指し、「このお方ぐらいの方でした、やはりめがねをかけて、よく似ていなさった」といった。

雅楽は、うれしそうに、手をこすりながら、舞台の端まで行き、谷を見おろし、すぐ下の茶店の屋根を見ていた。

「あそこです」と武井が指す。女の死んだ現場には、何も知らぬ参拝客が、弁当を拡げたり、ジュースをコップに注いだりしていた。きょうは日ざしも強く、かなり温度は高くなっていた。

現場をさりげなく歩きまわり、玉垣の下の石材を見おろしたり、舞台を下から見あげたりしながら、「おもしろい」と雅楽は、しきりにつぶやいている。

こういう時には、きっといいヒントがつかめたにきまっている。永年の経験で、竹野は、それを知っていた。

茶店の娘は、武井にかけ寄って、彼の忘れて行った文庫本を渡した。雅楽は、それを、いかにも、うれしそうに見ている。

たまりかねて、竹野が、「どういうことなんですかね？」と訊いたが、雅楽は、「待ってください。あとで私の考えをいいます」と答えただけで、だまって、五条坂のほうへ歩いて行った。

清水焼の店が左右に並んでいる。八坂の塔のほうへ曲る道の角に、小さな地蔵堂があって、通る人が鉦《かね》を叩いて拝んで行ったりする。いかにも京都らしく、信仰がここに住む人たちの中には、生活と直結していると思われた。雅楽は、その地蔵堂の前で、五分ぐらい立っていて、それから北の方角へ歩きはじめていた。

「竹野さん、武井さん、これはよほど考えられた犯罪ですよ」と、雅楽は宿へ帰るなり、浴衣に着かえて、すぐいった。

「私は、死んだ女のひとは、幼稚園の先生ではないかと思う。そして、そのひとは、女優か、すくなくとも舞台に立ったことのある人ではないかと思うんです」

「なぜですか?」

「きのう武井さんが、女のひとに会ってからのことをくわしく話して下さったが、転んだ女の子を機敏に抱きあげたというのは、小さい子供を扱いなれたひとだという風に思える。小学校の低学年ともいえないことはないが、まア幼稚園でしょう。というのは、筆箱の中にある遺品からも考えられるし、もうひとつそのひとの両手が赤い染料で染まっていたからですよ、私はさっき地蔵堂の前で、二つのことに気がついた。あとでいうことも、武井さんがふしぎな目にあったこの事件の謎を解く材料になるんだが、まず先にいうと、私は地蔵様の前で、京都ではさかんな地蔵盆のことを、ふいと思い出した。それで年中行事ということを考えて、きょうが八月七日、つまり一月おくれの七夕様だと気がついたんです。七夕様には、竹に色紙を飾る習慣がある。東北とちがって、京都ではそれほどさかんにはしないが、幼稚園なら飾るでしょう。幼稚園は、今休みだが、七日の日は子供を呼んで、星祭りをするんじゃありませんか。それで、その竹につける色紙を扱ったりして、手が赤く染まったという風に見れば、子供を扱いなれたその人は、幼稚園の保姆《ほぼ》さんかもしれない、ということになります」

「ああ、そうですか」武井は、呆然という表情を、正直に見せながら、大きくうなずいた。なるほど、雅楽という老人は、いつも、こういう風に推理を進めてゆくのかと思ったのであろう。

「もし女のひとが自殺を考えて居り、通りがかりの見知らぬ男を目撃者として、事件に巻きこもうとでも考えていたのだとしたら、すぐ前を行く子供だとしても、転んだのをすぐ駆けつけて抱きあげたりする余裕はないと思う。そう思いませんか、武井さん」

竹野も、傍で同感の意を表した。

「さて、地蔵様の前を通る時、立ちどまってカーンと鉦を叩いてゆく人がいた。あの音で、私はハッと思った。あの音は、ラジオの時報のポンポンポンカーンというあの音ととても似ているんだ」

二人が黙っていると、雅楽はなお続けた。

「女のひとの時計が十五分進んでいたと、武井さんはいった。そのひとは、清水寺へゆこうとして、あの五条坂の、地蔵堂の近くを歩いていて、カーンという音を聞いた。この頃の人は、時報をきくと、時計を見る習慣が、いつの間にか出来ている。そのひとも、腕時計を透かして見たにちがいない。そして自分の時計がおくれていると思ったにちがいない。実際には、七時四十五分だったのを、地蔵様の前で通る人が叩いた鉦を八時の時報だと思って、十五分進めたんです」
「時計を気にするわけがあったんでしょうか」
「私が思うのに、女の人は、八時に、清水の舞台の上で、男の人に会うことになってい
た。相手の名前も顔も知らない。ただ目印として、文庫本を手にしている人がいたら、
声をかけるように、多分人から命ぜられていたのだと思う。
十五分のちがいは、そのひとの錯覚からはじまったのだが、約束の八時におくれたら
大変だと、そのひとは急いで、かけるように、寺まで行った。たまたま、武井さんがい
た。文庫本を持っている。それで、あなたに声をかけたわけでしょう」
雅楽の考えは、空想というにも、あまりに突飛だったが、もしそれが当っているとし
たら、ずい分奇怪なことだった。竹野も武井も、最初はその奇怪さを、すなおにうべな
えなかったようである。竹野はつぶやいた。
「しかし、何のために、見知らぬ男に、女から声をかけさせたりしたのだろう」
「私は、幼稚園の先生だという仮定を立ててみた。まず、その方面をさぐってごらんな
さい。そして、その先生が女優だったのではないか、しらべてみてごらんなさい。同じ
ように、五条坂のあたりで、その女のひとらしいひとが、ゆうべ、急いで寺の方へゆく
のを誰か見ていなかっただろうか、きいてみてください。
それはそうと、武井さんが、手提げの中で見た紙に、書かれていた地図を、ここで思

い出してみてくれませんか」

雅楽はいつになく、前にいる二人の意思を全く無視して、自分のいいたいことだけをいうと、口をつぐんで、少し怒ったような顔で、窓の外を見ていた。

武井は、旅館の便箋をとって、裏に、鉛筆で、図を書いた。

右側に大きな矩形《くけい》があり、下に矢印が右から左へ斜めに引いてある。その左の方に六枚屏風《びょうぶ》のように、五つに屈折した線が縦にひいてあり、一番上の屈折のすぐ右脇に丸がついていた。変哲もない、いってみれば、暗号にも似て見える図形だが、雅楽の目は、それを見つめながら、異様に光った。

「そうか、やっぱり、そうか」

老優は、腕組みをしながら、黙りこんでしまった。


その日の午後、支局から電話があって、昨日清水寺の境内の茶店で死んだ女の身許が判ったと告げた。それには、雅楽の推理が捜査の役にたったのである。

幼稚園という線で、警察が調べると、錦林車庫の近くにある明徳幼稚園の保姆をしている瓜生《うりゅう》とし子という二十四歳の女が、ゆうべ寄寓《きぐう》している親戚の家へ帰らなかったことがわかった。

このとし子は、東京で育ち、女子高校の時から学生演劇をしていた。女子大の家政科を出たが、女優を志望し、その希望をいまだに持ち続けて今日《こんにち》に及んでいる。幼稚園は、家の近くにあって、子供が好きな所から、四年前から、アルバイトのつもりで働いていた。実家から適当に仕送りもあるし、別に給料がのぞみでもなかった。しかし、園児からも、その父兄からも、このとし子は、美しくて優しい子供等のお姉さんとして、慕われていた。

京都がむしょうに好きで、親と別れて、従姉の嫁ぎ先の離れの部屋に住んでいるとし子が、去年のくれあたりから、時々憂鬱そうにしているのが、従姉にはわかっていた。仕事がどうということではなさそうで、どうやら恋でもしているのかと思っていた。その恋愛の対象とは必ずしも思われないが、時々男から電話がかかって、夜更けに急に支度をして出かけて行ったりした。相手を別につきとめたりしなかったのは、年の割にしっかりした所のあるとし子を信用していたためだが、「こんなことになるのだったら、おつきあいしているのが誰だか、確かめておくのがほんとうでした」と、訪ねて来た新聞記者のひとりに、この従姉はいったのであった。

自殺だとすれば、遺書があるかも知れない。しかし、きちんと整理されている部屋の机のひきだしにも、一切それらしいものはなかった。ただメモがのっていて、そこに、「電報のこと」「六時七夕飾りつけ」とあった。

雅楽が察したように、とし子は、六日の夕方六時に、明徳幼稚園へ行って、七日の星祭りの飾りつけをし、竹につける色紙の染料で、手を赤く染めたのである。

武井が支局の記者と一しょにとし子の家から幼稚園へ行ってみると、メモと同じ手蹟《しゆせき》で、「天ノ川」だの「オ星サマ」だのと書いたとし子の色紙が、大きな遊戯室の隅に立ててある竹に吊されているのが哀れだった。

とし子がこの幼稚園を出たあと、清水寺へ行く途中、急ぎ足で通ったのを、戸外で涼を納《い》れていたいく人かの人がおぼえている。

「夜、お寺の方へ女の人が行くな」と、漠然とみんな思い、記憶に止めていたのである。

刑事は、この聞きこみと同時に、メモの「電報のこと」を重視した。げんに、手提げの中に、頼信紙が一枚折り畳んで入れてあったのが、符節を合わせるような工合《ぐあい》である。

早速、とし子の家に近い電報取扱局をしらべると、とし子は六日の午後、鎌倉市大町一六一の県栄《あがたさかえ》の宅宛に、電報を依頼していた。

ナゴヤニイル」七ヒアサカエル」サカエとあるのが本文である。差出人は県栄になっていたが、頼信紙の文字は、明らかにとし子である。

県栄というのは、新東映画の監督で、戦争前から文芸物を多く撮っているベテランであった。その県の名で、留守宅に打つ電報を、どうしてこのとし子が局へ持って行ったのであろう。少なくとも、県ととし子との間に交際があると考えていいはずだが、従姉は、それを全く知らなかった。

「県さんなら、京都によく来て仕事をなさっている方ですね」と従姉はいった。「お知り合いになっていたのでしょうか」

刑事から電報について問い合わせがあった時、従姉は不審そうにいった。ちょうどその頃、解剖の所見が、警察を経て雅楽の耳にはいり、死んだとし子が、妊娠していたことがわかった。ますます、雅楽は黙りこみ、暗い顔をしている。

誰しもが考えることは、県栄とし子との関係である。警察が、鎌倉に手配したのは、いうまでもなかった。

鎌倉署から照会を受けた時、県は、大町の自宅にいた。大きなタオルで顔の汗をふきながら、肥えた上半身にアロハをひっかけ、白髪の監督は、応接間に刑事を迎えた。

「一体何事ですか」

「あなたは、京都に住んでいる瓜生とし子という婦人を御存じでしょうな」

「はア知っています、京都の演劇ゼミナールで、私の講義を聞いていた人です」

「最近でも、おつきあいになっていたのですか」

「時々、手紙をくれたりしますが、あまり会ったりは致しません」

「そうですか」電報のことは切り札にとっておくつもりで、刑事は言葉を切ったが、県は何かに思い当ったらしく、不安そうな顔をした。

「そのとし子さんが、どうしたんです？」

「じつは、とし子さんが、清水寺の境内で、急に死んだのです」

「何ですって」と県は目をまるくした。「事故ですか、どこかから落ちたのですか」

「いいえ、薬をのんで、死んだのです」

「どういうわけです？　自殺でしょうか？」

「それがわからないのです。白い散薬を飲んで死んだのです。その薬をのむところを目撃した男がいます」

「妙ですね、人の見ている前でのんだのですか？　なぜ止めようとしなかったのです」

「京都からの連絡で、くわしいことはわかりませんが、全く見知らぬ人と一しょに、歩いていて、その人の前で、薬をのんだというのです」

「その男こそ、怪しまれても仕方がありませんね」

「しかし、どうも、怪しむ材料がないらしいのです」

「どうしてわかります」

刑事も、こう問いつめられると、そうくわしくは答えられなかった。だから、ここで、とっておいた話題をもち出した。

「奥さんは、御在宅ですか」

「何でしょう、家内にお尋ねになりたいことというのは」

「ちょっとお目にかからせて下さい」

県の妻が出て来た。おとなしそうな女である。

「何でしょうか」

「きのうお宅に電報が届きましたか」

「はい、電話で送ってまいりましたのを、娘がきいて、メモに書きとりました」

「失礼ですが、その電文を、見せていただけませんか」

「内容はわかっている、私が打ったんだから」と、県はわざと快活そうに笑って、

「ナゴヤニイル段落七ヒアサカエル段落サカエ」といった。

「よくすらすらといえましたね」と刑事は皮肉な口調でつっこんだ。たえず犯罪の捜査に当っている専門家は、県の心理の弱点を早くも読んだのである。

県栄は、しかし刑事の口ぶりには気がつかず、「今朝帰るということを、家へ知らせようと思ったのです」

「ナゴヤニイルとおっしゃいましたね、あなたは昨日、六日は名古屋にいらっしゃったんですか」

「はい、撮影の用事で」

「ほんとうですか？」

「何をばかな、私は名古屋にいたんだ。そして名古屋から打ったのだ」

「なるほど、電報がここでは、電話で教えるのですね、それがあなたのトリックの出発点だ」

電報は元来、受信紙にタイプで打って届けられることになっている。しかし、場合によって、着信の際、電話でその受取人の所へ、口頭でいうこともある。むろん、要求があれば、一旦口で伝えた本文を、紙に打って、あとから届けなければならないが、仕事の関係で、電報の来ることがめずらしくない県の家には、電話で送る場合が多く、大した内容でなければ、確認をあとからとるほどのこともしていない。

電話で送る時にも、発信局はことわっているし、それも控えておくのがほんとうかも知れないが、そこまでは関心を払わないのが普通で、やはり家に居合わせた県の長女も、「さア発信局の名前はおぼえてません」といっていた。

最後に刑事がいった。

「でも妙ですねえ、その貴方の電報は、京都で打たれているんですよ」

県栄の顔色がサッと変った。

京都の雅楽には、鎌倉の県栄の家での刑事との問答が、すぐ伝えられた。県が、とし子に電報を打たせているところを見ると、少なくとも、彼ととし子との間に、最近何かの連絡があったのは事実だ。

竹野がいった。

「つまり、県氏の家では、奥さんがやかましいんでしょう。仮に死んだとし子さんと、県氏との間に、特殊な関係があったとして、仕事にかこつけられないような時に、京都に来ていることを知られたくない。それで、名古屋にいるという電報を打たせたのではないでしょうか」

「奥さんの手前か」と雅楽は、おうむ返しのようにいったが、「いや、そうじゃない、もっとこれは悪質だ。その電報の工作は、アリバイの設定だな。つまり、電話で電報が送られるのを利用して、名古屋にいて、京都には絶対にいなかったということにしたかったのだ。とすると逆に、県という人は、昨日は、京都にいたのだ」といった。

「京都にいて、どうしたのでしょうか」

「私は、とし子の死ぬのを見とどけてから、夜おそい汽車で、鎌倉へ帰ったのだと思う。つまり、武井さんが乗り込むつもりでいた夜行に、武井さんは乗れなかった。その代り、涼しい顔をして、県栄は乗って帰ったのだと思う」

「すると、これは県栄の謀殺ですか」と、武井は、恐怖にふるえながら訊ねた。

「軽々しくはいえないが、そういう可能性がある。少なくとも、この事件は、シナリオがあり、演出がある。つまり、いかにも作為というものが、おそろしいまでに見えている。県栄という人が最近撮ろうとしている作品、あるいは助言を与えている作品が知りたいものだ、もしシナリオがあったらぜひ読んでみたい」

武井治は、すでに少し前から、六日の夜、三十分ほど舞台の上で人を待ち、待ちくたびれてどこかへ電話をかけたという男が、雅楽の考えているように、自分ではなくて、とし子が声をかけるべき相手であったことを確信していたが、その男がどうしたのか、今度の捜査の線の上にも姿をあらわさないのに、疑いをもっていた。

雅楽も、それには気がついていたが、老優は、こういうのだ。

「男の方は、清水寺の舞台で人と会う、誰かが声をかけるという風なことだけしか教えられていなかったのではないだろうか。そうすれば、それが女であり、白いブラウスを着たこういう風体の人だとも知らないわけだ。だから、新聞で自殺と報道された女の記事を読んでも、自分と結びつけて考えていないのだろう。つまり、その人が何も申し出ないのは、そのためだと思う」

竹野が、新東映画の撮影所へ行って、県栄の最近関係している仕事を調べている時に、刑事は、清水寺の寺務所から六日の夜八時半頃、どこへ電話をかけたかを突きとめていた。

電話は、七条の通りにあるよろず屋という旅館へかけたもので、電話をきいた女中さんの証言では「由良《ゆら》ですが、県先生はいらっしゃいませんか」という内容だったそうだ。

女中はいないと答えている。

「由良さんか」と雅楽は、緊張の中にもちょっとおかしそうな声を挿んで、「その由良さんが、鍵のひとつだ」といった。

その由良と称する男はすぐにはわからなかった。わかるまでに、雅楽は、謄写した部厚い映画の台本を四冊読まなければならなかった。

八月八日の午後いっぱいかかって、宿の二階の縁側の籐椅子にかけながら、雅楽は、県栄が近く撮影にはいる台本といわれる「五人の怒り」を読み、県栄がシナリオに参加している「顔を貸せ」「黒い雪」を読んだ。「五人の怒り」は、ハードボイルド風の活劇だし、のこりの二つはスリラーである。かつては甘いムードの写真を撮った監督も、時世には勝てないと見える。三篇とも、犯罪が画面で行われ、知能犯が巧みな計画を立てるのである。こういう作品に凝っていると、人間がやはり、知能犯と共通した要素を持つのだろうかと雅楽は思った。しかし、この三篇には、手がかりがなかった。

しかし四冊目に、「五人の怒り」の次に撮るはずの「衝動」という作品の台本が、別に届けられ、それを読んでいた雅楽は、膝を打った。

「そうか、私は今頃になって、気がついた。些細なことでも、注意しなければいけないのだ。私は二日完全にむだにした」というのだ。竹野は、何を雅楽がいおうとしているかがわからない。

そこへ、県栄が京都へ着いたという知らせがはいった。もし、県がとし子の死に責任があるならば、京都へ堂々とやって来て、とし子の霊に頭を下げるのは、正義をいただいて困難な捜査に当っている警察官や、雅楽たちに対する挑戦である。

自殺説がはじめとられていた。そして、あるいは自殺かも知れないが、県栄は、自殺の場合でも、責任があるのではないだろうか。とし子の妊娠は、さし当って、県を疎外して、心あたりはありそうもない。竹野も武井も、純粋な職業について可憐な幼児を愛していた故人の、秘密をはからずも知って、いたましく思っていただけに、その背後に潜む男の存在に憎悪を感じずにはいられないのだった。どうも県栄には、よくない先入主がはじめからあったが、解明されてゆくに従って、事件はますます、この老監督を追いつめるように思われる。

雅楽は、武井に、四冊目に読んだ「衝動」の中のあるページに赤い鉛筆で印をつけ、細々《こまごま》とささやいていた。

武井はそれを聞いて、警察へ行った。警察は、二時間のちに、「衝動」で、内堀正太郎という二十八歳の医師に起用される予定の、由良睦郎という、無名の俳優の所在をたしかめた。そして、その結果、六日の夜八時すこし前から、約三十分間、清水寺の舞台でむなしく人を待っていた男、のちに電話を七条のよろず屋にかけ県の在否を問い、

「今度は手前どもにはおとまりになっていません」という返事を聞いてがっかりして去った男が、この由良であることをたしかめた。

武井は、警察にさきほど顔を出して、そのよろず屋に帰っているという県栄を、訪ねようと思った。幸いに、持ってゆくものがあった。それは、今朝、とし子の従姉から届けられた一通の手紙である。とし子が親友の中山弓子に書いた手紙だった。

中山弓子は神戸の須磨にいる、とし子の女子高校時代の級友である。ともに演劇ファンで、その熱が昂じて学生演劇の実践に入った、親しい友人だった。

新聞で一日おくれて身許のわかった自殺者の記事を読み、それが「幼稚園に勤める麗人」で、「瓜生とし子、二十四歳」だと知って、おどろいて、京都まで来たのである。その時、前日届いたとし子の手紙をたずさえていたのである。

竹野をオブザーバーにたのみ、武井は、正面から名刺を提示して、社会部の記者として、監督の県栄に面会を求めた。

定宿《じょうやど》のよろず屋の風のよく通る二階の十二畳に、県はすわっていた。京都と東京の撮影所をかけもちで仕事をしている県は、ここへ来ると、いつもよろず屋に泊まるのである。

「県さん、亡くなられたとし子さんは、あなたのお弟子ですか」

「まアそうです。ゼミナールでは可愛がっていました。いい子でしたよ」

「気の毒なことでしたが、心当りは」

「何で自殺したのですかな、そしてまた、何であなたにまで御迷惑をかけたものですかな」

武井が鎌倉での刑事との応対をまさか知っているとは思わないと見えて、とし子の死に立ち会った路傍の一青年が、たまたま新聞社に勤めていたために、週刊誌の材料にでもしようと思って訪ねて来たぐらいに甘く見た県は、すまして、こんなことをいった。

「とし子さんは自殺じゃないでしょう」怒りを抑えきれなくなった武井は、単刀直入にきりこんだ。

「警察も、他殺と見てますよ」

「そんなばかな」

「とし子さんは、巧みに誘導されて、死に追いやられたんです。その筋書を書いたのは、県さん、あなたではありませんか」

「何を失敬な」竹野もあわてたが、武井は、予定よりも早く結論を持ち出し、一刻も早く、相手の首根っ子をつかまえようとしたようである。もちろん、県は、目を三角にして、「君は何を根拠にそれをいうのだ」

「とし子さんは、六日の夜八時に、清水寺の舞台の上で、手に文庫本を持っている男に声をかけるように命ぜられた。そして、その男を音羽の滝の方に誘ったあと、舞台の下の散歩道を山門の方にゆき、うねうねと谷に面した崖の玉垣の一番山門に近い縁台の所で休むことまで、指定されていた。とし子さんは五条坂を来る途中、地蔵堂の鉦の音をラジオの時報の鉦と誤認し、自分の時計がおくれているのだと思って、十五分時計を進め、いそいで舞台まで来た。偶然にも、その時、舞台にいて、手に文庫本を持っている男がいた。私です。とし子さんは、私に滝の方へゆこうとすすめた。私は妙なことだとは思ったが、札を売っていた爺さんが親切そうな言葉をかけたので、とし子さんが女だから夜くらい所を歩くのがいやなのだと思って、ついて一しょに滝へおりてゆく石段を歩いた。

つまり、十五分のちがいで、予定されていた本人にとし子さんは会わず、かわりに私がとし子さんの薬を飲む様子を目撃することになった」

「……」県は今度は目を丸くして、煙草をしきりにふかしている。竹野はその様子を見ながら、ほんとうは県は白なのではないかと思ったほどであった。

「県さん、あなたは大層入り組んだシナリオを書いた。撮影所にきき合わせると、『五人の怒り』の次にあなたが東京で撮る『衝動』には、内堀正太郎という医師の役が登場する。この内堀が山で偶然一しょになった女に、目の前で突然毒をのまれ、そのために他殺の犯人と疑われる筋は、あなたが書き加えたそうですね。

あなたは内堀の役に、助監督の櫛田君の義弟の由良睦郎という無名の新人を起用した。

由良君は、あなたに前から師事し、数年前ゼミナールで演技術を教わっていた人だ。つまり、あなたのいう通りに、暗示のかかる青年なんです」

「……」

「あなたはとし子さんが邪魔になっていた。その理由は、今口にはしたくない。あなた自身胸に問えばいい。とにかく、とし子さんが死ぬのを望んでいた。そこで、とし子さんに今度わざわざ京都まで来て、こんなことを命じた。じつは、『衝動』に出て来る内堀という役は、目の前で見知らぬ女に毒をのまれて迷惑するというシチュエーションがある。それを演じるのは由良という男だが、どうもうまくない。それには、由良に、目の前で女に毒をのまれるという実際の経験を味わわせたいと思う。突飛だが、君はその役を引きうけてみないかと、いったのです。

とし子さんは、今でも女優になりたいという夢を持っている。映画は年の関係で出られないとしても、劇団に入って舞台に一度は立ってみたいと思っていた。

数年前から親類の人も知らぬほど親しい関係に入っていたあなたに、そういう夢をうったえていた。とし子さんの夢を利用して、あなたは、由良を開眼させるだけの演技を見せたら、責任を持って劇団に推薦するといった。この白い粉薬は消化薬だから心配ない、これを持っていて、六日の夜あった男の見ている前で、飲んでみせること、そのあとで苦しがる演技を見せること、その場所は、これこれの茶店の掛茶屋で、玉垣に腰かけて飲むことという、細かい指定があった。

ただ、玉垣に腰かけるのは、とし子さんはこわかった。石段を歩いておりるあのひとは、大変こわそうにしていた。従姉の人にきくと、軽い高所恐怖がとし子さんにはあったらしいし、それに転んではいけない身体でもあったのだ。

だから縁台で薬をのんだ。しかし、その薬は死を意味する毒物を含んでいた。とし子さんは死に、私が偶然その現場の立会人にされたわけだ。

一方、あなたは由良に、今度の役について、大へんためになることを話してきかせる、八時に文庫本を持って清水の舞台で待っているようにといった。女の人が声をかけて、滝の方へ行きましょうといったらついて来たまえ、下でぼくが待っているからといったのだ。

由良君は、御承知の通り、待ち惚《ぼう》けをくって、電話でこのよろず屋にあなたの所在をたずねたが、六日の夜は、あなたはここにはいなかった。あなたは一体、その時どこにいたんです」

武井の手の中にあるカードは、全部さらけ出された。しかし、県はその追及にひるむ気色《けしき》を見せなかった。

「君は何か夢を見ているのじゃないか。顔でも洗って来たまえ。一体、何からそんなことを思いついたのだ。役者に実地の体験を味わわせようなんて、そんな突飛なことが、できるか」

「あなたは、菊池寛の『藤十郎の恋』から思いついたのだ。坂田藤十郎が、姦通の体験を身にしみて知るために、宗清《むねせい》の女房にいい寄るという話は、この映画の演出を昔助監時代に手伝ったことのあるあなたはよくわかっている。あるいは、ゼミナールの講義でも例に引いて話していたかも知れない。この藤十郎の逸話を、あなたはとし子さんにも多分話しただろう。由良君もきいたのだ。というのは、由良君は、文庫本を持てといわれ、その日特に新しい文庫を買ったのだが、それは菊池寛の短篇集で、その中には『藤十郎の恋』がはいっているのだ」

「それに、玉垣に腰をかけて薬をのむように、そんな危ないことを指示するわけはなかろう。あの下には石が積んである。よろめいて落ちたりでもしたら、どうするのだ」話のほこ先を、県は変えようとした。その変えた話題に、すばやく、武井は飛び乗った。

「石があの下にあることを、あなたはどうして知っているんです。あの石は、八月五日に清水寺の修理工事のためにトラックで運ばれて来たんですよ」

「……」

「あなたはとし子さんに、見取図まで書いて渡している。じつに用意周到ですな。右側の四角は舞台、その下の右から左へ斜めに引いた矢は石段です。屏風のように左側に玉垣がうねり、一番山門に近い屈折の所の丸は、ここで薬を飲めばいいと教えた現場なのだ。玉垣の下に石材が山になっている。薬をのみ、うしろざまに落ちたら、もう絶対に助かりっこない。毒をのませた上に、更にそういう墜死のケースまで、あなたは予想して、あの場所を指定した」

「私は知らない」という声も、かすれていた。

「あなたは、鎌倉のお宅で、訪ねて来た刑事さんが、とし子さんが清水寺で急に死んだときくと、事故ですか、どこかから落ちたのですかといったそうじゃありませんか。そういう死に方を予《あらかじ》め知ってなければ、いえないことだと思いますよ」

県栄は、がっくりうなだれた。

県は即日、自首して出た。

この男の自供によると、彼の犯罪計画は、雅楽が推理し、それを総合して、武井が問いつめたのと、ほとんど違わなかった。

瓜生とし子は、県栄に、はじめは、弟子として愛されていた。純情で、ひたむきなこの娘が、いつの機会にか、県に、すべてを許してしまった。

県は、そうなってから、とし子を疎《うと》んじるようになった。とし子が真剣になればなるほど、当惑した。浮気をそれほど重大に考えない空気の中で生きて来た彼は、浮気と思ってもらえない女の態度に困《こう》じ果てた。

しかも、女は妊娠していると訴えた。前の年のくれの頃から、しばしば、とし子は、県といい争って来たが、妊娠はここで、有力な武器となった。

一方、とし子は、女優になろうとする数年来の希望に、なお縋《すが》っており、その道を開いてくれるのは県しかいないと思っていた。じつは、県のような人物に頼っていること に問題があったのだが、県のほうでは、それをたくみに利用し、「衝動」の中に、「藤十郎の恋」からヒントを得た筋を書き加え、意のままになる由良睦郎を操り、とし子を文字通りの死の演技に駆り立てたのである。

音羽の滝の小さな祠に手を合わせていたとし子の姿を思い出すたびに、今はこの哀れな女をもはや赤の他人と思うことのできない武井は胸が痛むのである。

まして、県の宿にゆく前に、警察で手渡されたとし子の最後の手紙に、

「先生のおかげで、私も今度、ひとつ試験を受けることにしました。清水寺の舞台である俳優に会い、その人の前で、わざと毒を飲んで死ぬふりをするわけです。

これがその俳優の前で演じて見せる実習というわけで、その方が私の実力を、先生に伝え、うまくパスすれば、劇団に推薦していただくことができるのです。永い間待ち望んでいた機会が与えられて、ほんとうに私はうれしい。

幼稚園の子供たちも可愛くて仕方がありませんが、私は、やはり舞台に執着がありま

す。この死の演技が、うまく先生と、私がそれを見せる先輩の気に入ればいいと思っています」とあるのが、気の毒でならないのである。心のいいとし子は由良を「ある俳優」と、いたわって、手紙に書いているのだ。

観世音菩薩を祀る寺は、高い所に本堂を持ち、その裾のほうに水を置くというのが、原則だそうである。だから、日本の名所として知られている観音堂は、いずれも高く張り出した床を持っている。なかには、清水寺のように崖にそって柱を組み上げた建築様式のものもある。これを舞台と俗に呼ぶ。

「清水の舞台から飛びおりる」というのは、思い切った決断をする意味の諺《ことわざ》になっている位で、行った人はわかるが、ここの舞台は特別に高く、それが周囲の木々の緑と対比した人工的な美観にもなっているのだ。だが、瓜生とし子の場合、舞台にあこがれていた女優志望の女が、偶然にも同じ名で呼ばれる舞台に登場し、死んでしまったのだから、ことさらに、哀れをそそるのである。

東京へ帰る武井をねぎらう意味で、竹野は食事に誘った。そもそも、京都に武井を呼んだ当初の目的である親戚の富島さだ子も招いていた。

竹野も武井も、六日以来、このさだ子には会っていない。奇妙な事件に武井がかかり合ったり、竹野と二人で雅楽の知恵に従って、捜査を助けたりしたことを、だから、さだ子は知らなかった。

しかし、雅楽のことは前から「竹野のおじさん」にきいて知っており、今度の話のあらましを知ると、「その雅楽さんにもお目にかかりたいわ」といった。

武井も老優の話がききたいので、木屋町の宿に電話をかけると、雅楽はタクシーで、すぐやって来た。こういうちょくな所が、この老優の魅力で、その若さを保つ理由なのであろう。

話はやはり、事件のことになる。

「いやほんとに、武井さんは、ひどい目にあいましたね」

「でもぼく、ほんとうにいい勉強をしました。人間としても、記者としても」

雅楽は述懐した。

「私は七日の朝清水寺で、文庫本を見た。そして推理をした。しかし、あの文庫本に『藤十郎の恋』がのっていると気がついたのは、それから二日経ってからだ。いや、私も大分血のめぐりが悪くなったよ」

「しかし、おどろいたな、幼稚園の先生だということをあてたのもあなたですし、鉦の音と時報とをとし子さんが聞き違えたと考えたのもあなたです。

そして私がとし子さんから人ちがいをされたこと、そのとし子さんがどういう演出を、どういう筋書でしたかということも、全部推理なさったのだから、おどろきました」

ビールで真赤になった武井は、心から感嘆した。

「しかし、武井君」と竹野がいう。「君のよろず屋での追及は凄かったね。でも、あの玉垣の下の石材が八月五日に運びこまれたなんてことを、君いつ調べたんだい」

「竹野さん、すみません。あれだけは、ぼくがわざとハッタリをいったんです。石はもっと前からあったかも知れないんですよ。しかしああいったら、県はすっかり参ってしまった」

これで、大笑いになった。

竹野が訊いた。

「とし子さんが、芝居に関係のある人だということは?」

「仮に幼稚園の先生だとしても、それだけじゃないと思ったんだ。あのひとは武井さんと石段をおり、現場へゆくまで、あまり口を利かなかったそうだ。毎日子供を扱っているようなひとは、元来無愛想であるはずがないからだ。それと何かこの事件での、女のひとの行動に、命じられて動いているといったにおいを、私は感じた。それで、女優だったか、女優になろうとしているか、そういうひとが、あの場所では、職業と別の、意識で生きていたのだという風に考えてみたのだ」

武井は、目の前でみんなの話題を楽しそうにきいているさだ子の黒い瞳を見た。武井はさだ子が気に入っている。

しかし、さだ子が東京に出て来なければ、求婚したくはなかった。京都にいる女に、結婚を申しこむ気には、少なくともなれそうもなかった。なぜならば、瓜生とし子が、京都を思う時に、今後かならず記憶によみがえるだろうからである。

彼はしかしこの席では、それをいうまいと思った。また六日の午後引いた運勢くじに、「女難の危険があります」とあったことも、黙っているつもりであった。

臨時停留所

一

W県のK市からT町まで、黒潮の流れる海をほしいままに見ながらゆく国道は、そこを一度通った者なら、忘れないであろう。

もっとも、この道は、最近やっと本格的なドライヴウェイになったので、数年前までは、バスで終点までゆくと、くたくたに疲れるほどの難路だったという。夏なぞ、開いたバスの窓からはいって来る埃で服はたちまち色が変ったそうである。

運転をする立場でも、この国道は、大へんにくたびれるらしい。これは舗装された現在でも同じ条件なのだ。海岸線の屈折に沿って、道が九十九折《つづらおり》になっているのである。ハンドルを慎重に切りかえて、縫うようにしながら走るために要する神経は、なみ大抵のものではない。

その国道がようやく、国道らしくなろうとしていた数年前の夏、K市から六キロほど西へ行った高畑村のバスの停留所——村人が俗に呼んでいる山の名前をそのまま使った

「みかん山下」という停留所の附近で、奇妙な事件があった。

私は、K市とそう遠くない温泉に行っていた時に、歌舞伎俳優の中村雅楽《なかむらがらく》と二人で、その話を聞いた。なぜ私たちが知ったかについては、のちに書くことにするが、旅先で耳にする事件に関しても、老優はじつに熱心に推理を働かせた。そうして、事件の結末を今私がくわしく書けるのも、いいかえれば、警察の人たちが、謎を謎のまま放置せずにすんだのも、まったくそれは雅楽の暗示があったからにちがいないのである。

その年は残暑がおそくまで続いたが、その分、夏の来るのがおそかった。この夏、七月の興行が終ってから、雅楽は、何と思ったか、急に「道成寺《どうじょうじ》へ行ってみたい」といい出した。

この寺には青年の頃一度行っているだけで、観光客をさかんに誘致するようになってからは、見ていないというのである。私にとっては未知の寺なのであるが、それを話すと、「見物がてら、ぜひ一しょに来なさい」とすすめられた。「かえりにS温泉に行って、私のとっておきの話を聞かせる」というのだ。

私は、どちらかというと、その「とっておきの話」の方に惹かれて、同行を約した。社の方の仕事を整理して、私が雅楽と、新しく開通したばかりの南国線で、東京を発ったのが八月の八日で、Sの旅館に入ったのが十日である。

それから雅楽は二週間、逗留した。私は先に帰京したが、私のまだSにいるあいだに、ここに書く事件がおこったのである。

もっともこれは、最初からふしぎな雰囲気を人に与える事件のようであった。

八月十三日の夜十時頃、Ｋから最終のバスに乗って来た一人の学生が、「みかん山下」でおりた。

はじめは三十人もいた乗客が順々におりて行って、「小針峠」以後、バスの中には、老人がひとり、学生以外には、いるだけだった。

その老人は、年に似合わず、派手ななりをしていた。あらい格子の麻服の襟に、赤い造花をつけ、肩から魔法瓶を吊っているという恰好なのである。赤い顔をしていた。ただの赤さではない。

みんながおりて、老人が学生の近くにたまたま残ってしまうと、がらりと空いた車内は急に広々して見え、そのバスが、さかんに修理している国道の上で、まりのように、はずんだ。

「学生さん、明神前《みようじんまえ》というのは、まだ大分先ですかな」と老人が訊いた。

「ぼくはよく知りません」と学生が答えた。何だか、この老人とあまり話す気持がしなかったので、どっちかというと無愛想に返事をしたわけだが、それも悪かったような気がしたので、車掌の所まで立って行って、「明神前って、まだ先ですか」と代りに訊いてみたわけだ。

「まだ大分先ですよ」と女車掌は学生の顔を見ながら答えたが、「お客さんは、みかん山下でおりるんでしょう」と訊ねた。

「あのおじいさんが、ぼくに訊いたんです。ぼく、この辺を、よく知らないから」

「ああ、あのお客さん」と、車掌は冷淡な口調で続けた。「さっきから、しつこく何度も訊くんですよ」

学生は老人のそばに戻って行ったが、老人には何もいわなかった。老人が開いた膝の真中に頭を垂れるようにして、うとうと眠っていたからだ。学生は、老人にさっき答える時にはずした大きなマスクを、またかけた。

学生には、戸外から遠慮会釈もなく飛びこんで来る街道の埃がたまらなかったのであるが、その前に、彼は風邪を引いていたのだ。

学生は、ちょっと見ても七十に近いこの老人が、息子のを借りでもしたように見える派手な夏服を着ているのが、いかにもふしぎだった。

夏休みで、名古屋の郷里に帰っていると、同じゼミナールにいる友人から手紙が来て、泊りがけで来ないかといわれたので、今日やって来たわけだが、教えられた通りに「みかん山下」でおり、三百メートルほどKの方へ戻ったところにある駐在所で聞けばわかるという友人の手紙を信用する以外、この辺の土地には何の知識もない。

それに右手には、南国の海があるはずだが、月のないためか、その潮の色も、夜目には見きわめられないのである。すさまじく上下に震動するバスの中では、乗り合せたもう一人の客の風俗について考えたりする以外には、することもないのだった。

マスクをかけた学生は、まだ居ねむりをしている老人をバスの中に置きざりにしたまま、「みかん山下」という停留所でおりた。

友人の手紙では、その停留所の標識の前から、東の方角を見ると、赤いランプの巡査駐在所の灯りが目に入るとあったが、鞄を右手にさげて、すぐふりかえった自分の目には、何も見えなかった。

不安になった学生は、ライターを出して、停留所の標識の文字を見たが、たしかに「みかん山下」と書いてある。目の前には、闇を一層濃くするように、自分の上におおいかぶさって来る山の気配があった。これが、いわゆる「みかん山」であると信じて、さしつかえなさそうだ。

それにしても、当然夜も消えぬはずの駐在所の灯りが見えないのはなぜだろう。学生は、十メートルほど歩いてみた。そうして、すぐその意味がわかったので、安心した。

今自分のおりた停留所は、たしかにこれも手紙に書いてあったように、大きく道の迂回する地点の、いわば岬のようになった場所にはちがいないが、その辺が道路工事をしているのだ。車が二台すれちがって通ることが不可能なので、停留所が臨時に移動していたのだと、学生は理解した。

波の音が聞える。

学生は足もとに気を配りながら、東の方へ歩いてみた。都会のように安全灯の用意もないが、ぼんやりと国道の片側だけ、コールタールを敷いた黒さが、まだ敷いていない部分の白さと対照的に感じられる。

もうひとつ迂回した道のところまで行って、そこから見える駐在所の灯りを確認すると、また引っ返した。

停留所のところまで戻り、草むらに置いた鞄をとる。そうして歩き出そうとした学生の耳に、人のうめき声のようなものが聞えた。

学生は、すべての神経を、その声の方へ向けた。気味がわるくもあったが、それ以上に一種の好奇心があったといっていい。

草むらの奥の方に、大きくライターをまわしてみると、そのライターの火が、苦しそうにうずくまっている女の姿を発見した。

学生は、近づいた。誰かに突きとばされたとでもいうような形で、足をぶざまに開いて倒れている。

「おばさん」と呼んだ。「おばあさん」といいかけたが、夜で年齢もはっきりしないので、一応おばさんと呼んだのである。

「おばさん、どうしました」

「……」

「どうしたんです」

「……もめん……。……すて……」

その女は、そんな言葉を口走った。「木綿《もめん》」「すて」という言葉は、苦しそうな声のあいだに、まるで間投詞のように挿入された。

ライターの火で見ると、農村によくある典型的な老婆の顔だった。白髪がひどくちぢれている。

学生の方に手をのばしながら、なお苦しそうだった。異様なのは、この老婆が黒い喪服を着ていることであった。しかも、倒れている状態でもはっきりわかるほど、その喪服が短いのである。裾の方から足が長く出ていて、借り着でもしたような違和感があった。

学生は、今度は「おばあさん、しっかりなさい」と励ましながら、老婆を抱き起そうとした。すると、老婆は意外にも、その手をはねのけ、「……もめん……」とまたつぶやいた。それから「……権《ごん》……」といったようにも聞えた。

学生は、この老婆が何者かに危害を加えられたのだと思った。そう思うのは、自然であったろう。幸い、近くに駐在所がある。どのみち、友人の家を教えてもらうために、これから立ち寄るつもりでいた駐在所だった。

「すぐ来ます、すぐ人をつれて来ます」

学生は、鞄をさげたまま、東の方にかけ出した。もう道の悪さを気にしている余裕はなかった。

停留所の所からぐっと曲った道が、もう一度岬のように突き出た場所を通り、さっき確かめた駐在所の灯りに向って学生は一所けんめい走った。

駐在所の三和土《たたき》の上に立ち、マスクをはずして「ごめん下さい、ごめん下さい」と呼んだ。

しばらくしてから、女の人が出て来た。

「何だか変なんです、あの停留所のところで、おばあさんが、倒れています。誰かにやられたらしいんです」

巡査の妻らしいそのひとは、しばらく学生の顔を見つめていたが、急にその目を緊張させた。反応がおそかったのは、うたた寝でもしていたのだろうか。頭がはっきりしないようすだった。

妻女はゆっくり、いった。「困りましたね。主人は、この先の村会議長さんのお宅に行ってますの。きょうはお盆なので」

「でも、事件があったんですから」と学生は、大きな声を出した。そういった直後に、学生は、これはたしかに大事件だと思った。自分は発見者なのだ。若者らしく、それが大変誇っていいことのように思われた。

巡査が呼ばれて、駐在所に帰って来るまで、二十分も経ってしまった。まず妻女が身じまいをして、学生を置いて出かけて行くまでに五分以上かかり、「この先の」というからそんなに遠くはない村会議長の家まで、往復の時間が十五分ほど要した計算になる。

少し赤い顔をしていた巡査は、それでも、事件の発見者の前まで帰って来ると、警察官らしい表情を見せ、「ごくろうでした。さっそく行きましょう」といった。

学生と巡査が、「みかん山下」の臨時停留所まで来て、巡査の懐中電灯で、さっきの場所を照らしてみたが、老婆の姿は消えてしまっていた。

草が踏みしだかれて平らになっている場所を中心に捜してみると、黒い草履が一足、きちんと揃えて脱ぎすててあった。それから、もう少し西の方へ行ったところに、別の草履が片足だけあった。この方は、黒の草履よりも、やや大きかった。

二

学生は、その夜から、この高畑村の高台に農園を持っている友人の家に泊った。

駐在所の巡査は、学生が知らせて来た事件が、じつは事件でなかったのにホッとしたらしく、せっかく招かれて行っていた村会議長の家から呼び戻されたことに対しても、別に不満そうな顔もしていなかった。

しかし、学生のほうにしてみれば、自分のかんちがいで、人騒がせをしたという、まことに具合のわるい結末になったのが、いかにも心外だった。

同時に、あの草むらに倒れて苦しそうにしていた老婆が、自分が駐在所へ行って引っ返して来るまでの二十分間に、にわかに元気をとり戻し、立ち上ってスタスタ歩いてどこかへ消えてしまったというのが、どう考えても不自然に感じられた。

少なくとも、学生は、巡査の帰って来るのを待っているあいだに、駐在所の前を一台の車も通らず、人っ子ひとり通らなかったのを証明できる。事件を発見して気が立っていたから、戸外に気を配っていたのである。

「みかん山下」の臨時停留所から、駐在所までの間の国道の、右側は海の方角で、人家はむろんない。左側には、附近の運送会社のトラックの車庫と、消防ポンプの格納庫があるだけである。

あの老婆が仮に自分の足で歩いて行ったとしたら、「みかん山下」から西の方へ行ったとしか考えられない。

だが、息もたえだえに、わけのわからない言葉をつぶやいていた老婆が、自力で歩けたとは、今もって学生には、どうしても信じられないのであった。

学生は翌朝、昨日の現場へ行ってみた。ここにあった草履は、巡査がとにかく持って行ったから、駐在所に置いてあるだろう。しかし、それは、ゆうべの巡査の口ぶりでは、誰かが問い合せに来るまで、遺失品として棚に保管はされても、事件の有力な物的証拠とは到底なるまいと考えられた。

学生は未練らしく、停留所のあたりを歩いてみた。その草むらのゆき止りは崖になっていて、下の方に、粗末な屋根をのせた小舎が見える。人のいる様子はなかった。

その足で、学生は、駐在所へ行った。

「やあ、ゆうべは御苦労さん」

巡査は機嫌がよかった。

「おさわがせしてすみませんでした。しかし、ぼくは、くどいようですが、何だか気になるんです。あのおばあさんが、ぼくに、何か教えようとしたんだと思うんですが」

「教えるというのは、どういう意味かね」

「笑われるかも知れませんが、犯人の名前を、ぼくにいおうとしたんじゃ、ないでしょうか」

「学生さん、あなた、ゆうべは、そのことを、私にいわなかったじゃないですか」巡査は、駐在所の事務机にすわって、とじこみを開いた。それは、勤務日誌らしかった。

「夜、名古屋市千種区納屋町一ノ一笠屋四郎（東海大学学生）の届出により、みかん山下臨時停留所附近を検知せるも、事故なし」と、巡査は音読して、「私は、こう書いておいた。一応この駐在所に提供された情報は、些細なことでも書いておくんです。それが何かの時に、非常に役に立つ場合もあります。しかし、ゆうべのように、おばあさんが倒れていた、苦しがっていた、誰かに打たれたか蹴られたかしたのだろうという程度では、事件とは思えないから、こんな書き方をするほかなかったんだ。刺されていた、現場に血が流れていたというわけでもない。つまり、学生さん、笠屋君ですね、あなたが早合点をしたのだと私は思った。あなたが駐在所へ来て、私がここへ帰って来るまでの間に、気分が直って、歩いて家へ帰ったのだろうと私は思ったんだがね。しかし、何かあなたに話しかけたというなら、それは聞きずてにならない」

「すみません。ゆうべ、お話ししようと思ったんですが、おばあさんがいなくなっていたので、きまりが悪かったから」

「何といったんです。そのおばあさんは」

「木綿といいました。それから、すてとか権とか聞えたんです。苦しそうだったから、ハッキリは聞きとれなかったけれど、たしかに、ぼくに、話しかけたい様子でした」

「木綿といったんですか。すてと権は、人の名前かな」

「ぼくは、その名前が、犯人の名前じゃないかと思うんですが」

「どうも、あなたは、よほど事件がお好きと見える」といったあと、巡査は、とじこみにはさんでいるメモを見ながら、「そのおばあさんは、喪服を着ていたと、ゆうべ、あなたはいいましたな。いや、あなたがそんなに気になるなら、その喪服という手がかりをつかまえて、私が真相をつきとめてあげましょう。この村には、おばあさんが何十人もいるが、ゆうべ喪服を着た人はめったにいないでしょう。身内に不幸があって、お通夜に行ったかえりに、気持が悪くなって、草の上で休んでいたおばあさんは、たった一人のはずです」

「草履がありました」

「そうです。だからそのおばあさんは、足袋はだしで帰ったというわけだ」こういったあとで、巡査は急に、目を丸くした。「なるほど、おかしい。そばに草履があるのに、それを履かずに行くのは不自然だ」

「ぼくもそう思うんです」学生は、内心、巡査が自分の考え方の方向に傾きはじめたのを、痛快に思った。

「おい」と巡査は家の奥に声をかけ、「ちょっと出かけて来る」といった。喪服の老婆を探しにゆくつもりらしかった。


夕方、学生がまた駐在所にゆくと、巡査は、彼の来るのを待ちかねていたように、

「ふしぎですよ。全くふしぎだ。この辺には、誰も亡くなった人もいないし、法事をした家もないんです」といった。

「お盆に、喪服を着る習慣はないのですか」

「そんなものは、着ません」

「じゃ、この土地の人ではなかったんですね」

「バスはもうない時間だし、歩いて帰ったのだろうと思うが、みかん山下の停留所を中心に半径二キロの半円を描いた範囲内では、喪服を着る必要が起ったらしい様子の家が、全くないんです。だから、よそから来た人だと思うんだが、どうして草履を履かずに帰ったのかな」

巡査は、椅子にすわり、机に肱をついて、頭を抱えこんでしまった。

その学生、笠屋四郎君が、みかん山下で老婆を見てから二日目に、土地の友人とともに、S温泉に来たのである。

旅館の広間にあるピンポン台の前で、私ははじめて球を打ったり打ち返されたりしている笠屋君を見た。そして、ふと口を利くきっかけが出来てから、私が新聞記者だとわかると、笠屋君は、「これは事件ではないんですがね」と前置きをした上で、名古屋から高畑村へ着き、闇の草むらで苦しそうな老婆を発見、急を告げに行っている間にその老婆がいなくなったというふしぎな彼の経験を、私に聞かせてくれた。

私も、駐在所の巡査とほぼ同様の意見だった。多分、笠屋君は、推理小説の熱心な読者であろう。テレビのスリラーのファンなのかも知れない。それで、偶然ぶつかったことを、事件に仕立てたい気持が強いのだろう。そう簡単に、犯罪が身辺に転がっているわけはない。

私が笠屋君に、私の考えを述べたあとで、部屋へ帰ると、雅楽は、マッサージをしてもらっていた。

マッサージ師と雅楽がしきりに話しているのは、きょう昼間二人で歩いて来た、G町の海岸に近い「アメリカ村」のことらしかった。

マッサージがすみ、食事がはじまった。その時、私は、さっき聞いた笠屋君の話を、雅楽に聞かせたのである。

私の予期に反して、雅楽は非常に興味を示した。私に同じ話を、ある部分は反復させたりした。「そこまでは聞かなかった」というと、「その学生さんにじかに会って、くわしく聞きたい」といいだしたのだ。

そして、その夜、笠屋君と会って、もう一度、笠屋君の経験を頭の中に整理したあとで、雅楽が組み立て、私と笠屋君に聞かせてくれた推理は、全く意外なものであった。

まるで、何もない空間から、バラの花や兎をとり出して見せる魔術師の手先のように、雅楽は、笠屋君の話から、ストーリーを織り出した。そして、そのストーリーは、その後に実証されたのである。

三

「竹野《たけの》さん、今私が笠屋さんの話の中で、一番おもしろいと思ったのは、何だと思いますか」とまず、雅楽はいった。いつも、雅楽の話は、こんな調子ではじまるのだ。

「竹野さん、私がおもしろいと思ったのは、停留所のそばの草むらに黒い草履が一足と、もうひとつ、片方だけの普通の草履があったことです。これがまず第一。次におもしろいのが、その晩あなたがマスクをかけていたことです」といって、雅楽は、前にすわっている笠屋君の顔をじっと見た。

「え？　マスクがですか」

と、二人は一斉にたずねた。

「あなたはなぜ、マスクをかけていたんです？」

「少し風邪を引いていました。それに、バスの窓から埃が舞いこむので、マスクをかけたんです」

「マスクはどんなマスクでした？」

「ガーゼで出来ている大きなマスクです」

「マスクというものは、顔の半分以上が隠れてしまうものです。倒れていたおばあさんには、あなたの顔がよく見えなかった」

「しかし、ぼくは」と笠屋君はふしぎそうにいった。「ぼくは、あのおばあさんを、はじめて見たんです。向うも、ぼくの顔を知っているはずがありませんよ」

「それはわかっている。むろんそうです。だが、おばあさんが、あなたを、自分の知っている誰かだと錯覚する可能性は、ありますね」

「ええ」

「私は、あなたが、学生服を着ていたという話から、そのことを考えたんです。大学生というものは、よく見ればボタンの模様が一々ちがっているはずですが、夜なぞ、見わけがつくはずはない。おばあさんの身内なり、近所の人の中に、学生がいたとすれば、あなたをその人だと思いこんでしゃべったという風に考えてみると、少しずつではあっても、あなたの経験した事件の輪廓が、ぼんやりわかって来る」

私は、いつものように、雅楽のこういう話し方にある種の魅力を感じたのだが、目の前の笠屋君が、戸まどっているのがよくわかって、少し気の毒にもなった。

「マスクについて、もう少し話しましょう」と雅楽は続けた。「あなたは風邪を引いている上に、マスクをかけていた。もし、そのおばあさんが、酒に酔っていたとしても、においがわからなかったのではないだろうか」

「酒を飲んでいたというんですか?」と笠屋君は、まるで考えてもみなかったことをいわれたので、目をまるくした。

「土地はひとつきおくれのお盆で、おまわりさんだって、村会議長の家によばれて行っているという時です。酒を飲んでいるおばあさんがいたって、別におかしくはない」

「しかし、巡査の調べた範囲では、おばあさんが村の人ではなさそうだというのでしょう?」私は、雅楽が何を考えているのだか、全く見当がつかなかった。

「それは、喪服というものを考えのふり出しに置いて考えた結論だ。それも、喪服を着ている以上、人が死んだか、あるいは法事があったかという風に考えて調べたからです。喪服はなるほど、そういう場合以外、めったに着るものではない。だが、こんな場合に、喪服を着ないだろうか」

雅楽はそういって、湯呑に茶を注いだ。ゆっくりと土瓶を持って、しずかに注ぐのである。どうしたって、私たちは、その手つきを見まもりながら、次の発言を待つわけだ。じつは、雅楽にとって、こんなに気持のいい時はないのではないかと思われる。

雅楽は続ける。

「私たちの周囲の例をあげてみると、たとえば、親しい身内が死んで、ちょうどその時に旅に行っていたとか、場所が遠いとかいう事情があって葬式に行けなかった者が、大分経ってから、その墓参りができるようになった時に、喪服を着る場合があるんだ。だから村のおまわりさんは、近所に不幸がなく、法事もなさそうだといっても、墓なり仏壇なりを拝むために、喪服を着た親戚が、その村に来ていたことまでは、調べられなかったのだと考えてよさそうだ。

それから、はじめにいった草履だが、黒の一足は、喪服のそのおばあさんが履いていたものだし、別にあった少し大きい片足のは、偶然誰かのが道ばたに落ちていたものだ、と考えると、それで話はすんでしまうが、私はもう少し、この片足の草履にこだわっている。

とんだ『鏡山《かがみやま》』の岩藤《いわふじ》だが、片足の草履が少し大きいというのが、どこか、すてきれない気持にさせるわけだ」

「鏡山」の岩藤が、出て来た。こういう洒落がはいる時の雅楽は、いつも、頭がよく廻転しているのだ。

「笠屋さんは、喪服のおばあさんの足が長く見えたという。倒れて裾が乱れたのではなくて、着物がつんつるてんの感じだといったんですね。

私は、喪服を借りて着ていたのだと思う。喪服の持ち主より、あなたの見たおばあさんは、少し背の高いひとなんだ。そう思うと、その人は、足の文数《もんすう》も、喪服に合う黒い草履より大きいのじゃなかろうか。

とすると、片足の草履が、笠屋さんの見たおばあさんので、揃った一足は別のひとのかも知れない。別に喪服を着た女のひとがいたか、あるいはそのひとはおばあさんに喪服を貸して、自分は普通のひとえ物に、黒の草履だけ履いて、その停留所のそばに来たのだ。

私は、笠屋さんが、駐在所へ行ったあとで、おばあさんの所に、別の女のひとが来たのだと思う。そうして、そのひとと、おばあさんの間に何事か起ったのだ。つまり、おばあさんに、まちがいがあったとも考えられる。なぜなら、草履が脱ぎすてられていたからだ。草履を履かずに、行ってしまうのは、よほど、とり乱していたと考えるほかない。

そこで、案じられるのは、片足の草履の、見えなくなったもうひとつが、どうなったか。私の頭の中では、片方は履いたままで片方だけ草履が脱げた姿で、そのおばあさんが、どこかへ行ったという想像が、根づよく育って来た。では、どこへ行ったんだろう」

笠屋君は、青ざめていた。「そうだ。あの草むらのすぐ向うに、崖がありました」

「私はそれを考えた。あなたが、駐在所へ行ったあと、別の女のひとが来て、口論にでもなって、おばあさんが崖から突き落されたのではないかとね」

雅楽という人は、役者なので、事件の画面を組み立てる時に、芝居がかった場景が、すぐ頭に浮かぶようである。私は、いま雅楽の話を聞きながら、三カ月前の都座に出た新作の脚本で見た、母親が自分の息子の愛情を奪った娘を、船宿の二階の欄干《らんかん》ごしに突き落すジーンを思い出した。その時、船宿のあるじに出ていた雅楽も、同じことを考えていたのであろう。

「さて、今度は、その話の筋を逆にたどって、おばあさんと別の女の人の関係を考えてみよう。第一に、別の女の人は、笠屋さんの行かれた高畑村の人であることは、まずまちがいない。もう少しいうなら、みかん山下という停留所の近くに、その人の家の墓があるとまで、きめてもいいようだ。当日はお盆です。おばあさんを案内して、墓参りに行った。おばあさんは、出かける前から酔っている。複雑な事情で、その道中、つれと口論した。こんな風に私は思うわけだ。

最後に竹野さん、そのおばあさんは、どこから来たのか、考えてみようじゃないか」

これは、いかにも難問だった。考えてみようといわれても、私には、雲を摑むようなものである。

その時、雅楽は、早口にこういった。「アメリカから帰ったんだ」

笠屋君も私も呆然とした。

「そのおばあさんが、口走った言葉を、私はいろいろ口の中でいってみた。木綿、すて、権。あとの二つは人の名前のようでもあるが、笠屋さんは、おばあさんがあえぎながらいう言葉の切れっぱしを耳にしたのかも知れない。そうなると、もめん、すて、ごんが、英語の独り言めいて聞えて来た。私は横文字は苦手だから、竹野さんや笠屋さんに考えてもらわなければならないが、アメリカから帰ったばかりのおばあさんが、酔って口走る言葉に、向うで日常使った英語がまじっても、ふしぎではない。

私はきょう、アメリカ村へ行って、向うから帰って来た一世が、向うの習慣をそのまま持ち帰って、ちょっとほかでは見ることのできない風変りな生活をしているのが、大変おもしろかった。あの村にいて、年の割にひどく派手な洋服を着ている爺さんや婆さんが、顔だけは、日本の農村で背中をまるくしたまま老人になってゆく人たちと全く同じなのを見た。

笠屋さんの見たおばあさんも、そういうひとではないだろうか。アメリカから帰ったばかりの一世じゃないのだろうか。

「ぼくが高畑村へ行くバスの中で見たおじいさんも、派手な服を着ていました。あれは一世だったかも知れませんね」

「この県には、アメリカ村に限らず、向うから帰って、向うのままの生活をしている人が多いんです。

笠屋さんは、高畑村にもう一度行ったら、おまわりさんに、最近身内でアメリカから帰った人がいる家はなかったかと訊ねてごらんなさい。実際に私の考えたような、まちがいがあったかどうかは別として、きっと、そういう家があるにちがいないと私は思っています」

雅楽の話が終って、時計を見ると、いつの間にか夜は大分更けていた。さっきまで、部屋の窓に吹きこんでいた風が、すっかり死んでしまっている。少しおくれて、この辺独特の凪《な》ぎが来ていたようである。

四

私は笠屋君と二人で、おばあさんの言葉が英語だったら、何をいったのだろうと考えてみた。すると、「もめん」は、Just a moment のモーメンじゃないだろうかと、笠屋君がすぐ指摘した。権《ごん》は、それならば Go on かなと私がいった。雅楽の推理どおり、おばあさんが酒に酔って口走ったとすれば、「ちょっとお待ち」とか「あっちへおゆき」とかいっても、ふしぎではあるまい。

事によったら、「すて」は mistake の一部かも知れない。

その後、笠屋君は、高畑村の友人の家に、その友人とSから同行して帰った。

私と偶然知り合った笠屋君は、雅楽という、あまり類のない老人に会って、よほど感銘を受けたと見える。雅楽の話を、一席の雑談と聞き流さず、高畑村で彼が彼なりの「捜査」をしたのも、その感銘のたまものと考えていいであろう。

私に後日書いてくれた手紙は、次のような秘められた事実を明らかにした。

高畑村大字《おおあざ》留木という場所に、新治よしという老女がいる。三人きょうだいの長女で、みかんの山を含むかなり広い山林を所有している旧家を、ひとりで守っていた。よしの妹のあぐりは、数年前に変死した夫とともに、大正のおわりにロスアンゼルスに行き、その日本人町には、今でも息子夫婦が果実商を経営している。よしとあぐりの姉妹の下に、平太郎という弟がいたが、戦争前に死んだ。平太郎の妻はそれよりも更に早く世を去っている。両親を失った息子の孝夫は、神戸の大学に今在学しているが、八月の中ごろ、アメリカにいる下の伯母が帰国するというのを聞き、幸い休暇でもあるので、高畑村の父の生家に久しぶりで帰ることにした。

平太郎の生家は、今では、上の伯母によって独占されている。孝夫は、みかん山に君臨しているこの伯母が嫌いなので、祖父が二年前に死んだ時に帰っただけで、いつもはほとんどこの村に来ていない。それに父の平太郎は、大阪で死んだのだから、孝夫には自分が育ち、母の実家のある大阪の方が、郷里の感じが濃かった。

父親がよしよりは好きだったらしいあぐりには、孝夫も好感を持っていた。

電報で帰国を知り、神戸で出迎えた伯母に付き添った孝夫は八月十二日に、W県高畑村の家へ行った。見るからに外国がえりの老女らしく、こけ桃色のワンピースを着た下の伯母は、日本語は国の訛りでしゃべったが、単語でおもい出せない時にまじえる英語の発音は、あざやかだった。年のずい分ちがう伯母と甥が交わす会話を、村までゆく汽車やバスの中で、近所にすわっている乗客が、怪訝《けげん》そうに聞き耳を立てていた。

あぐりは、よしが神戸はおろかバスの停留所にさえ出迎えないのを不満そうにしていたが、三十何年ぶりで帰った自分の家のしきいをまたげば、感慨の方がさきに立ったようである。

よしも、あぐりを、歓待する気持はあった。だが、何となく、よそよそしい印象は否めなかった。肉親を遇するというより、赤の他人をもてなすような表情があったのだ。

孝夫には、それが敏感にわかった。そして、そのよそよそしさには、隠れた事情があるように見うけられた。

あぐりが着いた晩、よしに質問した。

「真田《さなだ》の金さんには、私の帰るのを知らせなかったのかね」

「あの人は、もう六七年も、音も沙汰もないのさ。どこにいるのかね」

「おかしいね、ロスには、葉書をよこしているよ。一昨年、お父さんが亡くなった時にも、くやみをわざわざ、アメリカまで書いてくれた位だ。むろん葬式の面倒を見てくれたのだと、今の今まで私は思っていたんだがね」

孝夫は、この時、よしの顔色が変ったのを見た。あきらかに、よしは、嘘をついているのだ。

「ねえ、おばさん」と、よしがいない時に孝夫はあぐりに質問した。

「真田の金さんて、誰のことです」

「家で長いこと、差配をしていた人さ。お前のおじいさんの若い頃から、ずっと今でいえば、それ、Secretary のようなことをしていた人だよ」

「ぼくは、そんな人のいたことを知らなかった」

「おじいさんの亡くなった時は、孝夫もここへ来たのだろう。真田さんに会わなかったのかね」

「そういえば、葬式のことをひとりでとりしきっているおじいさんがいましたよ。あの人がもしそうだとすれば、よし伯母さんが、何か隠しているようだね」

「孝夫」とあぐりは厳しい顔つきをした。「そんなことを、誰にも、いってはいけませんよ」

そうはいったが、あぐりには、姉に対する黒い疑惑が生じた。そして、それが着いた翌日の夜、爆発したのだ。

この日は盆なので、墓参りにゆくことになった。着いた日に当然、父の墓を拝みにゆきたかったのだが、いかにも疲れていたので一日のばし、土地の習俗に従って、墓から仏をつれて帰る提灯を持って、姉妹は出かけた。孝夫は、姉妹が夕食のあと、庭に面した広い座敷で、云い争っているのを聞いている。

わざとその部屋へは入ってゆかなかったが、話題は、祖父の死後のこの家の遺産がどのように処理されているかという、あぐりの質問に端を発した。

「ねえ姉さん、真田の金さんが、すっかり知っているんじゃないんですか」

「知らないよ」

「そうかね。ふしぎだね。しかし、私もせっかく日本に帰ったのだから、お父さんの残したものの中から、私のもらう分を受けとってロスへ帰りたいね」

そんな声が聞えていた。孝夫は八時すぎに、自分の寝泊りする部屋になっている離れの六畳に引きこもった。

「先に寝ます」といいに、座敷へゆくと、墓参りにゆこうとして、二人の伯母が、支度していた。この辺の習俗では、ひと月おくれの盆の十三日のなるべく遅く、墓にゆき、墓の前で提灯をともし、仏を背中にのせた心で、家へ帰るのである。

よしは喪服を着ていた。家の代表者だからというつもりなのだろう。あぐりは、鼠色のワンピースだった。白い髪にウェーブをかけて、どう見ても、海外からの帰国者という姿である。この伯母は食事の後飲みながら話していたと見えて、酔っていた。

伯母たちが話しながら門を出てゆく声が夢うつつの耳に聞えてから大分経ったのに、帰って来た様子がない。墓までは歩いて十五分、どう道草を食っても、少しおそすぎる。心配になったので、孝夫は学生服を着て、様子を見に出かけた。新治家の墓は、みかん山下という臨時停留所の西寄りの火の見の脇の道を山に上った所にある祥瑞寺の境内にある。

寺から新治家に近道もあるが、足場が悪いので、多分国道へ一度出て、火の見の脇から行ったと判断した。

みかん山下の標柱のある所までゆき、懐中電灯で足もとを用心しながら、火の見の方へ近づこうとすると、道の右側の海に向った崖っぷちの低い柵に凭れて、しゃがんでいる人の姿が見えた。

喪服を着ているのだから、よしにちがいなかった。

「伯母さんですか」と呼んだが、返事をしない。近づいて、「伯母さん」といってみたが、答えない。孝夫は、相手が無言なのに、無性に癪《しゃく》にさわった。

立ったまま、海の方を見つめながら、ひとり言のように孝夫はいった。「伯母さんは、何か隠してますね。ぼくに返事して下さい」

それでも、伯母は何もいわないのだ。孝夫は、むらむらと怒りに燃え、あいかわらず石のように黙している喪服の伯母の方へ腰をかがめ、その両肩に手をかけて、ゆすぶった。

酒のにおいがした。姉よりも、背が大きい伯母だった。あぐりが、いつの間にか、喪服を着ていたのだ。

きまりが悪くなった孝夫は、もう一人の伯母をさがしに行った。その直後に、みかん山下に着いたバスが、一人の乗客をおろして、西の方に走って行くのを、孝夫は祥瑞寺の門が見える坂の途中で、ふりかえって見た。

祥瑞寺の門のすぐ手前で、みかん山のあいだをうねって新治の家に近道でゆける小路がある。そこまで行くと、孝夫は、上の伯母が仏を背負い、提灯を持って、ひとりで家へ帰ったのではないかと思った。それで、その道をなかば駆けながら家まで帰ったが、よしもいない。

それで先刻の道を、駆けおりた。国道まで出ようとする所で、よしが歩いて来るのに出会った。街灯のあかりに見る上の伯母は、異様な雰囲気を持っていた。第一、はだしである。右手に白い足袋を持っている。

「どうしたんです、伯母さん」

「大変なことをしてしまった。あぐりが、海へ落ちた」といった。

話を聞いてみると、寺で墓にゆき、姉妹は門を出たが、先刻から続いている口争いは、二人の父の霊を抱いて帰るというのに、段々聞きにくい言葉まで交えながら、ますます昂じて来ていたというのだ。

提灯があるから近道をゆこうというよしに対して、わざと逆らいでもするように、あぐりは来た時のように、国道をまわろうと主張した。

酔って高声になる妹を少し持て余していた姉は「じゃ、お前さんだけ、そうしたらい」といった。あぐりが、おりてゆくのを、よしはそれでも片手に火の入った提灯をさげたまま、見送った。

家まで帰ったが、よしは、あぐりの身が案じられた。それで盆棚に灯明をともすと、鉦《かね》をチーンと打って、外へ出た。

出る前に急に、「私に喪服を着せてくれ」と駄々っ子のようにねだったあぐりが、この年になっても、娘の頃のように自分に甘えたのだと考えたら、何となく不憫になったのだ。

暗い道を、「あぐり」と呼びながらゆくと、バスの標柱がぼんやり見え、その脇の草むらに、何やらつぶやいている妹の声が聞えた。

よしとあぐりは、またここで、話を蒸しかえした。

あぐりは、酔が急にまわったのか、英語をまぜたりして、あいかわらずの高声である。とうとう、よしは、あぐりに、告白してしまった。父が死んだ時、遺産を長女のよしは、ひとり占めにしようと思った。当然、次女のあぐり、長男の嫡子の孝夫にも、かなりの額の不動産が残されていたのだが、長年病床の父を助け、ついに生涯夫を持たずに家を守り通したよしには、このみかん山は自分ひとりのものだという感じが、どうしても消えない。

アメリカにいる妹、まだ学生の甥には、機会を見て話せばいいという言い訳を自分にして、何も二人には、いってやらなかった。

遺言状を作成した真田という差配が、よしのそういう気持を見ぬいて、執拗に早く老人の遺志を実現するように諌めた。よしは、それをうるさがって、ついに、家へ出入りをさし止めるという手に出た。

あぐりに何度も問われたので、さっきから気が弱っていたよしは、ついに、そのことを打ち明けた。

「すまなかったね。真田さんは、今でも、この先の漆畑《うるしばたけ》にいるんだよ。ただ、家へは出入りするなといってやってあるのさ」

よしがこういって頭をさげると、それまで草むらに坐ったままでいたあぐりは、急に立ち上って、姉に武者ぶりついて来た。

「ひどい人だ、あんた」と叫びながら、拳を握った両手で、姉を打った。よしの草履がそのはずみに脱げた。よしは、子供の頃の姉妹げんかの気持になり、あぐりを突きとばした。

少しばかり自分より背の高いあぐりが、そのまま身体を飛ばして、崖っぷちの低い柵の所までゆくと、「ああッ」と叫んで、落ちて行った。よしは、呆れて立っていたが、この下は海だ。あぐりは死んだと思ったら、のぞいてみる気にもならず、家の方へ、足袋はだしのまま歩きはじめていた。国道から、家に爪先上《つまさき》りになっている道の途中で、その足袋を脱いだ。

あぐりが、同じような学生服なので、バスをおりた笠屋君を、甥の孝夫と錯覚したというのは、当っていよう。

その孝夫を、駐在所の巡査から「最近アメリカから帰った身内のいる家」を教わって、つきとめた笠屋君は、以上のような話を聴きとって、手紙に書いて来た。

その手紙を私は、描写をつけ加えて、ここに再生したわけであるが、読み終ったあと、私の名宛の便箋の次に、笠屋君のかなり長い追伸があったので、びっくりした。

そのおわりの追伸の部分は、笠屋君の文面を、そのまま写しておく。

もちろん過失とはいえ、妹さんを海につきおとしたのですから、これは犯行と考えていいはずです。姉さんのほうは、その夜から心痛のため、床についてしまいました。事情がわかったので、駐在所のおまわりさんは、病床から起き上るのを待って適当な処置を講ずるつもりだと、きのうはいっていました。

さて、この手紙を書き終った今朝になって、突然、真田さんという新治家のもとの差配が、よしさんを訪ねて来ました。そうして、持って来た風呂敷の中から、片足の草履を出してみせたのです。この間の晩、片足だけ残して行ったあぐりさんのもう片方の草履です。よしさんも、孝夫君も、真っ青になりました。

この草履は、喪服に着かえたあぐりさんが、黒の草履は、足が少し大きくて履きにくいので、やや文数の多い姉さんの不断履きを借りて、あの晩外出したものだったのです。

真田さんは、「私は何もかも知っていますよ」といったそうです。「悪いことだとは思いませんか」ともいったそうです。

よしさんは「私が悪かった。今更いっても返らないが、妙な欲を出したばっかりに、あぐりを殺してしまった。もうとりかえしがつかない」と、とり乱して散々泣いたそうです。

その時、真田さんが「まだとりかえしがつかないことはありませんよ」といいました。静かな声で、そういったのです。

よしさんは、床の上に起き上って、「何ですって」と反問しました。

真田さんは、「あぐりさんは、私の家にいます。足を打って、痛そうですがね」といいました。

よしさんに突きとばされ、低い柵をこえて自分の身体が宙に浮いた時、口論しているうちに酔がさめて、はっきりした意識になっていたあぐりさんは、もうだめだと思ったそうです。

ところが、落ちたところには、空き地があって、木材会社の小舎の屋根が、あぐりさんの身体を、受け止めていたのです。その屋根からようやくの思いで、あぐりさんは、地面までおり、這うようにしながら、道をさがして、国道まで上りました。そこは、みかん山下の停留所よりも西に寄ったところでした。

さっき、この先の漆畑という字《あざ》に、もと通り、真田さんがいると教えられていたあぐりさんは、何度も休みながら、泥だらけの喪服の姿で、真田さんの家までたどり着き、その戸をたたきました。新治の家には、どうしても帰る気がしなかったというのです。

真田さんは、よしさんの魂胆を見ぬいていましたので、あぐりさんの説明がよくわかり、何とかしようと約束しました。そして、その晩からゆうべまで、あぐりさんを保護したのです。

あぐりさんが、その気になれば、新治へ帰ってもいい状態に回復するのを待ち、よしさんの様子を見がてら、あぐりさんが片足だけ手に提げて来た草履を持って、真田さんは、新治家を訪ねたのです。

タイミングもよかったわけですが、今ではもう自分をひたすら責めていたよしさんにとって、妹さんが生きていた朗報は、どんなにうれしかったでしょう。

よしさんが、あぐりさんの落ちたのが海だと思いこんでいたのには理由があります。土地に馴れない孝夫君がその理由に気がつかなかったのも無理はありません。

よしさんは、みかん山下の停留所のすぐ下は、海だと思っていました。岬のように突き出た地点の低い柵のところから、何度も波がけわしい岩にぶつかっている海を見ていたからです。

しかしこの村では、工事のために、数日前から、停留所が臨時に、もうひとつ西にある岬に移動していたのです。

それを、よしさんは、失念していたのでした。

美少年の死

一

昭和三十×年五月という月、芸能界で二つの奇妙な事件が起った。そして、たまたま、歌舞伎俳優の中村雅楽《なかむらがらく》が、神田で催された古書展で手に入れた写本を読んでいるうちに、ひとつの事件の秘密に思い当り、それを見事に推理したあと、もうひとつの事件の謎をも解いたのである。

この話には、私の交遊久しい友人の江川《えがわ》刑事も登場するが、芸能界といっても、事件は、歌謡曲の世界と、能役者の世界なのである。少し入り組んだ物語なので、うまく書けるかどうか案じられるが、日記を引用しながら、私はここに事の顚末《てんまつ》を述べてみたい。

五月十三日、金曜日、晴。午後関口ノ能楽堂ニユク。多賀《たが》流家元十三世追善《ついぜん》ノ能デ、演目ハ「清経《きよつね》」「隅田川《すみだがわ》」「融《とおる》」他ニ狂言アリ。「融」ノ最中、「隅田川」ノ子方《こかた》ニ出タ多賀芳夫《よしお》ガ楽屋デ死ンデイルコトガ発見サレ、大サワギトナル。高松屋《たかまつや》（雅楽）ガタ

マタマ来テイタノデ早速話ス。社ニ電話ヲ入レ社会部中山君ト入レカワリニ能楽堂ヲ出ル

十三日の金曜日という忌わしい日の出来事であった。私はふだん、あまり能を見にゆかないが、多賀流の追善能には、顔を出す義理があった。この日追善される先代の数世《かずよ》は、私が東都新聞の記者になって、最初に芸談を聞きに行った人なのである。温厚な君子で、後輩の私を可愛がってくれた。私の入社したての頃は、文化部の記者も数が少なく、私のほかに三名しか芸能担当がいなかったため、演劇と映画をそれぞれ一人で受け持ち、それ以外の能や音楽、舞踊、演芸のすべてを、私が一手に引き受けていた。

十数名もスタッフのいる現在の社の組織から考えると想像もつかない忙しさだったが、一面、何となく張りもあった。その頃、私はずい分いろいろ勉強ができたのである。その多賀数世の十三回忌で、故人の得意だった「隅田川」を数世の子の現十四世家元の玉世《たまよ》がシテで演じ、子方《こかた》には玉世の二男で、十四歳の芳夫《よしお》が出演した。芳夫は中学二年生である。

子方というのは、能の方の術語で、歌舞伎の子役に当る。子方は、必ずしも、子供の役に限らず、たとえば「舟弁慶《ふなべんけい》」や「安宅《あたか》」の義経《よしつね》とか「正尊《しょうぞん》」の静《しずか》、「花筐《はながたみ》」の天皇

のような成人の役を演じることもある。

声は変声期前のボーイ・ソプラノで、異様にかん高い声が、ほかの役の謡《うたい》と交錯して、不協和の協和になっているのがおもしろい。

この日の「隅田川」の子方の芳夫は、じつにうまかった。梅若丸《うめわかまる》の霊に扮した芳夫が出て来ると、この日の見所《けんしょ》（客席）が、ざわめいた。じつに、その顔が気高いまでに美しく見えたからである。

私も、近頃これほどの美少年は見たことがないと思った。だから、その「隅田川」の次に、狂言の「寝声《ねごえ》」があって、それから「融」がはじまって間もなく、社に電話をかけるために廊下に出た時に、何となくあわただしい空気が楽屋への通路のあたりに感じられたので、顔見知りの多賀流の弟子に訊ねた結果、芳夫の身の上に変事があったと聞いて、全く水を浴びせられたように、おどろいたのである。

「融」はこの日の切能《きりのう》であったが、シテをつとめる太田時世《おおたときよ》がにわかに発病、急遽、服部周三郎が演じることになった。時世の代りに周三郎が、尉《じょう》（前ジテ）と融の大臣（後ジテ）に出たわけである。

その「融」の前ジテがワキの旅僧の前で、肩にかたげて出た田子《たご》をおろし、自分はこのあたりの汐くみにて候と語っている頃に、楽屋に「能楽新聞」の編集をしている青年、村井卯一が入って行った。

関口の能楽堂は、多賀の屋敷と地続きで、大滝の聞える庭の隅にある多賀家の土蔵の脇から渡り廊下が来て、楽屋に直接している。その渡り廊下のすぐ前の部屋で、子方の装束をつけているままで、芳夫が倒れていた。別に苦悶の表情はなく、眠っているように安らかな顔だったが、呼吸は止まっていた。それで大さわぎになった。

私は、見所にいる雅楽にとりあえず耳打ちをしてから廊下にまた出て、どうしていいのかわからないまま、煙草に火をつけて一口吸ってはすぐ灰皿にすてたりしていたが、間もなく、警察から係官が早くも到着した。

芳夫の死は扼殺《やくさつ》らしく、頸部に爪のあとがある。芳夫の死んでいた部屋のすぐ前の、多賀家の土蔵の入り口に続く渡り廊下には、カメラが抛《ほう》り出してあり、土蔵の入り口が少しあいていて、網戸のわきに、大きな屏風《びょうぶ》が立てかけてあったところから、犯人は、土蔵に入ろうとした物とりではないかという見方が、まず有力であった。

見所にいる観客の大部分は事件について何も知らず、会は滞りなく終って、午後六時に閉演した。「融」のシテの服部周三郎が、中入りに橋がかりを入って、面と装束を替えた時、異変を察知しながら、誰にも問うたり確かめたりせず、そのまま一番を演じ了《おお》せたのは、芸術家として立派な態度であった。このシテの悠々たる態度が、追善能を無事に終了させたといってもいいのである。

その日のことで、私がおぼえているのは、会が終った直後、見所から出て来た多賀流の弟子の一人の松波春久が、目を真っ赤に泣きはらしていたことである。

私が、「どうも飛んだことで」というと、「はア、御心配をかけまして」と答えた。私は話を逸らせようと思って、「太田さんの工合《ぐあい》はどうです」というと、「いやもう、それは、安心していいんです、ああいう方ですから」といった。

私は、太田の病状は心配しないでもいいといったのだと思った。その直後、私は芳夫のことがあるので、しばらく経って、楽屋へ行ってみようとした。

歩いてゆくと、うしろから、「竹野《たけの》さん、私にも楽屋を見せて下さい」という声がかかった。雅楽である。

雅楽は私と二人で、警察の人たちがいろいろ検証している現場を、遠くの方から見ていたが、そのあとで、あり合せた庭下駄を履き、能楽堂と多賀家のあいだにある木立の多い庭を、足跡をつけないように用心深く歩いてみたりしていた。

私は江川刑事の顔を見つけたので、声をかけると、「雅楽さんがあすこにいるじゃないか。よくこの辺を見ておいてもらってくれ給えよ」といった。「車引《くるまびき》殺人事件」以来の刑事だが、雅楽に対しては、つねに尊敬を失わずにいる人である。

私は、この会話の直後に、カメラと屏風が指紋検出のためでもあるのか、係官に仔細に調べられているのをちらと見た。そして雅楽が庭から上って来るのを待ち、能楽堂の方へ行くと、社の旗を立てた車が玄関に着いて、カメラマンをつれた社会部の中山記者が降りて来たので、雅楽と二人で、その車に乗りこみ、千駄ケ谷に雅楽を送って、社に帰った。

車中、雅楽は、じっと腕組みをしたまま、何も語らなかった。私はわざと黙っていた。

二

五月十四日、土曜日、曇。朝出社、部会。午後中山記者カラ、能楽堂ノ事件ニツイテ後報ヲキク。指紋モ不明、手ガカリナク、捜査ハ進マヌヨシ。今夜ハワザト帰宅、気ヲマギラワスタメ、ナイターヲテレビデ見ル。文化部納谷君電話デ、今夜帰国シタ吉原アケミノ手ニ硫酸ヲカケタモノアルトイウ

中山記者の話では、死んだ子方の多賀芳夫の場合、人に怨みを受けるような動機もあろうはずはなく、多分土蔵に忍びこもうとした者が、芳夫に発見されたので、飛びかかって扼殺しようとしたものだろうと推定されている。

問題なのは、土蔵の網戸のそばに立てかけてあった屏風と、渡り廊下にすててあったカメラだが、屏風の方は、その直前まで、楽屋に立てまわされていたものだという。

屏風の絵は日展の大野恵峰の描いた「土筆《つくし》」という画題の六枚屏風で、春の野に夕月

がかかっていて、土筆が隅の方に四五本立っている、いかにも優雅な画面であった。恵峰は死んだ先代の家元と親しく、多賀家には、この人の描いた絵がほかにも数点ある。

この屏風を楽屋に立てたのは、絵が隅田川の春色を連想させるので、「隅田川」のシテを演じる玉世が、装束をつける時に、わざと蔵から出しておいたものであった。

だから「隅田川」が終った直後、次の狂言から「融」にかかる頃に、誰かが畳んで、土蔵へしまおうとしたのだという風にも見られた。はじめは、外部の者が土蔵から持出そうとして、外に出して一度立てかけたのだという解釈もあったが、事情はちがっていたようだ。

しかし、その屏風を、土蔵の戸口まで運んだのが誰かが、明らかでないというのである。少なくとも、係官が、しらみつぶしに、多賀流の楽屋に出入りしている関係者に訊いても、自分が、その屏風を畳んで土蔵の前まで移したと答えた者はないのであった。

それでは、芳夫が運んだのかというと、ひ弱い少年に、あの大きな屏風がひとりで持てるはずはない。また家元の子が、そんな雑用は手伝わないものである。

屏風の縁《ふち》で、当然運ぶ人の手の当る漆《うるし》の部分は、指紋が入り乱れていて、ハッキリしないのであった。

次にカメラは、殺された芳夫秘蔵の品であった。芳夫が被害を受けたのは、狂言の「寝声」と「融」の前ジテの出るまでの短い時間にちがいないのだが、カメラの中のフイルムには、装束をつけた梅若丸の姿の芳夫が、二枚だけ写っている。その撮影が舞台へ出る前か、「隅田川」が終ってからかどうかは明らかでない。

芳夫は、縁側にすわっていて、角度から考えると、土蔵へ渡る渡り廊下の上から誰かが撮《うつ》したのにちがいない。この撮影者が、またしてもわからないのであった。

早速焼きつけてみると、芳夫は微笑していて、その感じは、ごく親しい人に撮されている顔つきだと江川刑事は読みとったようだが、それなら当然、楽屋にいる誰かの中で、「私が撮したのです」と申し出そうなものである。それが、未だにわからないのも、ふしぎだった。

多分芳夫は、自分のカメラで、自分を撮してくれと頼んだのだろうと考えられる。そして撮した時間は、「隅田川」の後だろうという風にやがて想像されたのは、父の玉世が装束をとるとすぐ、自宅に帰り、電話をかけた短い時間があったという証言があり、その時には、芳夫だけがまだ楽屋に残っていたと思われるからである。

能楽堂と多賀家をふくむ関口のこの一角は、高い塀で囲まれているが、外部からの出入りは簡単で、多賀家の表札の出ている門も、当日は扉を開放していたし、塀の一部を切りぬいた庭口の戸も内側から施錠はされてなかった。土蔵附近の、苔の生えた土の上には、地下足袋や靴の跡が発見されたが、前日植木屋もはいっていたことだし、それが犯人を指示する可能性は、薄いと思わなければならないようだ。

私は、この話を聞いただけで、この日は夕方家に帰り、テレビでナイターを見ていた。ほんとうなら、多賀家に通夜にでも行くところだが、花の蕾のように美しいわが子を失って悲歎にくれている玉世夫妻を見るのが辛くて、今日は何だか行けないのだった。ナイターを見ていると、同じ文化部の納谷という若い記者が電話をかけて来た。

「竹野さん、また事件です」

「え」と私は反問した。「関口能楽堂でかい」私は、連続殺人といった、小説にしかめったにないことが、現実に起ったのではないかと瞬間錯覚したようだ。

「いいえ、歌手の吉原あけみが羽田に着いて、ロビーで記者会見をしたあと、車に乗るために、部屋から廊下へ出て、ファンにとりまかれて歩き出した時、急に手が痛いといい出したんです。硫酸です。誰がやったか、わかりませんが、あけみは入院しました」

「顔をやられたの？」

「右の手首から腕にかけてです。火傷ですが、大したことはないようです」

「一応詳しく事情を聞いておいてくれ給え」

私はそういって電話を切ったが、きのうの今日だけに、何だか、いやな気がした。

吉原あけみは、去年の春ごろから急に売り出した少女歌手で、デビューから二度目ぐらいに歌った「ハイティーン」という曲は、去年のヒット曲の一二を争うものである。大みそかのテレビの歌合戦にも早速起用されたと思うと、七月にはミュージカルに主演するという幸運に恵まれ、研究のため先日渡米して来たところだった。

吉原あけみには熱狂的なファンがいたが、一方にはあけみの出現で影をひそめた歌手がいく人かおり、あけみに対して不当な怨恨を持っている者もいないわけではなさそうである。

子方の多賀芳夫の場合とちがって、明らかに、敵を持っている少女であった。私は、その辺の事情は、この分野で顔のきく納谷君がぬかりなく聞きこんでくれるだろうと期待した。

三

五月十五日、日曜日、晴。社ハ休ミノ日ダガ、吉原アケミノコトガアルノデ、午後行ッテミル。納谷君ガクワシイ原稿ヲ書キアゲテイテ見セテクレル。江川刑事ト会イ、二人デ雅楽ヲ問ウ。雅楽ガ神田ノ古書展ニ行コウトイウノデ三人デ出カケ、帰リ連雀町デ小酌《しょうしゃく》。関口ニ行ッテ焼香シテ帰ル

納谷君がきのう、吉原あけみの入った大森の浅田病院へ行き、あけみのマネージャーの芳村行枝にあって訊ねると、最近、奇妙な手紙があけみの所に来ていたということが

わかった。

差出人不明の封書が三通来て、はじめの二通は、「吉原あけみの私行について聞きこんだことがある」といった厭がらせの手紙であったが、最後の手紙は、「羽田ではあけみの身辺を警戒するように」と書いてあった。

前の二通がなければ、これは好意的な忠告の手紙と考えるべきだろうが、前の手紙と便箋も封筒も筆跡も同じなので、自分の方からあけみに対して何かしかけてやるという予告の脅迫状と見ていいようである。

「やっぱり、それでは、その手紙を書いた人間が、硫酸をかけたのでしょうか」というと、行枝は「私にはわかりません」と、答えたという。

記者会見を終えたあけみが、花束を抱いて、部屋の外に二重三重に輪を作って待っていた、主にハイティーンの少女ファンの前に姿をあらわした時、行枝はすぐあけみの右側についていたそうだ。ファンが嬌声《きょうせい》をあげ、あけみは右手をあげてそれに応えた。

その手をおろし、花束にそえて、二三歩歩いた時、あけみが「痛い」と叫び、硫酸のきつい異臭が流れた。

行枝は、呆然としているあけみを促し、「みなさん、道をあけて下さい」といいながら、大急ぎで、国際線の入り口に向って、大階段をかけおり、待っている車にのりこんだ。その間、事情を知らない各社のカメラマンが、走って階段をおりる歌手の姿をパチパチ撮していたという。

　硫酸は軽くあけみの右の手首から露出した腕にかかっただけで、負傷というほどではないが、とりあえず入院、加療することにした。来週早々N劇のステージに立つ予定は、しばらく先にのばしたというのである。

「いい塩梅《あんばい》に、Nテレビのカメラマンが、部屋から出て来るあけみをニュースで撮っていたので、その映画を警察で見て、犯人の目星をつけるといっているそうです」と納谷君はいった。

　間もなく、江川刑事が電話をかけて来て、「高松屋にあいたい」というので、私は社の車を警視庁につけ、刑事をのせて、千駄ケ谷まで同道した。

　車中の話で、羽田の国際線の入り口を階上へ上ろうとする左側の、ペンギンの形をしたごみ箱に、香水の噴霧器がすてられていたが、嗅いでみると、それに硫酸が入っていたらしい。犯人は逃走の途中、このごみ箱に投げこんだものと思われるという話を聞いた。

　雅楽は、刑事に、能楽堂の事件は、内部の事情を知ったものにちがいないと語ったが、むろんそれ以上のデータもなく、この日は結論的なことをいわなかった。

　雅楽が、神田の小川町の古書会館の展覧会に行きたいというので、三人はタクシーで会場までゆき、雅楽は古い写本を数冊と、太祇《たいぎ》と抱一《ほういつ》の句集を買い、私は明治の終りに出た『日本偉人論』という珍本を買って、外へ出た。

連雀町のそば屋で三人で三本飲み、そばを食べたあと、私はタクシーでひとり、関口の多賀家に行った。

通夜の読経《どきよう》が終ったあとであるが、柩の近くにすわっていた弟子の松波春久が、霊前に進み出て、「隅田川」の一節を謡ったのが印象的であった。

この春久は子供の頃から多賀家に住みこんでいる弟子だが、戦争中応召し、大陸で転戦したあと、ソ連に抑留されて、終戦後大分経ってから帰還した。

帰国直後に、亡くなった先代の家元の供をして都座を見て来て、「何年ぶりかで芝居を見ました」と語っていたのをおぼえている。私は十五日の夜、通夜から帰宅して、何の気なしに、その時の日記をひらいて見たら、演目は一番目が「鎌倉三代記《かまくらさんだいき》」中幕が「大文字《だいもんじ》屋《や》」二番目が「名月八幡祭《めいげつはちまんまつり》」で、雅楽が「八幡祭」の魚惣《うおそう》に出ていた。

そういえば、「三代記」の富田《とんだ》の六郎《ろくろう》に出ていたのが葉牡丹《はぼたん》で、この役者は女形《おんながた》になるはずの俳優であったが、意外な役で出て、われわれをおどろかせた。そして、それ以後は、ずっと立役《たちやく》の畑で働いている。

春久が、幕間《まくあい》に廊下で私に、「富田の六郎に出ているのは誰ですか」と聞いたので「葉牡丹ですよ」というと、大へん驚いていたことまで、私の記憶には残っているのだ。

私が玄関で靴を履いていると、友人で多賀流の弟子のひとりであるH大教授の田丸和夫が声をかけ、二人は外に出た。

「芳夫君は気の毒なことをしましたね。しかし、あの日は、声はあまりよくなかった」と私がいった。

「うん、風邪を引いていたわけではない。声変りかも知れないな。先月の『舟弁慶』の義経の時は、もっといい声だった」と田丸が、いった。

私は、あとで考えると、この日、かえりに、もう一度、雅楽の所にいって、報告することがあったはずだが、うっかりして、それに気づかず、その日はそのまま家に帰って寝てしまった。

四

五月十六日、月曜日、曇。雅楽老人カラ電話デスグアイタイトイウノデ、千駄ケ谷ニ行ク。高松屋ハキノウ買ッタ写本ヲ見テ思イツイタコトガアッタトイウ。ソノコトヲ早速江川刑事ニ話ス。ソレハ芳夫ノコトデナク吉原アケミノコトデアル。Nテレビニ雅楽ト刑事ハ行キニュース映画ヲ見ル。雅楽老ノ推理ハ正シカッタ

雅楽が会いたいといって来た時には、一刻を争って、かけつけた方がいいということ

を、永年の経験で私は知っている。

私が千駄ケ谷の家の前でタクシーを降り、小走りに入ってゆくと、玄関に立って迎えた老優は、片手にきのう買った「佐賀藩歴代記」という写本を持っていた。

「竹野さん、じつは、この写本を買って帰って、早速読んだんだが、おもしろい話があったんでね」

「何ですか？　その本は」

「鍋島藩士の代々の事蹟《じせき》を書いたものだが、徳川中期から末期にかけて、葉がくれ武士のいかにもさむらいらしい気質が出ていて、おもしろいんだ。私が特におもしろいと思ったのは、寛政二年七月の出来事で、藩士の佐世称之助が同輩の石田丈太郎を斬ったという話だ。これを読んで気がついたことがあるので、すぐ電話をしたんですよ」

雅楽に読ませてもらった写本は、御家流《おいえりゅう》をちょっと崩した手蹟《しゅせき》で、やはり佐賀の藩士岩瀬考之助が嘉永二年に書きとめた手記である。古老から聞き伝えた話が二十いくつ記されているが、その中で寛政二年七月に城下に起った事件はおもしろい。

この年この月、藩の若い侍が大弓の仕合を行った。その催しのあと、酒宴の席で御馬まわりの木下帯刀《たてわき》と石田丈太郎が口論をしたあげ句、帯刀は丈太郎に、近い内に改めて対決しようといい残して去った。

二三日経って、丈太郎の許に帯刀から、果し状が来た。じつは帯刀と丈太郎は腕がまるでちがう。

私怨で藩士同志が争うのは穏やかではないので、中にはいって仲裁を試みようとする者もあったが、帯刀も丈太郎も肯《がえん》じなかった。

丈太郎より二歳年長の佐世称之助が、丈太郎を馬場に誘いだして、すなおに帯刀に陳謝するように勧めたが、いうことを聞かない。

その夜、称之助と別れて自宅へ帰ってゆく丈太郎を見た者がいるが、その数分後、自宅の門前で、丈太郎は肩口から斬られて死んでいた。二十一歳、花のように美しい青年だったと記されている。

これが帯刀のしわざでなかったことが、間もなくわかった。称之助が大目付に自訴して出て、自分が丈太郎を斬ったといったのである。

帯刀に対して丈太郎は到底敵ではない。当然果し合いをすれば、敗れるにきまっている。その恥辱を見せるよりも、自分が斬った方がいいと思ったというのである。

称之助は謹慎を命じられていたが、翌日、丈太郎の菩提寺のまだ丈太郎を葬らない墓の前で、切腹した。死ぬ前に、墓石の上に称之助の書いた短冊が、供えてあった。

それは辞世ではなく、むしろなぜ丈太郎を斬ったかを歌に寄せて述べたものらしい。

「花散らす風にいかでかゆだぬべき手折《たお》りてのちのうれひなからむ」とあったという。

私は雅楽に示された写本の一節をゆっくり読んだが、しばらく、ぼんやりしていた。

この記事から老優が何の暗示を得たかが、すぐには頭に入らなかったのである。

「竹野さん、私はこれを読んで、きのうから新聞やテレビで聞いている、吉原あけみという歌い手のことで、気がついたことがあるんだ」

「何をです」

「Nテレビのニュースが撮られているそうじゃないか。それを私は見たいんだがね」

私は、雅楽の話題が、能楽堂の事件ではなく、少女歌手の硫酸事件であったのに、少しおどろいた。しかし、雅楽がきっと、捜査当局に暗示を与えるだろうと信じたので、江川刑事に電話を入れ、刑事の手配で午後一時に雅楽とNテレビにゆき、映写室で十四日の夜に局の報道のカメラマンがフィルムに収めた、吉原あけみ帰国のニュースを見せてもらった。

編集しないフィルムなので、かなり長尺だった。旅客機が空港に着くところから、タラップを旅客がおりて来る光景が映っている。あけみが手をふって笑っている。

それから、雑踏の中を空港ビルの二階のひかえ室まで歩くあけみ、林立したマイクの前で談笑しているあけみが画面に出て来た。

やがて記者会見を了えて、戸の外に出て来たあけみが花束を抱いて出てくる。

見ながら、雅楽がいった。「あけみの右側にピッタリ寄り添っているのが、マネージャーだね」

「ええ、あれが芳村行枝です」

「ごらん、行枝は、あけみの顔ばかり見ている」

たしかにそうである。行枝は、ほんとうなら、脅迫状を送って来ている無名の敵に対し、あけみを守らなければならない立場にいるはずだ。そして、それならば、外に対して、八方、目を配っていなければならない。それなのに、あけみをしきりに窺っている行枝の態度は、不自然である。

ハッキリ画面には映っていないにしても、あけみが「痛い」と叫んだ表情らしいものが出る直前、近寄ってあけみに硫酸をかけようとした者の姿は、この映画の限りではわからないのに、あけみが叫ぶすこし前に、行枝があけみの右の腕に自分の左手を巻いて、ピタリと寄り添ったのだけは、私にもわかった。

「もう一度、そこを見せて下さい」と雅楽がいい、巻き返して、スクリーンに、あけみがひかえ室の戸の外に出て来るところから、映写してもらった。「やっぱり、そうだった」と雅楽がいった。「硫酸をかけたのは、マネージャーだったよ。噴霧器に入れて、目立たないように、人ごみの中で、軽く右手にかけたんだ。考えてごらん、このまま急いで階段をおりてゆけば、外から入って行った階段の左側のごみ箱に、その噴霧器をすてることもできる。そんなことまで考えて、あけみの右側にくっついて、ひかえ室から出て来たのだ」

「だって、どうして、行枝が硫酸なんて、妙なことをしたのでしょう」と私が訊ねた。

「こういう事件は、外部からしかけられたとしたら、第一には、熱心なファンまでふくめて精神異常者、第二には、敵側の者だ。身近なものがするのでは、大分前に一度そういうことがあったが、落ち目になった人気をとり返そうとして、わざと人目をひくという例もないわけではない。だが、今度のはちがうんだね」と雅楽が説明する。「今度のは、思い余った末の非常手段だ」

「マネージャーの気持が、私にはわかりませんな」と刑事は苦り切っていた。それはそうだろう。たしかに、人さわがせな話である。

「つまり、このマネージャーは、吉原あけみに、敵がいると思っている。急に人気の出た歌い手が、大ぜいの者からやっかまれているのは、きっと確かだろう。脅迫状が来たのも、今度が初めてというわけではあるまい。十九《つづ》や二十《はたち》の女の子がアメリカから華やかに花道をふんで帰って来る。すぐ大劇場に出て、主演する。これでは、今までのいやがらせより、もっとひどい目にあうのではないかと思った。そうかといって仕事の予定はきまっている。今さらおりるわけにもゆかない。せっぱつまって考えたのは、幸い無名の手紙で、羽田を気をつけろといって来ていた。それを利用して、その手紙の差出人がしたとでもいうように、硫酸を少し手にかけて、それを理由に入院させようと思ったにちがいない。私はそう考えたんだ」

「しかし、どうして、それがわかったんです」と私がいった。「さっきの写本が、ヒントですか？」

「称之助が丈太郎という友達を帯刀に手ひどくやられるよりは、その方がいいと思って斬ったのだという、あの話を読んで気がついたんだ。あの話は、武士道が妙なあらわれ方をしている。さむらいの意地で、親友を殺すというんだから、今の私たちには納得のゆかないふしもあるが、昔はそんな考え方で人を斬ったり、切腹をしたりしたわけなんだな。だが、マネージャーが、敵の側から襲われるのをおそれ、ひどい目にあうよりは、軽い怪我で、歌い手を安全な場所にかくまいたいという気持があったんだということを、私は写本の葉がくれ武士の話から、思い当ったのさ」

さっそく、病院に飛んだ刑事が、芳村行枝を問いつめ、告白させたのは、いうまでもない。このマネージャーが、大目玉を食ったことも、わざわざ断る必要もあるまい。行枝の自供は、雅楽の推理とほとんど一致していた。

五

五月十七日、火曜日、雨。朝、社ニ出テ二ツ原稿ヲ書キ、午後関口能楽堂デ行ワレル多賀芳夫ノ告別式へ行コウトシタラ、雅楽カラ電話アリ。千駄ケ谷ヲ経テ式場ニ行ク。

意外ナ結果ニ呆然タリ

この十七日の朝、私は、何となく殺された芳夫の事件について、関心がわきに外れていたのを白状する。それは、きのう、吉原あけみの方の事件が雅楽によって解明されたために、ホッとしていたということもできるのかも知れない。

あとで、江川刑事も、私に、同じようなことを語っていた。

もっとも、私は社へ着くとすぐ、社会部の、事件発生以来、捜査本部に連日詰めている中山記者の所に行って、その後の様子を聞きただしてはいたのである。

能楽堂で追善能が行われている最中、あの辺で、怪しい者を見かけたと申し出た近所の人の言葉を重視して、いろいろ当ってみた結果も、きわめて曖昧な結果に終ったという話も、その時聞いた。

殺された芳夫を撮影したと名のって出る者がないのがおかしいというので、楽屋に出入りしていた者に全部当ってみたが、誰も自分が撮したとはいわなかったという話も聞いた。

考えれば、電話をかけに父親が自宅に帰っていた間に、撮されたと仮にするなら、その時間は、殺された時間と密接するのである。だから、犯人を目撃する可能性が、その撮影者には、非常にあるというところまで、捜査本部では考えたようだ。

だからこそ、撮した者を探したのだが、芳夫を撮した者が、芳夫を殺した者と、同一人であるというところまでは、誰も考えなかった。それは結果的には、捜査の盲点ということになるが、初めからそういう考え方を持てといっても、これは無理であろう。

殺人には動機があるはずである。そして、考え得る動機のほとんどが、芳夫という可憐な被害者には、あてはまらないのであった。

私は二日前に、通夜に行った時に、捜査本部とは少しちがった考え方ができたはずだったが、つい私も迂闊《うかつ》だったといわなければならない。私もふくめて、捜査本部は、能の世界の特殊な雰囲気に、じつは大変うとかったということになるのだ。

十七日に私が、中山記者の席の隣のあいた椅子にすわって三十分ほど事情を訊いたあと、自分のデスクに帰って、二つばかり原稿を書いた。書きあげて、時計を見ると、十二時近かった。

軽い食事をして出かけようとしていると、雅楽から電話である。今日もその口調から、あわただしい感じを受けた。

「能楽堂の楽屋で芳夫君の死体が発見された時には、屛風はもう土蔵のところに立てかけてあったのだったね」

「ええ」

「そうか、それを今私は大変意味のある手がかりだと思い当ったんだ」と雅楽が、電話の向うでつぶやいていた。「『隅田川』のシテの装束をつける時に、立てまわしておいた屛風というんだが、『隅田川』が終ったからといって、すぐ片づけるのは、おかしくはないかね？　あの絵は土筆というので、何も『隅田川』に限ったわけじゃない。『融』のシテが、そこで装束をつけたって、ちっともかまわない」

「それは、そうですね」

「あの日は『融』のシテが急に代役になったりしたひと騒ぎがあったあとで、芳夫君の事件で、どの人たちもきっと転倒していたのだろう。だから、屛風を誰が畳んだのかとか、屛風がいつまで立ててあったかとか、思いつきもしなかったのだろうが、これは、大切なことだと思う」

「私には、よくわかりませんがね」と私は、いつもそうなのだが、あい変らず、気の利かない返事をするほかなかった。

雅楽は淡々と話し続けた。

「私は、芳夫君が殺される時、まだあの屛風は立ててあったのだと思う。殺したあとで、殺した者が、畳んだのだ」

「というと」

「屛風が、なぜ芳夫君が殺されたかということを暗示すると思ったからだろう」

「屛風でわかるのですか」

「私は、梅若丸の装束をつけた芳夫君が、屏風の前にすわっている姿を見て、犯人が、急に芳夫君を殺したくなったのだということを、今ふと感じたのだよ」

「とおっしゃると、殺したのは、芳夫君の親しい人で」

「芳夫君の写真を撮した者だ。あのカメラの中のフィルムは、二枚だけしか撮ってなかった。そして、それは縁側に出て撮したものだ。多分、狂言が終って、『融』がはじまる頃に、ある人が、装束をまだ脱がない芳夫君を、光線の工合がいい縁側に引っ張り出して撮したのだと思う。しかし、縁側では、あまりいい構図でもない。屏風の前にすわってもらって、もう一枚撮そうとしたのだ。私は写真のことはよくわからないが、少し時間をかければ、部屋の中だって撮せるはずだ」

「……」

「芳夫君がきちんと、屏風の前にすわって、最後のあの縁側の写真のように、ニッコリ笑った。それほど親しい相手だったともいえる。その時、カメラを持っていた人間は、シャッターを切るかわりに、カメラを抛りだして芳夫君を殺したのだ」

「気でも違ったとしか思えない」

「そうだ。瞬間的に、加害者が逆上したというか、思わず、そんなことをしたのだと私は解釈するのだ。たしかに、それは、狂気というほかない」

「なぜ、殺したんです」

「あんまり芳夫君が美しかったからだ」

私はそういわれた時に、咄嗟《とっさ》に目の前に、彷彿《ほうふつ》と浮かんだのが、一昨夜、芳夫の霊前で、「隅田川」の一節、「残りても甲斐あるべきはむなしくて、甲斐あるべきはむなしくて、あるは甲斐なき帚木《ははきぎ》の、見えつ隠れつ面影の、定めなき世の習ひ、人間憂ひの花ざかり、無常の嵐音添ひ、生死長夜《しょうじじょうや》の月の影、不定の雲覆へり、げに目の前の浮世かな、げに目の前の浮世かな」を朗々と謡った男の顔であった。

私は、雅楽の家へ車を飛ばせて行った。

雅楽は例の写本「佐賀藩歴代記」を脇に置いていた。

「私は今日またこの本を読んでいた。大分先の方を読んでいたら、やはり切腹した武士の辞世の歌が出て来てね、それできのうの称之助の歌が何だか気になって、もう一度読み返してみたんだ。すると歌の文句が、花散らす風にいかでかゆだぬべき手折りてのちのうれひなからむというんだ。きのう私は、称之助が友達をよその男に殺されるよりは、自分の手で斬ろうとしたのだという話を、あの歌い手のことにばかり結びつけて考えていたんだが、じつは、この歌を読んで、多賀芳夫君がなぜ殺されたかを考えてみなければいけなかったんだね」

私には、しかし、まだ雅楽の推理の真の意味はわからなかった。私には犯人はほぼ見当がついていたが、雅楽の口から、聞きたかった。

「この歌を今様《いまよう》に直してみよう。あんまり、うまくはいえないがね」と雅楽は、私にもすすめた紅茶をひと口すすってから、セリフのように高い調子で、口訳しはじめた。

「この花は散らしに来る風にどうして、だまって散らさせていいだろう、そんな風が吹く前にきれいなうちに枝を折っておいた方が、心配がない。こんなところかな」

「多賀芳夫が花だというわけですね」

「そうだ。芳夫君があんまり美しいんで、美しいうちに死んでもらいたいと、ふと思ったのだね。それは、能の子方というものが、少し年をとってしまうと、急に汚くなることを知っている人の考えることだ。じっさい、可愛らしい子方が声が変って、ひげが生えて来たりしたら、興ざめだからね」

「能の世界の人でなければ、わからない感じですね」

「そうだ。芳夫君が美しすぎたからだ」

とうとう、雅楽は、犯人を名ざすことをせずに、話を終った。

雅楽は告別式は失礼するというので、私だけ行くことにした。車の中で、私は、松波春久のことを考えていた。

春久は多賀の家元の内弟子だから、芳夫の生れた時から、ついていた男である。芳夫を愛する気持も、純粋であったろう。

春久は大戦中、応召して、浅ましい体験をつぶさになめた。帰って来て、日本に、能という芸術が儼然《げんぜん》と残っていたことにおそらく感動しただろうし、その後生れて美しく育った芳夫という少年に、いのちを賭けるような気持を抱いたことは十分想像できる。

芳夫は美しい少年だが、しかし、女の子ではない。少年の美しさのさかりは短い。子方として舞台に出て、祖父の追善能に、子方の中でも、最も美しく最もあわれな「隅田川」の梅若丸を演じた芳夫を見ている春久には、いつも身近で見ている中学生の芳夫とは別な、理想的な美しさが感じられたのだろう。

ところで、私が気がついたように、十三日の舞台の芳夫の声には、変異があった。友人の田丸教授がいったように、子方の声、ボーイ・ソプラノの声にとって最もこわい、成長期の変声があった。それに春久も気づいて、愕然としたのではないだろうか。

春久には、戦争から帰って来た直後、歌舞伎を見に行って、将来おそらくいい女形になるだろうと皆から嘱望《しょくぼう》されていた葉牡丹が、「鎌倉三代記」に井戸の中から出て来てのちには佐々木高綱《ささきたかつな》の槍で殺される、あまりいい役ともいえない下級武士の役になって出ているのを見て仰天した記憶がきっとあったにちがいない。春久は、この芳夫が、将来多賀流を背負って立つすぐれた能役者になるのを見るよりも、この美しい少年の姿が、やがて、変化して、どこかに消えてしまうのを惜しむ気持の方が強かったのであろう。

十三日に「融」の時に、見所から廊下へ出て来た時、私は、春久とこんな問答をしている。

「どうも飛んだことで」

「はア、御心配をかけまして」

「太田さんの工合はどうです」

「いやもう、それは、安心していいんです、ああいう方ですから」

この会話は、あの時私も昂奮していたので、深く心にも留めなかったが、歯車が食いちがっていたようだ。

私が「どうも飛んだことで」といったのは、芳夫が変事にあったことをいったつもりであったし、「はア、御心配をかけまして」も、それを受けた返事だったと、今まで思っていた。

しかし、春久は、「融」の開演のはじめから、見所にいたというアリバイを、第三者に主張するつもりが、本能的に、あったのではないだろうか。芳夫を死に至らしめたあと、雅楽が推理したように、今まで持っていたカメラを渡り廊下に置き忘れ、屏風を人からいろいろ臆測されるのをおそれて土蔵の所まで運んだあと、反射的に疑いの圏内から去ろうとした春久は、客席の方へ飛び出していた。

だから、春久は、見所のあいている席にすわって、しばらく心をしずめているあいだに、自分は「融」を初めから見ていたという顔をした方がいいと思ったのだろう。

私が「どうも飛んだことで」といったので、私が芳夫の変死を知っているものと思って、「はア、御心配をかけまして」とつい、いってしまった春久は、内心ドキッとしたにちがいない。

ところで、私はすぐ「太田さん」に話題を変えている。もし春久がいく分冷静だったとしたら、私がなぜ「飛んだことで」といったのかと、今度は瞬間、怪訝《けげん》に思ったのだろう。

私はその直後に「太田さんの工合はどうです」といったのを、戸まどっている春久は、うつろな耳で聞いて、いい加減な返事をした。私は、春久は、太田時世が急病で、服部周三郎が代役をつとめた事情を知らなかったと解釈する。その理由は、あとで書こうと思う。

私が廊下に立っていて「工合はどうです」といったのを、「太田時世のシテは、どうでした」と訊かれたのだと解し、それで、「いやもう、それは安心していいんです、ああいう方ですから」と、答えたのだ。

その意味は「太田時世は、ああいう長老だから、舞台に何の心配もありません」ということだったのである。私はそれを、太田の病状をたずねたのに対し、心配はないと答えてくれたのだとのみ、受けとっていたのだ。

春久は「隅田川」の舞台を見所の隅か、橋がかりの幕の脇の窓から見ていたのだろう。子方の梅若丸に恍惚とした春久は、舞台から戻って来た芳夫につきっきりで、ある時間を経過したと思われる。そして、そのあいだには、カメラで芳夫を写す時間もあった。二人きりで過した最後の時間であった。

その最中に、別の場所で、太田時世が急病を訴え、「融」のシテが服部周三郎になったのも知らなかった。

それから、芳夫が死に、そのあと見所に行き、舞台の方を見ているように見えても、じつは何も春久は見ていなかった。演者がかわっていたのがわからなかったのは、この「融」のシテが、面《おもて》をつけていたからである。

今思うと、あの問答の時、春久は目を真っ赤に泣きはらしている。その顔が、春久のアリバイを無効にしていた。そんなことも、車中で、記憶を整理して、私がいま気がついたのであった。

春久が問答の時果して、どういう気持で、私の言葉に受けこたえをしていたのかは、ついにわからないままに終った。

私が、告別式場になっている能楽堂に着くと、喪のくじら幕を張った前に設備されている受付のところに立っていた江川刑事が沈痛な顔をして、私のそばに近寄って来た。

「松波春久という男が自殺したよ」と刑事はいったのである。

春久がやはり、雅楽の考えたように、衝動的に芳夫を扼殺した犯人であった。彼は、芳夫の葬儀の営まれる時間に、毒をみずから仰いで命を絶った。

遺書があった。その一部を抄出する。

（略）申しわけないことでしたが、私は芳夫さんの姿を見ていて、この世のものとも思われない美しい梅若丸だと思いました。そして、芳夫さんのこういう姿が、やがて、成人してゆかれることによって消えてしまうのかと思うと、残念で仕方がなかったのです。『隅田川』のあとで、芳夫さんが写真を撮してくれとおっしゃいました。私は芳夫さんのカメラで、縁側の所で二枚撮りました。そのあとで、さきほど家元が装束をつけられた部屋の屏風の前で撮すことになりました。そのカメラをのぞいております時に、芳夫さんが、屏風の前に正座されている姿が、ますます、美しく見え、写真に残しておくだけでは満足できなくなりました。どうしたのか、私はカメラをすてて、芳夫さんの息を止めようとしていたのです。気がついた時は、もう、芳夫さんは死んでいました。（略）私は、芳夫さんをしずかに、横にしたあと、屏風はしまった方がいいと思いつきました。なぜなら、芳夫さんは屏風の前にいて、私がそれを地上の何よりも美しいものだと感じたのです。屏風がここにあると、そう思った私の気持が明らかになり、私のそういう気持がのぞき見されて口惜《くや》しいような感じがしたわけです。そういう気持は、世の誰にもわかるはずはないのですが、人からいい加減な臆測をされるのがいやだったのです。私は屛風を畳んで、土蔵の前まで運び、そのあと、そっと見所の方に歩いてまいりました。私は『融』の舞台を見ていながら、なぜあんなことをしてしまったのかと考え、一方では、あんなことをした自分の気持が、少なくとも自分には許せるような気がするなどと考えていました。私はいつの間にか泣いていて、その顔をハンカチで、ゴシゴシこすっていました。（略）私は、芳夫さんのいるところへまいります。芳夫さんは、そこで、いつまでも、あの日の梅若丸のように美しい姿で、いらっしゃることだと思います。（略）

六

五月十八日、水曜日、晴。朝十時出社。各紙ノ記事ヲ読ム。松波春久ノ殺人ノ動機ニ対シテハコトゴトク「発作的ニ」ト記シ、精神異常ト断ズ。雅楽ノトコロニ何トナク行キタクナリ、夕刻訪ネル。二時間ホド話シテカエル

雅楽に示唆《しさ》されてから私が私なりに想像したあと、二人が考えたのに近い心持を切々と訴えていた松波春久の遺書は、捜査本部の人たちにも、新聞記者たちにも、到底、理解を絶したものであったようだ。

師匠の子息を発作的に扼殺したというような常識をこえた行動は、精神異常とでも説明するほかないのであろう。ある新聞では、誰から聞いたのか、春久が「復員後、人生観が変り、絶望的になっていた」と書き、また別の新聞は、春久に「時折おかしな言動があった」と記していた。

多賀の家元のおどろきと悲しみは、余人の思いも及ばぬことであろうし、春久に対する憎しみも消えはすまい。しかし、芳夫の父親が能のすぐれた演技者である以上、春久の犯した罪の動機について、いく分わかっている部分もあるのではないかと私はひそかに思っている。

私は、春久のことが朝刊にのった日、何となく、雅楽にあいたくて、たまらなくなった。それで夕刻から夜にかけて、千駄ケ谷に行き、二時間ばかり、おもに芳夫と春久のことを話した。

「私がもっと早く、祢之助の歌に気がつけば、よかったのだ。そうすれば、江川さんに話して、春久を自殺させずにすんだはずだ」と雅楽はいった。

「それはたしかにそうです。しかし」と私がいいかけると、雅楽は、私の言葉をさえぎるように手をあげて、「竹野さんのいうことはわかっている」といった。

「私も今は、春久が死んでよかったと思う。春久を正しく裁くなんてことは、誰にもできない。犯したのは大変な罪だがそれは法で、長々と裁判にかけて、論告したりするようなたちのものじゃない。弁護士だって、春久の遺書を材料にして、おしゃべりはできないだろうよ」

考えてみれば、二つの事件が殺到して、夢のようにあわただしく経過した一週間である。その事件を、雅楽が解いたのが、何の気なしに出かけた古書展で手に入れた徳川時代の写本だったのだから、ふしぎな因縁である。

いつぞや、北陸の港町の等々力座《とどろきざ》の事件の時にも、写本が鍵になって、雅楽が解決している。あの時は、子役が登場した。

今度は殺されたのが少年なのである。その少年のもっているにおやかな美が殺人の動機だといいあてたのは、さすがに歌舞伎役者だともいえる。能の美学を能の世界の者以外で理解できるのは、やはり歌舞伎の世界の者だということになろう。

雅楽のすわっている茶の間の卓の脇の小机に、この前来た時には、例の古写本がのっていた。今日は、のっていない。「あの写本はどうしたのですか?」と訊ねると、「何だかいやになって、文庫に蔵《しま》ったよ」と雅楽はいった。老優は、何だか、ひどく疲れた様子であった。

ラスト・シーン

一

　五月の中旬に、中村雅楽《なかむらがらく》から絵ハガキをもらった。阿寒湖のマリモ祭りの原色版で、「千本桜《せんぼんざくら》」の渡海屋銀平《とかいやぎんぺい》が着て出て来るような厚衣《あつし》を着たアイヌの酋長が、舟の上から湖水にマリモを抛《ほう》りこんでいる写真である。

　札幌の郊外の支笏湖《しこつこ》のホテルに来て居ります。あと二週間ほどこちらに留まる予定ですが、いつぞや話しかけの地方巡業奇話、まとめかたがたお出かけになりませんか。久しぶりで江川《えがわ》さんでも誘って来て下されば一層楽しいことですが、それは無理ですかな。御都合予《あらかじ》めお聞かせ下さい。

雅楽老

と、例の御家流《おいえりゅう》の達筆で書いている。

北海道と雅楽のとり合せは、いささか突飛だが、実は雅楽の義理の甥が札幌の大学の先生をしていて、夏には、去年も一昨年も、招かれて老人は行っているのである。その度ごとに、私はミルクの香りのする山親父というセンベイだの、鮭の温燻製だのを、土産にもらった。

今度は、いつ行ったとも書いてないが、これから半月まで向うにいるという予定が示されている。今までも雅楽は、塩原だの、湯ケ島だの、関西では紀州の御坊という町だの、ふとした旅のついでに、気に入った土地だと、十日も二十日も滞在する例が少なくない。

私は東都新聞に連載芸談をもらっている間、しじゅう、そういう雅楽の逗留《とうりゅう》先に出かけて行っては、話を聞いたものだ。

紀州の御坊は、道成寺《どうじょうじ》のそばの町で、海岸にアメリカ村という、いわゆる一世が帰国してこしらえたハイカラな部落があり、たまたまそこに私もいる時に起った奇妙な事件を、雅楽が解決したこともあった。その「アメリカ村殺人未遂事件」は、また折を見て、書いてみよう。

北海道の今頃は、気候もいいにちがいない。私はそう思うと、矢も楯もたまらなくなって、残っていた休暇を請願し、五月二十二日の午後、東京を発った。二月の大雪の日に、千駄ケ谷に雅楽を訪ねて、降りこめられてとうとう泊ってしまった時に、むかしの旅の芝居の話を聞いたのが大へんおもしろく、はじめて耳にする珍談奇談が多かったので、私は、近く一本にすることになっている「千駄ケ谷芸談」の中に、ぜひそれを加えたいとせがんだ。もっとも、三月四月と私は社の仕事で忙しく、話はまだまだあるというのに、それっきり雅楽に会わずにいたので、先方から、あとを話そうという意志が示されたのをいいしおに、その聞き書を作る目的を自分にいい聞かせて、今度の旅を計画したわけである。

ハガキの文面にある江川さんというのは、警視庁の刑事で、いろいろな事件で、雅楽とも親しくなっている私の飲み友達であるが、やはり同行はできなかった。

私は手土産にちもとのちまきを買って、羽田から日航の第三便で発ったのであるが、同じ機に、顔見知りのシナリオライターの原町四郎が乗り合せていたので、挨拶を交わした。

原町は、仕事で急に札幌にゆくのだといっていた。私はその仕事が何であるかと、その時は深く訊ねてもみなかった。しかし、この作家がなぜ北海道へ行ったかが、のちに私には、次の日に私の知った事件の手がかりとして、重要なデータになるのである。

千歳の空港に着くと、国活の宣伝部の村崎徹がロビーに立っていた。原町を迎えに来ていたと見える。

村崎は私に手をあげて「やア、出張ですか?」といったが、すぐに原町氏の耳もとに口を寄せて、真剣な表情で、何か打ち合せている。

私はタクシーを拾って、札幌までの弾丸道路を左に折れるコースで支笏湖へ行った。湖畔のホテルは、ドライブウェイの終着地点から対岸にあるので、車をおりてからまた舟に乗らなければならない。

私が一面霧に包まれた湖のほとりで、舟のくるのを待っていると、東京のスポーツ紙「中央スポーツ」の若い芸能記者の高野が煙草を吸いながら、ぶらぶら歩いているのに出会った。高野記者は映画のほうの担当だが、私たちが劇場へゆく日に、時々顔を見せる青年なのである。

「おや竹野《たけの》さん。珍しいところでお会いしましたね」という。

「ここのホテルに雅楽が来ているので、会いに来たんです。君は?」

「ロケーションの取材です」

「ほう。写真は何です」

「国活の『北の星座』を撮っているんですよ。この先のオコタンぺという沼で」

私は、それで、先刻シナリオライターの原町が、日航に乗っていたわけがわかった。もっとも、わかったといっても、その「北の星座」に関連した用事で来たのだろうと推定したにすぎない。それ以上、深く考えようともしなかった。

間もなく、〝美笛《びふえ》〟という快速艇に私は高野と乗り、湖の対岸に渡った。ホテルへ私はゆく。記者は、ホテルの脇から、もっと奥に入って、国活がロケに来ているオコタンぺという沼の近くの宿へ向った。

わざと前もって知らせておかなかったので、雅楽は、大へん喜んでくれた。支笏湖のGホテルは、本館が和風の部屋で、別館が本式の欧風ホテルになっている。雅楽が別館のほうに泊っていたのには、おどろいた。

もっとも、歌舞伎役者の中でも、この老優は、新しいものに興味を持つ人で、若い時分帝劇にイタリアの歌劇団が来た時に、わざわざタキシードを誂《あつら》えて、着て行ったという逸話があるくらいだ。

スピッツという犬をずい分早く飼ったのも雅楽だし、翻訳の探偵小説を大正時代にすでに読んだというのだから、ホテルに彼が住んでいてもおかしくはないのだが、それにしても、同じ場所に、和室の宿があるのに、わざわざベッドに寝ているというのは、私にとってても意外だった。

「まだ二週間もいるなんて、よほど気に入ったんですね」

「しずかなのが何よりありがたい。今日は霧で、景色が見えないが、晴れた日は、山の色が目を休めてくれる。しばらく痛んでいた右の足が、ここへ来たら、すっかり治ってしまったんですよ」

「江川さんは、千住の通り魔の捜査で、当分東京は離れられないといっていました」

「いつか、金沢で江川さんに会ったことがあるね。あの時は、等々力座《とどろきざ》の事件が起ってね。まア、こんな所だと事件もありっこないのだから、竹野さんと一しょに来て、少し骨休めをすればよかったんだね」

雅楽は、そんなことをいった。

翌朝の支笏湖は、前日の霧がすっかり上って、見ちがえるような景色をひろげて見せてくれた。

山の新緑は目がさめるようだ。

雅楽と私は、昼少し前に、ホテルの裏の山を少し歩いて、食事に帰って来たが、フロントの前に、昨日会った高野記者が立っていて、私を見ると、

「竹野さん、とんでもないことが起りましたよ」といった。「女優が沼に落ちて死んだんです」

「え？」

「国活のスターの小高まりもが死にました」

私は、その瞬間、奇妙なことを思い出して、肌が寒くなった。

雅楽が私にくれた絵ハガキが、水に抛りこまれるマリモだったのを思い出したのであ

る。

もっとも、そんな連想をする方が異常なので、だから私は、そばに立っていた雅楽に高野を紹介し、事件について説明しただけで、何もいわなかった。

くわしい事情はあとから聞くことにして、私は本館の方にとってもらった自分の部屋に帰ったが、何となく胸さわぎがして仕方がなかった。

きのう雅楽は、「こんな所だと事件もありっこない」といったが、私の来るのを待ってでもいたかのように、私の近くで、映画スターが変死するという事件が起ったのだ。

二

もうその時には、新聞の支局や通信部の人たちが、地元の記者とともに、オコタンペの宿で、小高まりもの死に関するデータを集めて引きあげたあとだったのである。

私は何も知らずにいつもより大分寝すごして、雅楽を散歩に誘ったわけなのであった。

ここに示すのは、必要がおこってから、私がいろいろな人から聞き集めて書いた、小高まりもの死に関する手記である。

国活が七月第一週に封切予定の「北の星座」のロケーションに来たのは、五月十八日であった。

この作品は、国活調のメロドラマで、何度もすれちがった主人公の男女が、北の国の沼のほとりで、はじめて再会するというラスト・シーンで終る、内容的にはかなり甘い脚本であった。

メロドラマをもう三十年も撮り続けている古館次夫《ふるだてつぐお》が監督、シナリオは原町四郎である。当る映画というのに、いろいろな種類があって、もちろん、人気のあるスターを組み合せるのは、むかしも今も変らぬ最良の策といわれているが、そのほかに、主題歌が大衆にアッピールするとか、猛烈なアクションの連続でおどろかせるとか、新しい流行語を題名にするとか、近頃では観客の嗜好も以前とは変っているので、思いがけない作品が意外な大当りをする例が少なくない。

そういう中で、ロケーションを用いた映画が、案外当るのである。それも、南に北に、できるだけ多くの場所を歩いた作品が、ヒットするのだ。というのは、ロケーション地に選ばれた地方の観客が、喜んで見に来るからで、同時に、映画に使われた土地が観光客を誘致するのに何よりの宣伝だとして、全面的に支持もしてくれるし、PRにも努めてもらえるという得がある。

「北の星座」は、往年松竹が成功した「君の名は」の故智《こち》に学んで、九州の阿蘇、伊豆の稲取、那須高原、そしてこの北海道の山林と沼をドラマの背景に使っている。ロケーションは、費用がかかるので、一般の写真では低い比率にするのが常識だが、この「北の星座」では、フィルム全フィートのじつに四〇パーセントを現場ロケで撮影しようというのである。主人公が風景写真家という理由もあるが、特異な企画だった。

二十二日の夜、オコタンペの沼で死んだ小高まりもは、二十一歳の純情スターで、入社して、これが三本目の出演である。写真家の高根洋二のあとを追って来て、やっとこの北の国の白樺の林の中で、洋二をつかまえるラスト・シーンを撮影したのが、この日の午後であった。

まりもの役名は、磯浪さち子という、美しい女子学生の役である。高根洋二に扮するのは、二枚目スターの吉田晃であった。

古館組が、シナリオの上でも最後の場面であり、撮影の日程の上でもこれで打ち上げとなる北海道ロケにかかったのは、前にもいったように十八日で、ここへ来て四日もロスしたのは、あいにく雨が続いたためであった。

一行は、沼の近くにあるユースホステルの別棟で、まだ今年は開設していない建物を借りて、合宿していた。

古館という監督は、ものわかりのいい人で、ベテランだから、俳優からは「親父」と愛称で呼ばれているが、ロケーション先の行儀がひどくやかましかった。

行儀というと少し物々しいが、旅先で雨になって時間をもて余すと俳優はすぐマージャンということになる。スターが二人きりで、一行から離れてどこかへ雲がくれしたりする時もある。そういうことについて、古館組はきわめて厳格だった。

だから、都会地のロケでも、バーやキャバレーが近くにある中心部の宿はわざと避け、郊外のホテルをとるという風にするし、今度のように、ユースホステルで、合宿という形式をとる場合も少なくない。

古館組のそういうしつけに不平を鳴らす若い者もいたが、この監督は、自分の趣味もあって、大変腕のいいコックをつれて来て、食事の心配を一切してくれる。それがあるので、女優たちなどは、「古館先生のロケに行きたいわ」と志願したがる傾向も、一方ではあったのだ。

オコタンペの沼の近くの合宿にも、コック夫婦がついて来ていた。一行は監督のほかに、助監督一名、スクリプター一名、カメラマン一名、助手三名、照明三名、小道具一名、俳優は、吉田晃、小高まりもの他に、まりもの役の姉絹子に扮する久永かおる、農夫に扮する北条昌男、信時進であった。

建物の二階と階下に、部屋が十二あって、下の北側の部屋の一番奥に監督、その手前の十二畳の部屋に三人の男優、隣の八畳の部屋に女優が泊っていた。ほかのスタッフは、二階である。寝台の常備された洋室だった。

久永かおるは一昨年から去年にかけて、ブーケ・トリオという名で宣伝された三人組のひとりで、タイプからいうと、小高まりもと同じ国活調の純情型スターである。

ブーケ・トリオは、そのうち二人が家庭の事情で退社し、かおるだけ残った。かおるはデビュー以来、いつもトリオつまり三人の女優が共演という喜劇にばかり出ていて、三人の中では可憐なタイプなので、いつもお嬢さんの役にまわってはいたが、彼女自身を主役にした作品は、まだ一本もなかった。

「北の星座」の場合、営業部も宣伝部も、当然、久永かおるがヒロインのさち子に出演するものと思って、スチールを撮《うつ》す計画までたてていたのだが、最後の段階に来て、古館監督の意向で、新人の小高まりもがその役を持って行ってしまった。

早くからシナリオを読んで、自分の役のつもりで待機していたかおるが、製作担当の重役の部屋で、さめざめと泣きながら訴えていたという噂が伝わっている。

そのかおるが改めて与えられた絹子という役は、さち子よりもセリフも多く、演じがいのある適役なのに、かおるは、あまり気の入らない演技を那須のロケでは見せて、監督から油をしぼられたという。

その後、反省して、以後の撮影では、体当りの芸を感じさせる力演で、監督も機嫌を直した。しかし、まりもは、撮影所では、二年先輩であるかおるの役を、結果として奪ったことになる「北の星座」なので、一しょに歩くかおるにひどく気をつかい、助監督が見ていると、まるで腫れ物にでもさわるようにしていたともいわれる。

二十日の午後、この日も雨だったので、札幌のすすき野の映画館に国活の新しい写真を見に、古館組の連中が出かけた時、かおるとまりもは、並んで席につかなかった。

「どうしたんです、こんな所にすわって」

と、前日東京から来ていた宣伝部の村崎がまりもに訊ねると、

「私、久永さんが怖いの」

といった。彼女は、カメラマンとライトマンの間にすわって、映画を見ていた。

三

二十二日の撮影は、絹子が洋二と、沼の近くで話し合う場面と、洋二が歩いて行く白樺林の道を、うしろからさち子がかけて行って、その肩につかまる場面であった。

シナリオでいうと、ラスト・シーンと、その二カット前のシーンとを、監督が「これなら申し分ない」という霧の出るのをとらえて撮した。北海道のロケでは、晴れるのを待つという俗称「ピーカン待ち」のほかに、作者がわざとムードを狙った霧の中の抱擁というシーンのために、好条件の天候を待つ「霧待ち」がある。雨が続いて、この両方が、意の儘《まま》にならず、四日も居続けたわけで、じつは、前日に、東京から電話が入って、「霧が思うようにゆかなければ、ドライアイスを使ったり、蒸気を使ったりして撮り上

げて、早く帰って来い」と本部長から急がされたのだが、古館監督は、腕を組んだまま、答えなかった。

「北の星座」の絹子は、妹のさち子より前から洋二を知っており、好意を持ってもいたが、愛を打ち明けないまま、他家に嫁ぐ。その後不縁になって今は独り身の絹子が、偶然風景写真を専門に撮している写真家の洋二と、この北海道の沼のほとりで会うストーリーなのだ。

この奇遇の場面で、久永かおるの扮する絹子には、こんなセリフが与えられていた。

絹子　洋二さん、私、結婚しましたのよ。すすめられて見合をして一しょになったんです。子供もできました。でも今はその夫とも別れているんです。前にその人と歩いたところへ来てみたくて、ここへ来たら、あなたにお目にかかった。ふしぎですわ。

久永かおるは、二十一日に、古館の部屋をたずねて、こんな話をした。

「私、思い切って、お願いに出ました」

「何だい、いって見たまえ」

「私の役のセリフを変えていただけないでしょうか」

「今頃、そんなことをいわれても困るな。理由をいってごらん、とにかく」

「絹子が洋二に、自分の話をしますわね、あそこで、結婚して子供ができた、それから不縁になったという、こまかい説明をするのが、どうもいやなんです。絹子は、前に洋二が好きだったんですから、そんな話は、したがらないはずだと思うのです」

「それはなるほど一説だな」と古館は耳を傾けた。「それは一説だな」というのは監督の口癖で、みんなが「一説」と古館の前でもニックネームで呼んでいる。だから、撮影所の句会で、監督は、わざと逸雪という名前を使っているほどなのである。

「先生、私は、あそこで、いろんなことがありましたわ。でもそんなことは聞かないでくださいという風に、洋二の質問をはぐらかしてしまって、この沼に来たのも、ひとりで歩きたかったんです、むかしのことを考えながら、といいたいんです。そうすると、そのセリフの中に、洋二をひそかに慕っていた過去まで含んだ感じが出るんではないでしょうか」

「うん、それは一説だ。たしかに、絹子の場合、身の上話は少しくどいと、ぼくも思っていた。本筋に関係はないんだからね。それじゃ、原町君にすぐ相談しよう」

監督は、その夜、東京に電話をかけた。原町四郎が北海道へ来たのは、そのシナリオの手直しを依頼されたためであった。

ところが、原町が羽田から千歳に向って、空の上を飛んでいる時に、現地はちょうど願ってもないような霧の状態になった。きょう撮さなければ、いつまたカメラをまわせるかわからない。古館はしばらく考えていたが、ついに決断して、スタッフに出動を命じたのだ。

宣伝部の村崎や助監督の三岸は、「原町さんが来ないうちに、セリフを作ってしまったら、まずいでしょう」と進言したが、古館はひとつの案を出した。

はじめのカット割りでは、沼のほとりの会話を、当然、洋二と絹子に交互、カメラを向ける。むろん中ぬきに撮ってゆくのだが、画面に大きく、男女の顔がアップされることになっていた。絹子の長いセリフも、むろん、その手法によるわけだ。

それを古館は、かおるが変えたいといったセリフのところだけ、洋二にカメラを当てておいて、絹子の声をその上にかぶせ、うなずいて洋二が聞き入るというト書に改め、もう一カ所では、うしろ姿の絹子に、適当なセリフをいわせて、ダビング（音を入れる作業）で、原町の作ってくれるであろう新しいセリフをつけるという案を出したのである。

霧という条件がこの場合優先したので、撮影は強行され、だから千歳の空港に着いた原町には、村崎が事情を説明、了解を求めていたというわけなのだ。

その足で合宿へ来た原町は、古館とかおるに会って、その考えをきき、大体において、シナリオの改訂には賛成した。あまり愉快そうではなかったが、かおるの云い分が筋の通ったものだったので、反対もしかねたのであろう。

古館は原町の泊るGホテルに助監督とカメラマンをつれてゆき、二十二日の夜は、おそくまで原町と飲んでいた。この男たちが帰ったのは、午後十時頃であったが、その時、かおるとまりもの泊っている部屋の灯りは消えていた。

合宿から沼のほうに向けて、道と水辺を照らす灯りが、ともっている。赤いランプを使っているのは、夜この辺は危険だという意味を持っているのだと、ユースホステルの管理人が、古館組の着いた日に説明している。

どうして、その危険な沼への道を、夜おそく、小高まりもが歩いて行ったのかはわからないが、午後九時前後に、ナイターの中継をトランジスターで聞いていたまりもが、大分前から身体を横たえていた寝台からふいに起き上って部屋を出て行ったのを、かおるは知っているという。

その証拠に、朝になって廊下で挨拶した古館にかおるが、

「けさ、小高さんがいないんですけれど、先生、お会いになりまして」と訊ね、反問されると「ゆうべ、九時頃に出て行ってから、私、会わないんです」とつけ加えている。

その直後、つまり二十三日の朝、時間でいえば八時二十分頃、早速帰京する原町を見送ったユースホステルの管理人が、犬をつれて沼の舟着き場のそばまでゆくと、紺色のレーンコートが、夜露に濡れて、地上に置かれていた。

このレーンコートは、管理人も見知っていた、まりものコートである。二十日に古館組が札幌に出かけた時、雨天だったので、二人の女優は、それぞれレーンコートを着て

いた。かおるのは紫色ので、まりものが紺色である。そのレーンコートは、建物を入ってすぐ脇の帽子かけに、いつも並んでかけてあったものだが、その夜も戸外に出るまりもが、肩に引っかけて出たのであろう。

管理人がそのレーンコートを拾って、立っていると、犬が舟着き場の桟橋まで駆けて行って、しきりに吠え立てた。

この犬は利口で、吠えた時にはかならず何かがあるのを知っている。管理人が、レーンコートを持ったまま行ってみると、岸には近いがかなり深い沼の水藻のしげっている底のほうに、人が沈んでいた。

スタッフを呼んで手伝ってもらい、引きあげると、それは、まりもの死体であった。まりもは眠っているような顔をして、苦悶の表情はない。

自殺説の生れたのは、そのためだった。

四

同室にいた久永かおるの話によればナイターのラジオを聞いていたまりもが、そっと部屋を出て行った時には、まだ野球は終っていなかったという。

解剖結果、死亡した時間はほぼわかるにしても、変死の場合、周辺の人々の時間の証言は重要である。

さっそく宿舎に来た駐在所の巡査が、更にかおるに、くわしく訊ねると、まりもの出て行ったのは、「ホームランです」とアナウンサーが叫んでから間もないというのだ。

少し前に届いている朝刊を開いて見ると、地元の新聞のスポーツ欄に、前日甲子園で行われた大洋阪神の試合にだけホームランの記事が出ている。しかも「八回裏のホーマー一本で勝負がきまった貧打戦で、二時間五分の短い試合であった」と書いてある。七時開始で、八回裏の阪神の一点が唯一の得点とすれば、ホームランは九時頃と見てよく、まりもの出て行ったのも大体九時と見ていい。

のちに解剖の所見でも、まりもは九時から十時の間に、入水《じゅすい》して溺死したということになっている。殺されてから沼に抛りこまれたのではなく、溺れて死んだのだと推定されていた。

Gホテルから監督たちが帰って来た時には、女優の部屋の灯りは消えていたというが、同時に、その時には、もうまりもは沼に沈んでいたわけである。

まりもが出て行ったのを知っていながら、かおるが声をかけなかったのについては、「御不浄へでも行ったのかと思いました。ラジオをかけたままだったので、そう思ったんです」という説明だった。

「どうして、戸外へ出たのだろう」

古館の質問に対して、かおるは、「そういえば、小高さんは、いらいらしていました。ほんとなら、クランク・アップで、もう明日東京へ帰ろうという最後の晩ですから、解放感で、はしゃいでもよさそうなのに、浮かない顔をしていましたわ」

「何か、まりも君が気にするようなことが起ったのかね」

「わかりません」

「訊ねてやらなかったのか」

「ええ」とかおるはしばらく、膝の上で両手の指を組んだりほどいたりさせながら、うつむいていたが、「私、小高さんと、議論してしまったんです。二十日に札幌にゆく車の中で、つまらないことから口げんかになってしまって、それから何だか具合が悪くて。ほんとなら、二人で、撮影完成の祝杯でもあげにGホテルにゆきたいところだったんですけれど、その気にもならなくて、早寝したんです。でも横になる前に、二言三言、話はしてます」

「どんな話をしたんだね」

「北海道の霧ってすごいのね、なんていってました。急に霧が降って来るのかしら、なんていってました」

「それだけか」

「ええ、それで私が、摩周湖《ましゅうこ》の霧はもっとすごいわ、っていったんです」

「君は、摩周を知ってるの?」

「ええ」

「もしかすると参考になるかも知れないから、できたら、まりも君と君が、何が原因で口げんかになったのか、聞かせてくれないかな」

「それは私が悪かったんです。こっちへ来る前、撮影所で見たラッシュの中の、あるカットの小高さんの演技が、おかしいと私がいったんです」

古館は目を輝かした。

「おもしろい。話してくれないか。じつは、君が絹子のセリフを変えたいといったことに対して、感情的には原町君も嬉しくなかったらしいが、本筋に直接関係ないセリフなので撤回するとすぐいってくれた。あのセリフについての君の意見は正当で、ぼくは君の理解力を改めて発見したような気がしているんだ。演技といえば、俳優のうまいまずいはむろんあるが、ぼくの指導が八分通りなのだからね。どのカットがおかしいのか、話してくれたまえ」

「四月にロケで撮した阿蘇の麓《ふもと》の池のほとりの場面がありますわね。あそこにさち子が、洋二がいるというのでたずねてゆき、今朝発ったと聞いて、ガッカリして、考え事をしながら水の近くを行ったり来たりして、途方にくれたように歩くところです。あの土地は、さち子ははじめて行った場所なんですから、水辺に近いかなり荒れた道を、あんなに活潑に行ったり来たりはできないんじゃないかと思ったんです」

「なるほどね」

「あの池は、まりもさんの生れた家の近くで、そんなことから、熊本県までロケに行ったんでしたわね。まりもさんは小さい時から池を知っているし、道もわかっている上に、あの撮影の時も三日前から現場に出て、何度も歩いて稽古をしたので、すっかり馴れていました。だから不安がなくて、舞台の上のクロス（歩き方）のように、歩いたわけなんですけど、それでは、土地の人が歩いているようだし、あの時のさち子の心理ともちがっているんじゃないかと、私がいったんです」

「いい意見だ。それは、まりも君も痛かったろうが、ぼくも、ちょっと、やられたという気がするな」

「それをいったら、はじめは黙ってうなずいて聞いていたんですけれど、途中から、不機嫌になって、もう今更どうすることもできないのに、そんなことをいうのはひどいわといい出し、私の役にけちをつけるのね、『北の星座』では、絹子の方がいい役なのに、主役でないので怒っているんでしょうなんて、いいはじめたんです。私の方もおもしろくなくなったんで、黙っていましたが、最後に、俳優ってものは先生にいわれた通りしているのが能じゃないわ、それじゃ猿まわしの猿と同じじゃないの、といってしまったんです。私、シナリオのことを先生にお話しして、ぜひ変えていただこうというつもりがあったもんですから、少し昂奮していたようです。悪いことをいったと思います」

「わかった。それで、きのうのラスト・シーンの時、こっちがテストOKになってからも、もう一回もう一回と、まりも君は、やり直したがったんだね」

「でも、きのうの小高さんは、素敵でしたわ。洋二だとわかって、走って行って、少し手前で一度立ち止るんです。ほんとうに洋二なのかしらという不安がちゃんと出ていた。それから確かめて、抱きつくんです。とてもよかった。あれが最後になるなんて」

かおるは目に涙を溜めていた。

「北の星座」の撮影が完全に終った日に、突然寝台からぬけ出して、まりもが部屋を出て行ったのは、たしかに異常である。

なぜ出て行ったのか、そしてなぜ死んだのか。

「犬は吠えなかったのかな」と、ふと古館が管理人に訊ねた。

「じつは吠えたんです。しかし、間もなくやめました。小高さんだと判ったからでしょう」

ユースホステルに飼われている犬は、古館組から愛されていた。かおるもまりもも、よくビスケットやパンを与えていた。

管理人がその時、急に耳をすますような顔をして、「おかしいな。そういえば、久永さんや小高さんだと、犬は初めから吠えないはずです。私もじつはナイターを聞いていたんですが、外でウーウーと唸ってから、しばらく吠えて、バッタリ吠えなくなったのをおぼえてます。はじめから小高さんとわかったら、吠えないわけで、誰か他の人がいたんでしょうか」といった。

犬小屋の近くに、携帯用ビスケットの紙箱が落ちていた。犬は誰かから、ビスケットを貰ったのかも知れないのだ。

他所から来た者が、予め通告しておいた九時という時間に、まりもと沼のほとりで会ったのではないかという想像もできる。だいたい九時頃、まりもは部屋を出ているのだ。

五

事件を、自殺、事故死、殺人と三つに大きく分けて考えてみることにすれば、これはどのケースにも当てはまるのだ。

まりもの表情が比較的おだやかで、そのために覚悟の自殺という風な見方をした新聞記者もいたらしいが、「ロケ先の女優の怪死」とセンセーショナルな見出しをつけた二十三日の夕刊の各紙の中には、早くも「遺書らしいものもなく、不審な様子もなかったことから、自殺とは思われず、事件は意外な方向へ進展するかも知れない」と書いてあった。

千歳から来た刑事も、まりもの遺品の中に日記があって、それに二十一日まで、乱れない筆蹟で記入がしてあり、二十日のところには、「久永さんに演技について批評された。不愉快だったけれど、よく考えればもっともな批評だ。ラスト・シーンだけは、あとでこんな批評を受けないように、一しょうけんめい演技を考えよう」とあって、「不愉快」という文字があるにしても、これが自殺に追いやるほどの事柄とは解されない。

二十二日、死の当日の記入がないのは、残念だが、かおるが、「小高さんはいつも、翌朝になってから、仕事にかかる前に前の日の日記をつけるんだといっていましたわ。ここへ来てからも、きのうは晴れだったかしらなんて私、聞かれました」といっている。ほかに事情はないようである。

二十二日には、ユースホステルの事務所に、「小高まりもさんはいますか」という電話がなかったわけではないが、誰かと聞き返すと、「いえ、いいんです」と切ってしまう程度の問い合せで、近くのホテルに泊っている客が、オコタンペに国活のロケ隊が来ていると聞いて、好奇心でそんな電話をかけたのは、その日だけの話ではなかった。湖畔の人たちの噂を聞きつけ、わざわざこの沼まで来るハイカーも少なくはなかったし、まりもやかおるや吉田晃のサインをよろしく頼むといって、ホテルの従業員が色紙を持って来たりもしているのである。

電話の中で、「撮影はいつまでですか?」といった女の声を、管理人は記憶している。

「きょうで終って、明日、皆さん、東京へ帰られます」と答えると、「まア」と息をのんだあと「そうですか。じゃア、明日行っても、映画の方にはお会いできませんね」といった。この電話も、名前は名のらずに、先方から切ったものである。

犬が吠えて、ビスケットの紙箱があったというので、はじめは誰かが当夜ここへ来たのではないかという見方もあったが、紙箱がその夜も二時間ほど降ったといわれる雨でかなり濡れており、前夜のものなのか、もう少し前からあって気がつかずにいたものなのか、印刷インキの色の褪せ具合だけでは、判断のしようがない。犬とて全能ではないから、誰かがたまたま立てた物音にびっくりして吠え立てることはないとはいえない。九時頃に、二階の部屋で、若いスタッフが腕角力《うでずもう》をしてワアワア騒いでいたこともわかっているので、その時に犬を脅かす音ぐらい立てなかったとも、いいきれないのだ。ほかには、口頭でまりもに連絡を伝えた者があるという仮定も考える必要がある。しかしこれは手がかりは全くない。

次に郵便だが、二十二日の朝ユースホステルには、電報は来なかった。ただ古館に宛てた雑誌らしい紙袋と、まりも宛の手紙が一通届いたのを、管理人の妻が記憶している。「お寺から来た手紙だったようです」というのだ。

その手紙のことを管理人の妻が語ったのは、出発を当然延期することになって合宿をまだ解かずにいる古館組のスタッフが、本館の食堂に集っているところでだから、居合せる者がみんな聞いている。同じ場所にいた千歳署の刑事は、それを聞いて、「その手紙はどうしたのだろう」と眩いた。

遺品の中にも、レーンコートのポケットにも、手紙は入っていなかったのである。そうすると、手紙は焼いたか破りすてたかであるが、紙屑の中からも、それらしい紙片は出なかった。もちろん、まりもが外出した時、山の中を奥深く分け行って、すててしまっていれば話は別だが、そうなったら到底たずねあてる見込みはないであろう。

座が何となく白けたあと、「寺から手紙が来たなんて、いやだな」と、隅の方にいたカメラマンがいった。低い声だったが、その声が、ばかに大きくひびいた。

若い女が死ぬ日の昼間、寺から来た手紙を受けとっている。不吉な偶合というほかない。みんながそう思った。

かおるも、その時、古館の隣にいたが、にわかに顔色が青ざめ、今にも失神しそうに見えた。

古館はおどろいて、かおるに、「大丈夫か、しっかりしたまえ」といった。

二十四日の朝になって、古館は前夜のかおるの様子がおかしかったのを思い出して、三岸に訊ねている。

「久永君も、大分まいっているらしい。長い間一しょに仕事をした仲間が変死したというのはショックだ。それに何といっても同じ部屋に休んでいたというので、警察からもいろいろ訊かれる。ずい分細かく頭の働くひとだから、身体にこたえるんだな。君は、久永君を見張ってくれよ」

「じつは今朝も、食事をしないんです。急にゆうべから様子が変りましたね」

監督と助監督とは、そんな会話をして別れたが、一時間ほどして、三岸が再び古館の前に来た。

「これはぼくの想像なんで、自信はありませんがね。ひとつだけ思い当ることがあるんです」

「何だね」

「ホステルのおばさんが、お寺から手紙が来たといったのは、まちがいじゃないかと今思いついたんです」

「というと」

「差出人が、名前を書かずに、姓だけ書いたんじゃないか、と思うんです。円城寺昇が、まりちゃんに手紙を寄越したんじゃないでしょうか」

「ああそうか。円城寺とだけ書いてあれば、寺だと思うわけだ」

「かおる君が急に様子がおかしくなったのは、円城寺君がまりちゃんに手紙を書いたのを知ってショックを受けたのではないでしょうか。それとも、その手紙のことをもう知っていて、おばさんが皆の前でその手紙について公表したので困ったのかも知れません。

そのどっちかだと思います」

「君、久永君は円城寺とどうなんだ」

「先生、御存じなかったんですか。円城寺昇は、かおる君と結婚するという噂が、ずいぶん前からあったんですよ。週刊誌にも出たことがあります」

「週刊誌は、ぼくは読まないから、知らんな。知らなかったな」

「それで、円城寺は、目下、まりちゃんなんです」

「そうか、それでは、これは、ただごとではないな」落ちついた口調でしゃべってはいたが、古館の顔色が変っていた。

同じ国活のスターである円城寺昇が、二人の女優の中間に存在していたとすれば、まりもの死は、複雑な陰影を持った事件とも考えられないことはないのだ。

まりもが部屋を出て行ったのを見て、声をかけなかったというのは、かおるがそう主張しているだけで、誰も見ているわけではない。朝になって古館に、まりものゆくえを訊ねているのも、工作の感じがある。

いささか安っぽい想像ではあるが、円城寺を争う立場にあったまりもとかおるが、夜になって、沼のほとりで感情を激したあげくかおるがまりもを水の中に突き飛ばしたという場面も仮定できなくはない。

一応、古館の脳裏には、そういう女ふたりの構図が、正確な動きまで伴って浮かんだのは事実である。

六

二十四日という日は、ユースホステルの更に混雑する日になった。

阿蘇の麓の町に住んでいるまりもの遺族が、かけつけた。そして、円城寺昇が、空路、まりもの霊を弔うために撮影の合間をぬって、北海道まで飛んで来たのである。

円城寺が着いた時、かおるは、古館と二人で、まりもの死んだ沼のそばに立っていた。もう骨になっていたまりもに香を供えた円城寺が、放心したような顔で、建物の外に出て来るのを見たかおるが、目をそらさずに、円城寺を迎えたのを、古館は見ていた。

「かおるは、白だ」と、その時、この監督は思ったと、後日語っている。

もっとも、別のところから、この最も重要と見られる男女の対面を監視していた千歳署の刑事は、それを逆に考えた。

「かおるは黒だ」と思ったのである。

刑事は、さまざまの事情をすでに、ポケットの手帳に書きとっている。かおるが「北の星座」の主役をまりもにとられた怨みも、この際大きな動機と思われるのだ。芸能界の紛争で明るみに出た事件を調べてみると、痴情によるものはむしろ少なく、仕事の場を奪われたという動機や、もてはやされるスターの名声を羨んだという動機が存外多いのだ。

かおるは、まりもより二年早く国活に入っているが、ひとり立ちの主役は、まだ一度ももらっていない。かおるは、純情可憐なタイプで、メロドラマを数十年来番組の特色にして来た国活のムードに最も適した柄なのは、誰もがみとめていた。

それだのに、今度の「北の星座」の前にも、ブーケ・トリオで出演した以外、ヒロインの座にすわらないのはなぜだろう。

刑事はそれについて、宣伝部の村崎に、それとなく訊ねてみた。

「そうですね、久永かおるの場合は、入社してすぐ、トリオで主役になりました。一人は歌を歌える女優、一人はボーイッシュで十分喜劇的な女優、そうしてかおるは、その中でいちばんシットリした女優でした。あのトリオのシリーズは、組み合せがうまく行ったので、大当りでした。むろん、社では、かおるを主役にして、典型的な、甘いドラマを企画しようと思ったんです。ところが、監督さんたちが、何となく、二の足をふむんですね。銀幕に出ていると、じつにいい感じをもっているお嬢さん女優なんですが、個人的に会っていると、そう、何といったらいいのかな、どことなく分別くさいというか、老成したというのか、つまり、甘いシーンにとけこませるのがむずかしそうだというう気を起させるところがあるんだそうです。そうですね、ぼくなんかも、あの人は、話していて、苦手ですね。脚本の理解力はとてもあって、演出されていても、監督の考えがピタリとのみこめるひとなんですが、そういう読みの深さみたいなものが、かえって小づら憎い印象になるんでしょうね。タイプからいえば娘型なんですが、世帯の苦労をした女のようなものわかりのいいところが、結局あの女優にはあるわけです」

「今度の『北の星座』の主役を、まりもにとられたことでは、かなり打撃を受けたんじゃないですか」

「それはもう、大変で、ぼくなんかも、はじめはかおるの役だと思って、スチールの手配までしたんですからね。ですが、古館さんが、久永かおるの絹子はきっといい、太鼓判を押すといって、はじめから絹子の線を押したんです。まりものさち子は、かおるの絹子がきまったあとに出て来た話なんですよ。子供を持って夫と別れた世帯くずしの女という役を、実際の年も役より若い純情スターに持って行ったのは冒険でしたが、この人選は成功だったといえますね。沼の近くの洋二との場面は、ぼくは千歳にゆくので、本番を見ることができなかったんですが、実にうまかったです。苦労した女の感じが、よく出ていました」

「久永かおるはいくつですか」

「二十三、じゃありませんか。まりもと二つちがいだと、いってました」

「かおるは、国活に入る前は、何をしていたんです。そして、どういう機会に、映画に入ったんですか」

「前身は、銀座の喫茶店のキャッシャーです。製作本部長が、人と待ち合せるので、偶然その店にはいって、これはいいと思ったので、スカウトしたわけです」

「なるほど、ウェートレスではなくて、キャッシャーをしていたんですか。その喫茶店は、わかりますか」

「八丁目の裏通りのアカシヤという店です。ぼくも、わざわざその店を見に行ったのですから知っています」

ちょうどこういう会話の交わされている時に、千歳署のもう一人の刑事は、まりもの落ちた現場を見に沼のほとりに出ていた。話声でふり返ると、円城寺とかおるが向うから来るらしい。

刑事は小舟に隠れた。水辺に立った二人のシルエットは、「北の星座」の洋二と絹子の会話の場面に似ている。それに洋二は、はじめ円城寺に内定していた役でもあったのだ。

「ごめんなさい。そばにいながら、小高さんをこんなことにして」

「……」円城寺は答えない。

「私ね、小高さんと、あの二日前に、けんかをしてしまったの。私が余計なことをいったのがいけなかったんだけど、でも、私、小高さんのためを思っていったんです」

「……」

「ちょうど、札幌にスタッフの人たちと映画を見に行った時だったんで、二人が口論をしているのを、みんなが見ていますの。それに映画館へ行ってからも、小高さん、私の隣にすわりたくないらしくて、ほかの人たちのところへ行ったりしたんですものね」

「……」

「警察の人はもちろん、古館先生も、スタッフの人たちも、私を疑っているらしいの。『北の星座』のさち子の役が小高さんに行ってしまったのを私が口惜《くや》しがったことも、みんな知っています。それと、もうひとつのことで」

「もうひとつのことで？」靴の先で足許の小石を蹴っていた円城寺が、はじめて問いかえした。口調は冷たかった。

「もうひとつ、私が小高さんを憎む動機があるという考え方を、誰でもしているんです。それが何だか円城寺さん、お判りになるでしょう」

「わからない。かおるさんが疑われているというのも初耳だが、ぼくには何が何だかわからないんだ」

「いってしまいましょうか。週刊誌に出たでしょう。あなたと私が恋愛中だとか、まもなく結婚するだろうとか」

「うん、だが、あれは全く根も葉もないことなのは、お互いに判っているじゃないか」

「ええ。あの記事が出た時、二人で打ち合せたわね。事実無根だといおうって。私と円城寺さんが、偶然同じこだまに乗り合せて、京都でおりるところを、ゴシップメーカーの木寺さんに見られたのが、噂のはじまりでしたわね」

「そうだ」

「だけど、その噂は、今度のような事件が起ると、てきめんにものをいうのよ。私と小高さんが、円城寺昇をはさんで対立しているると思っているのよ。私には、だから二つの動機があるわけです」

「しかし、ぼくはかおるさんを疑ってはいないよ」

「でもね、私、疑われても仕方がないと思っているのよ。二十二日の夕方、私は瞬間的に、小高さんをはげしく憎んだんです」

「どうして」

「私ね、円城寺さん、『北の星座』のさち子がどうしても欲しかったのは、洋二があなただと思ったからなんです。あなたの洋二の相手役のさち子を、ほかの女優さんがするというのがたまらなかったの」

「……」

「だから、私、洋二が吉田さんに変ったんで、それからはサバサバしてました。絹子という役に打ちこむ気持になりました」

「……」

「二十二日に、霧の中のシーンを撮って、それでもう今度の私の仕事はすっかり終ったと思って、胸いっぱいに解放感を味いながらお部屋に帰って来ると、私の寝台に、円城寺と書いた封筒がのっているんです。ハッと思って表を見ると、小高さん宛の手紙でした。おばさんが寝台をまちがえたんでしょう。でもその時私は、小高さんが憎らしかった」

「……」

「私、週刊誌の記事が出た時、あなたが、二人で打ち消そうね、こんなばからしいデマなんて聞いたことがないといった時、ほんとをいうと、悲しかったのよ。あなたが小高さんが好きだということをのちに聞いた時よりも、あの時のほうが悲しかったんです」

「……」

「ねえ、円城寺さん、聞いていてくださるの」

刑事は二人の会話を、それ以上聞いていていない。

七

二人の刑事は、かおるを依然疑っていた。円城寺が、かおるを疑っていないといってみたところで、かおるが白だと断定できるものではない。

むろん、かおる自身が、円城寺に話した言葉などは、体裁をつくろった自己弁護と解釈してさしつかえないのだ。ある瞬間、かおるがまりもを憎んだと告白しているのは、その時に殺意を抱いたという風に解釈さえできるのである。

それにしても、いつまでも、同じところを堂々めぐりしていても仕方がない。

刑事は、もう一度かおるを除外した古館組のスタッフに集ってもらった。こんな時、毎日起居を共にして来ている女優に、警察が嫌疑をかけているという顔をするわけにはゆかない。まことにさりげなく、切り出すのが、捜査の定石なのである。

「死んだまりもさんについて、もう少し知りたいと思うので、皆さんがこの北海道に着いてから二十二日までの間に、まりもさんの周囲にどんなことがあったか、話して下さいませんか」

スクリプターの山下が、職業がら、几帳面《きちょうめん》に日録をつけている。山下が主に項目をあげ、それを周囲から補ってゆく形式をとった。

「千歳に着いて、すぐここに来たのが十八日です。雨でした。その日は、みんなでGホテルで夕食を食べました。まりももかおるも上機嫌でした」

「十九日に、沼のほとりを歩いて、撮影の準備をしましたが、霧が出ません。午後、みんなで、山に行ってみました。まりもがすべって、膝をすりむいたということがありました」

「二十日も天候具合が悪いので、あきらめて、みんなで札幌に映画を見にゆきました。狸小路で食事をして帰ったんですが、その時二人の女優が気まずくなっていたのを知っています」

「食事をした店の壁面に、北海道の山と湖水の写真が、いろいろ飾ってあったんですが、説明の文字を見に立ちもしないで、かおるがすわっている席から、あれは何湖、あの山は何山だと、みんな当るんです。あれにはおどろきました」

「あの時、まりもは、急に機嫌を直して、久永さん博学だわねなんていってました。それでぼくらもホッとしました」

「丸井デパートの前を歩いていたら、声をかけた女の人がいました。失礼ですが、国活の方ではありませんかと、三岸君に小声で聞くんです。そして、前のほうを歩いているかおるとまりもの方を指して、あの右の方が久永かおるさんですねといいました。それからロケーションはどこですか、いつまでやるんですかと訊ねるので、オコタンペの沼に霧が出たら、それを使ってラスト・シーンを撮って引きあげる予定だと話しました」

「二十一日に、かおるが先生のところへ来て、絹子のセリフを変えたいという話をしています。この日、まりもは、部屋にとじこもって本を読んだり、手紙を書いたりしていました」

「まりもの所に、サインをくれといって、女子学生がたずねて来て、退屈していたまりもが喜んで会ったりしたのも、同じ日です」

「まりもは、ライスカレーがおいしいといって、お代りしています」

「二十二日は、霧が出そうになったので、急いで撮影の手配をして、午後からかかりました。じつは、東京からシナリオライターの原町さんがこの日来ることになっていたんですが、撮影には間に合わなかったんです。撮影が終ったところへ、千歳まで迎えに行った村崎さんと原町さんが着いたようなわけでした」

大体こんな風なデータが、その席で採集された。

刑事たちは、それ以前に集めた情報と手がかりとから、こんな風な推定を下してみた。

現在もなお、かおるが怪しい。動機は立派にある。第一に、「北の星座」の役が自分に来ず、まりもに行ったのを悲しんでいる。第二にかおるは円城寺を愛していることを、当人にさえ打ち明けている。その円城寺がまりもと恋愛関係にあるとするならば、当然かおるはまりもを憎むだろう。現に憎く思ったとさえいっている。

ナイターのラジオをつけ放して、まりもが出て行ったというのは、事実であろう。しかし、まりもとかおるが一しょに戸外へ出たか、あるいは先に出たまりもをかおるが追って出たかはわからないとしても、かおるが部屋に残っていたというのは、かおるの証言だけで傍証はない。

そのラジオは、部屋に人がいると思わせるための作為ともとられる。まりもが出たあと、かおるが、ラジオをかけたのかも知れない。

まりもとかおるが犬の近くを通った時に、犬は吠えなかったろう。犬が吠えたのは、二階の物音におどろいたのだともいえる。吠えた犬にビスケットを外部から来た者が与えたとする解釈は根拠がうすい。ビスケットの紙箱は、二十二日の夜捨てられたとはきめることができない。

それに、まりもは事故死とは思われない。舟着き場のあたりは、ユースホステルの屋根についている赤い照明が照らしているのだから、足をすべらせる危険はないのだ。

まりもの身辺の状況からすれば、自殺の線は出て来ない。二十四日に着いた遺族の話を聞いても、円城寺昇から求婚されている、賛成してほしいという手紙が来ており、それを承諾してやると大へん喜んだ返事が来て、九月か十月に式を挙げたいと折り返し書いている。その後も円城寺との間柄は、うまく行っているらしいのだ。

克明につけている日記も、乱れているところがどこにもなく、二十日にかおるから役について批評され、少し不愉快になった以外、ずっと陽気に一行と生活している。そういう女優がみずから死をえらぶとは考えられない。

かおるが結局、どうしても、疑わしい。

刑事は、そういう結論を出した。そして本格的にかおるを取り調べようとしている時に、東京から江川刑事が、たまたま支笏湖のホテルに着いたのだ。

千住の事件が解決して、骨休めをしてもいいといわれたので、誘われていた北海道へ行く気持になったというのである。

八

私がGホテルの本館の二階の窓に手をかけて、くれてゆく湖水の色を眺めている時、しずかな水に皺が寄り、その皺が段々波に高まって行った。

発動機の音がして、少し霞んでいる向うのほうから、来る時私の乗った〝美笛〟という快速艇が、こっちの岸に急ぐのが見える。

まさかその舟から、江川刑事がおりて来るとは思わなかった。私は急いで雅楽に知らせ、二人で桟橋からまがりなりにホテルの方へ通じる細い道の途中まで出迎えた。

千住の事件の苦心談を聞いたあと、私が、「じつは、こっちにもふしぎな事件があってね」と切り出すと、江川刑事は、「それは千歳で聞いて来たよ」といった。

私と江川刑事は、早速オコタンペのユースホステルにゆき、二人の刑事と会った。東京で敏腕をうたわれている江川刑事がこの土地へ来たのを、地元の刑事は不審に思ったようだが、雅楽が支笏湖のホテルにいて、そこに来ている私を追っかけて来たのだと知ると、にわかに目を見はった。その表情で、私は二人が、江川刑事に対する畏敬の心持と同じ程度に、老優についても深い関心を持っているのがわかったのである。

二人の刑事は、雅楽が示唆したために解決したいくつかの事件を、知っているにちがいないのだ。

「じつは、かおるという女優をぼくたちは、ずっと監視しているんです。動機も十分だし、機会も持ってます。撮影の終った夜に、殺すというのは、タイミングとしてもありそうですからね」

「というと」と私は訊ねた。

「殺意が急に起ったのだとしたら話は別ですが、前々からそういう気持があったとすれば、一応撮影が終ってからという風に考えるんじゃないですか。完成してからなら、会社に迷惑をかけないですむ……」

「犯罪者が、そんなことまで考えますかね」と私は余計なことをいった。

「竹野さん、それはありますよ」と江川刑事がとりなした。「もし、ラスト・シーンを撮る前に、まりもが死んだら、今まで何カ月もかかって撮した映画が、全部だめになってしまう。それほどの迷惑をかける気は、なかったのだろう。第一、自分の仕事もむだになる」

私はうなずいた。

「かおるは、まりもを殺したかった」と地元の刑事は続けた。「そのことを、第三者が考えるほど悪いこととは思わない。これは犯罪者共通の心理です。しかし、ほかの点では、常識が働くんです。撮影がすむのを待って、まだこの土地にいる間に殺そうとしたんでしょう。山の中の沼につき落したのなら、事故死と推定されるかも知れないし、第一、じつに容易に殺せますからね」

「高松屋《たかまつや》は、知っているの？　この事件のデータを」と江川刑事が私に訊いた。

「大体話してはいます。しかし細かいデータまでは、一々伝えていません。ぼく自身だって、概略しか知らない」

「かおるを調べにかかる前に、高松屋に考えてもらおうじゃないか」

二人の刑事も、賛成してくれた。むしろ、江川刑事の提言をホッとした感じで受けとったようにも思われる。

そこで私は、刑事の知っていることの一切を、雅楽の前に書いて出したのである。㈡から㈦にわたる叙述は、二人の刑事が、古館組のスタッフやユースホステルの管理人の夫婦から採集した事実であり、それはこれから雅楽が推理を下すための材料なのだ。それを私が多少小説風にまとめたのである。

おどろいたことに、雅楽は、刑事の知らないデータを二三持っていた。ホテルに立ち寄って東京の撮影所に事件を報告し、善後策の指示を仰いでいた宣伝部の村崎に、雅楽は会っているらしいのだ。

「おどろいたなア、じゃア高松屋さんは、事件に興味を持っていたんですね。早くから」と江川刑事は、むしろうれしそうに、驚嘆の声を上げた。

「それはそうさ。じつはホテルの人たちからも噂を聞いているが、私は私なりにいろいろ考えていたんだ。だから、村崎さん、それから高野さんという新聞の人にも会って、大分材料を持っているんですよ」

久しぶりに、雅楽らしい話し方で、事件の解析がはじまるのだ。私はわくわくした。

「その前に、かおるという女優さんは、あなた方のカンで、どう見ているんですか」と雅楽は一言だけ訊いた。

「状況は黒です。しかしカンでは白のような気もしないではありません。古館さんは、久永かおるが円城寺昇と、ここではじめて会った時の顔を見て、白だと思ったといってます。まりもを殺しているのなら、あんなに目をそらさずにまりもの恋人の顔を見られるはずがないというんです。でも、私たちは、かおるが女優だという事実を忘れません。一般の人とちがって、女優には作った演技というものがありますから、感情をどんなにでも押し殺すことができます」

「カンで白か黒かをきめてはいけない。だが、そういう感じを黙殺するのは、なおいけないと思うんだ」と雅楽はいった。「私は、かおるという女優さんについて、国活の村崎さんからおもしろい話を聞きましたよ。純情型スターなのに、案外酒が飲めること。シナリオライターの原町さんが、おもしろがってよく飲みにつれて歩いていること。原町さんは、ブーケ・トリオの脚本をずっと書いていたということ。それから、あの女優さんをスカウトした店で、キャッシャーをしていたということ。これは、みんな重要なデータだと思って、おぼえておいたんだがね」

「まりものことも聞き出しましたか?」

「まりもさんについては、別に訊ねてもみませんでしたよ。そうそう、それから、最近かおるという女優さんは、テレビに出たそうですね。『母よ帰れ』という脚本だそうですね」

「それは知らなかった」と、刑事がいった。「しかし、何かそれが、この事件に関係があるんでしょうか」

「いや、偶然、ホテルのメードさんが、事件の起る前、竹野さんの着く前に、オコタンぺの撮影の話をして、久永かおるは先日テレビで見ましたといったのを、おぼえているんですよ」

「とにかく、私たちは、高松屋さんの御意見を伺ってから、次の手を打つことにしましょう」

「そうして下さい。私は、『北の星座』のシナリオが見たいな。それから、かおるさんがもといたアカシヤという喫茶店の人に当って、そこへ来る前に、かおるさんが何をしていたか、知っている人はないかと訊いてもらえませんか」

江川刑事は、着いた日の午後、二人の刑事を雅楽に引き合せたあと、私と別の部屋で、飲みはじめた。刑事をねぎらう意味もあるが、雅楽をひとりにしておく必要があったからである。

もっとも、あいだに一度だけ、私は呼ばれた。電話があったので別館に行くと、「まりもさんのレーンコートが見たいんだがね」といった。

「ようござんす。すぐ取り寄せましょう」というと、「もし、何だったら、かおるさんのレーンコートも見せてもらいたいな」と雅楽は、独り言のようにいった。

雅楽は、私の書きつけた事件の概要を読んで、別の用箋にいろいろ手扣《ひか》えをとっている様子だった。その手扣えが、存外多いのに、私は興味を持った。

私が書くのは、事実として関係者の見聞きし、あるいは経験した事柄の羅列である。私も私流に解釈を少しばかりしていることもないではないが、雅楽の眼は、私よりもよほど深く事件を読んでいるのである。

レーンコートが二枚、オコタンペから届いた。夜になると、東京から電話の連絡があったといって、千歳署の刑事が、雅楽の部屋に来た。

「アカシヤには、たったひとり、久永かおるのいた頃から働いている女の子がいました。経営者は代がかわっているので、かおるを知りません。女の子は、かおるとある程度親しかった様子ですが、アカシヤに来る前に、どこにいて何をしたのかは、訊ねてもいわなかったそうです。それから、年が若いのにキャッシャーにしたのは、おちついているし、頭もよさそうだから、任せられていたのだろうと、これもその女の子がいっていました。以上が東京からの連絡です」

「そうですか。やっぱりそうだ」と雅楽はいった。「江川さん、かおるさんは犯人じゃありませんよ」

九

雅楽が、三人の刑事と私を前にして、話しはじめたのは、その翌日だった。

「きのう、竹野さんの書いてくれたものを読んでいるうちに、私がはじめ、やはりカンでこんなことじゃないかと思っていた筋書が、的中したのを知ったんです。

まず私の想像を一番先に立証したのは、レーンコートなんだ。ここにあるこの二枚のレーンコートは色がちがっている。まりものは紺、かおるのは紫だ。ところで、二人の泊っている合宿の外の沼の方に面した屋根に、危険を防ぐために灯りがともっている。それが赤いランプだというんですね。

　赤いランプの下で、紺のレーンコートを見ると紫に見える。年恰好も近く、大体の肉づきや身の丈がそうちがっていないとすれば、まりもが、かおると見ちがえられる可能性は十分あると思っていいんじゃないですかね。

　つまり犯人は、二人のレーンコートの色を知っているということになる。もっとも、十八日から雨が続いていて、二人はその間に、札幌まで出かけているから、町を歩いたりした時、二人の姿を見かけた者は少なくないはずだ。この支笏湖の辺でも、二人はずい分多くの人の目にふれている。だから、その中で誰が、かおるとまちがえて、まりもを水の中に突き入れたか、それを調べるのは大変だが、竹野さんの書いたものの中で、気になるのは、二十二日に合宿にかかって来た女の人の電話です。管理人の話では、『撮影はいつまでですか？』と訊き、『きょうで終って、明日、皆さん、東京へ帰られます』と答えると、『まア、そうですか。じゃア、明日行っても、映画の方にはおあいできませんね』といっている。何か仔細ありげな電話だと思うんだな。

　これはファンがおもしろ半分にかけて来たのではなくて、ここに来ている誰かに会おうという考えを持った者のいい方だと思う。

　その女というのが、札幌の町で、助監督をつかまえて、前の方を歩いている二人の方を指して訊ねたのと同じ人じゃないかと私は見るわけだ。小高まりもと久永かおると二人が歩いている時、かおるの方だけを訊くというのは、まりもよりも、かおるに関心を持っている、特に関心を持っている人だという気がするのだが、それが女のひとだとすると、かおるに対立する女がいるのではないかということになる。

私がかおるの行動で一番おもしろいと思うのは、撮影が迫った頃になって、急に絹子の役のセリフを変更してくれといっていることだ。札幌で結婚して、子供がいて、夫と別れて、夫のことが忘れられず、夫と歩いた沼のほとりをさまようという、そんな具体的な話を洋二に聞かせる必要は全くないと私も思うし、何だかとってつけたような不自然なセリフとさえ思われるんだが、原町さんがなぜ、こんなセリフを書いたかと考えると、あの作者は、ずっとかおるの出る映画の仕事をしている。一しょに飲み歩いてもいる。だから、そんな時に、かおるがうっかり、自分の過去を原町さんに話しているのじゃないかという気がするんだ。

もしかすると、原町さんの気持の中には、久永かおるに惹かれている一種のまがりくねった感情があるのかも知れない。絹子のセリフは、かおるがこの役に出るときまってから、書きこまれたのだと思う。台本の表紙に決定編とあるから、第一編第二編にないセリフを、原町さんはのちに書いて、かおるに役の上で、自分の過去によく似た話をさせようとしたのではないかと思う。それは、原町さんのかおるに対する気持の、ひねったあらわれ方で、かおるは、それもわかっていて、このセリフは、二重の意味で、いいたくなかったのだ。

アカシヤで親しかった友だちにも話していないかおるの過去は、絹子とよく似ていたんだと私は考えたい。

かおるというひとを私は直接知らないが、話で聞くと、ひどく落ちついた人柄らしい。監督さんたちが何となく甘いメロドラマの女主人公には向かないと感じるのは、娘ではないからだ。アカシヤでキャッシャーをさせられていたのも、一度世帯を持った女でなければ見られない、ある感じが主人にわかったからだろう。

かおるは、村崎さんの話では二十三だといっているそうだが、実はもう二つ三つ年をとっているのじゃないか。それから、かおるは、絹子と同じように、北海道で世帯を持ったのはたしかだ。

というのは、摩周湖も知っているらしいし、札幌で食事をした店の壁に飾ってある山や湖水の写真を遠くから一々あてたという。内地の名所とちがって、この辺の山や湖水の写真を見わけるのは、よほど土地カンがなくては、できない話だ。

だから、私は北海道にかおるは以前住んでいたと考える。

そこで、かおるに関心を持っている女は誰かということになるが、それは、かおるの夫だった男と今一しょになっている女の人ではないだろうか。

ホテルのメードの話によると、北海道にも電波の来ているテレビ局のドラマに、かおるが最近出たという。それをかおるの前の夫が見たのだという風に、私は考える。そして、なつかしく思って、かおるに手紙を書いた。かおるも返事を送ったにちがいない。『北の星座』の絹子が原町さんによって、かおるの身の上に当てこんで書かれていると仮定すれば、かおるも、別れた夫にまだ好意を持っていると見ていいのだからね。多分かおるの生んだ子供を育てていると思われるその女が、夫と子供と三人で持っているいる今のおだやかな生活を、かおるによってかき乱されたのを怒り、さもなければ絶望して、かおるを殺そうと思ったのではないかと私は思うわけだ。

かおるは、その女のことを、小高まりもが死んでから大分経って、ハッと思い当ったにちがいない。それから、かおるの様子がおかしくなったのだ。

かおるには、犯人がまりもを自分と誤認して、まりもを殺したのだという見当が、もうついているんだ。しかし、それを申し出ることができずに苦しんでいるんだと思う。

このまま抛っておけば、かおるは自殺するかも知れない。私は今それを心配している」

十

久永かおるは、江川刑事の質問に対し、意外なほどスラスラと、自分の過去を語った。雅楽が考えていた通り、死のうとまで思いつめていたらしいかおるは、刑事に、答えることで、はじめて救われたような表情であった。

かおるは旭川で、六年前に結婚した。夫との間はうまく行っていたが、その親と折り合いが悪く、不縁になった。子供を夫に残して、かおるは、実家のある東京に帰り、過去を秘めて、喫茶店アカシヤに勤めた。幼な顔で、若く見え、純情型の少女という印象が濃いかおるだが、年は二十六である。

北海道のロケに行くすこし前、テレビドラマの「母よ帰れ」に出た。ドラマの物語がそういう衝動を促したようでもある。前の夫から、今は四歳に成長した娘の写真を同封した手紙が来て、一度ぜひ会いたいと書いてあった。かおるも承知した返事を送った。

会社に宛てて書いたかおるの手紙を、今はその男と平和にくらしている妻が見たのが、悲劇の発端だった。

かおるから聞いて、刑事は、旭川に住む、かおるの夫であった米山努の自宅をつきとめ、その妻のしげ子を逮捕した。

夫が会社宛のかおるの手紙を、上衣の内がくしに入れているのを発見したしげ子は、それを読み、不安にさいなまれた。

しげ子の実家は札幌である。札幌に帰り、新聞にもしばしば報道された国活のロケ隊の日程をしらべ、かおるに会って、懇談しようと思った。疑心暗鬼からである。たまたま、二十日の午後札幌の町を歩いているかおるの姿を目撃した。いろいろ訊き合せて、ロケ隊の居どころを知り、二十二日の朝、電話をかけると、その日で撮影は終るということであった。

翌日帰京するという話なので、しげ子はオコタンぺまで、夜行ってみる気になった。夕方の快速艇で、支笏湖を渡り、山の道を行ったり来たりしながら思案したが、思い切って、ロケ隊のいる合宿を訪ねた。それが九時頃であった。

ユースホステルの本館と別棟の間の通路に立った時、別棟からレーンコートを着た女が、沼のほうへ歩いてゆく。灯りの下で見ると、札幌で見たかおるらしい。

顔はハッキリしないが、その女は、沼の近くまでゆくと、口の中で何かいいながら、行ったり来たりしはじめた。まるで、本番になる前に、リハーサルをしているように見えた。

しげ子は、精読したので知っている「北の星座」の記事の中に、「久永かおるは、オコタンぺの沼のほとりで、むかし愛していた青年に、自分の過去を告白する場面を撮影する」とあったのを、思い出した。それに、その二十二日の午後は、札幌には、二時間ほど雨が降っている。

しげ子は、その雨で撮影がもう一日延期されたのだと確信した。次に、沼のほとりで口の中でセリフをいいながら歩いているのが、かおるであるのに、もはや、まちがいはないと思った。

物かげから見ていると、あつくなったのか、その女はレーンコートを脱ぎすて、なおしばらく水辺を行ったり来たりしていたが、やがて舟着き場の桟橋のほとりにすわって、水をのぞきこんだ。

しげ子は近づいて行った。足音はしたはずだが、相手はふり向こうとしなかった。しげ子は桟橋まで行き、すわっている女のところへ行って、肩に手をかけた。するとし、女は、水を見つめたまま、「あなたの考えている通りだわ。私、今、それがわかった」といった。

反射的に、しげ子は、女を水に突き入れた。なぜか、声も立てずに、女は沈んで行った。脱ぎすてられたレーンコートの所に行き、ポケットに手を触れると手紙が入っていた。それは、自分の夫が送ったものにちがいないと思って抜きとり、支笏湖の方への道をひたすら走った。

最終の快速艇で湖を渡り、札幌へゆく車をつかまえて乗り、家に帰って封筒を見たら、

「小高まりも様」と書いた上書で、差出人は「円城寺」だった。しげ子は、色を失った。

しげ子は、以上のように自供した。

かおるは、江川刑事から、しげ子の話をくわしく聞いた。そして、次のようにいった。

「わかりましたわ。小高さんが夜、急に床をぬけ出したのは、阿蘇の池のほとりを歩いている場面で、小高さんの歩き方がおかしいと、前々日私がいったのを、まだこだわっていたんです。もうすっかり撮影があがってしまうと、急に私の言葉が気になって、沼のそばで阿蘇でしたように、もう一度歩いてみようと思ったんですわ。

しげ子さんが近づいた時、あなたの考えている通りだわと小高さんがいったのは、近づいたのが私だと思ったにちがいありません。足音が女の気配だったとすれば、ここにいるのは、ほかには私だけですからね」

「それをしげ子は、君の一種の宣言として受けとった。しげ子の不安な立場からすれば、いきなりそんなことをいわれるのがどんなに不自然でも、かおるさんから、高姿勢にものをいわれたのだと、反射的に思ったのだ。そして、目の前にいる、そういう不逞なことをいう女を、突き飛ばさずにはいられなかったのだ」

私は、かおるに、どうしても訊ねてみたいことがあった。

「米山さんの今の奥さんが来たのじゃないかという風に、あなたはいつ頃から考えたのですか」

「もしかすると、そうじゃないかと思ったのは、大分あとです。はじめのうち私は、小高さんが自殺したのかなとも思っていました。二十二日の朝、円城寺さんから来た手紙は、私を大へん羨ましがらせましたが、小高さんが亡くなったあとでは、もしかすると、あの手紙は小高さんを悲しませる手紙で、それを読んで、小高さんが悲観したのかと思ったりしたんです。

でも、そのあと、合宿のおばさんが、手紙のことをいいだした時、もう一度私は小高さんに、今はもういないあのひとに、はげしい嫉妬を感じました。その辛い気持が、突然私にあることを教えたのです。私は、私が米山に書いた返事の手紙を、今の奥さんが見たのではないかと、その瞬間思ったのです。そして、その奥さんに、小高さんが、私とまちがえられたのではないかと、思い当ったのです。気が遠くなりました。いてもたってもいられませんでした」

江川刑事が重ねて訊いた。

「『北の星座』のシナリオの中で、原町さんが君の役に、君の過去に似た身の上話をわざわざさせたのは、どういうわけだろうね」

「原町さんは、私に、あのセリフをいわせることで、私がまだ持っている米山に対する未練な気持を、ふっきらせようと思ったのだと、考えています。でも、いよいよという時になると、どうしても、私はあのセリフがいえませんでした」

娘のようなスターの、まつげの長い眼から、大きな粒の涙がしたたり落ちた。

雅楽の推理で、この事件は、解決した。

それにしても、小高まりもの死は、痛ましい犠牲というほかない。主演映画のラスト・シーンを撮りあげたあとで、人生にさえ終止符を打たねばならない運命が、この女優を待っていたのである。

深山の奥の沼に、まりもは、忽然と沈んで、再び帰らなかった。

車引殺人事件

伴大五郎（戸板康二）
絵・木々虫太郎

一

「車引《くるまびき》」の幕が進行して、梅王《うめおう》と桜丸《さくらまる》が時平公《しへい》の車をこわす、ドロドロで中から時平が立ち上る筈だったのに、出て来ない。見ると車の中で、時平に扮した俳優が死んでいるので、大さわぎになった。

この俳優は市川地団太《いちかわじだんだ》という老巧な役者でふだんから血圧も高かったので、初めは皆脳溢血で倒れたのかと思ったが、車の中に、定紋《じょうもん》の入った湯呑が転がっていたので、早速調べると、毒が検出された。明らかに他殺である。

むろん時平が出て来ないという時に、幕を引いて了ったのであるが、客席にたまたま日色《ひいろ》博士がいて、この事件に対し、例の博識と緻密な推理とを働かすことになったのは、僥倖《ぎょうこう》であったと思う。

私はその日、日色博士と同行、隣の席にいた。ホの17・18である。今度の「車引」は、五代目松本幸四郎《まつもとこうしろう》以前の型で演じるということや、三人兄弟は揃いの赤のじばんを着るということが喧伝《けんでん》されていた。私は博士と、そんな話を小声でしながら、梅王の見事な元禄見得《みえ》を見ていた。梅王に扮するのは市川牡丹《ぼたん》である。桜丸は市村泉五郎《いちむらせんごろう》だった。

時平が出ないというその瞬間、場内は異様な気分に包まれ、まず上手《かみて》にいた松王役者の緞子郎《だんしろう》がおどろいて、車の中をのぞき込むようにした。「あッ旦那が」と叫んだのは、わきにいた仕丁《じちよう》である。私はその瞬間、何の気なしにふり返って仮花道《かりはなみち》の揚げ幕の方を見た。反射的に見たのだが、あとでその心持を分析すれば、監事室に社長がいるかどうかと思ったのに相違ない。こういう時に社長が居合せたら、さぞ心痛するだろうという同情や、この大事件を社長は見なければならぬと思ったのである。（だがふしぎなことに、監事室には、この時誰もいなかった）何しろ博士も私も、まだ人々が車の中をのぞき込み、急いで定式幕《じようしきまく》が舞台のさわぎを蔽うためにあわただしく引かれるというその短い時間のあいだに、この時平公は殺されたのであると、何故か直感していたのだ。

博士と私は、すぐ客席のどよめきの中を立ち上って、廊下へ出、花道のドアをあけて、奈落《ならく》を通り、舞台へ行って見た。

舞台には、松王も梅王も桜丸も、まだその儘《まま》の衣裳で、三人一箇所に集り、そのくせみんな無言であった。私たちが近づいてゆくと、一瞬、三人ともギョッとしたようだったが、幸い日色博士は緞子郎と顔見知りであったので、先方から、ぜひこの事件を見て頂きたいという申入れがあった。博士が車の中を見て、倒れている時平公の地団太の顔

を見た時「毒殺だ」といったのは、余りにも苦悶にゆがんだ表情で、すぐわかったのであろう。私もそばからのぞいて見たが、藍隈《あいぐま》をとった時平が顔をしかめて倒れている形相のすさまじさは、今まで何度も見た殺人現場の、被害者のどれよりも、忘れがたい印象であった。

　湯呑が転がっており、それは駆けつけて来た当局の人の手によって直《ただ》ちに鑑識課へ廻され、程なく青酸カリが入っていたという報告があったのだが、湯呑は毎日時平公が車の中へ持ち込むという習慣だったときいて、みんなびっくりした。

というのは、地団太は喘息《ぜんそく》もちで、いつも痰がからみ、せりふは聞きとりにくいのである。花道を出る時でも、袖から出る時でも、出る直前まで、附き人が湯呑に白湯《さゆ》を入れてもっていて、それをのんで出るのが彼の習慣であった。時平公の役は、予《あらかじ》め車の中へ入っていて、そのまま牛に曳かれて上手から出るので、湯呑を携行してゆくのだった。一時、車が小さかったので、車をばらすと後から時平公が段を上って、車にのり、せりふをいうといった方法がとられていたが、今回に限り、上手から車に入ったまま出るという事になり、その車も立派に出来たため、地団太は不承不承ながら、中へ入って、いよいよ立上る時に湯をのむことにしていたのである。立派な車が出来たために、地団太は死ななければならなかったともいえる。

この湯呑を時平公に手渡すのは黒衣《くろご》を着た弟子の地五郎《じごろう》の役で、当日も、湯わかし所から湯をくんで来て、上手の鳥居の奥で、装束をつけおわった地団太が、車にのり込む時に、湯呑を出す筈であった。

所が、その直前に、頭取《とうどり》部屋から使いが来て、「電話だ」という事だった。地五郎は女房が永《なが》く煩《わずら》っていて、この所あまり様子がよくないので、電話ときいて、もしや家からかかったのではないかと思い、丁度そばにいたもう一人の黒衣の後見《こうけん》に「旦那のお湯だよ」と念を押して渡したのである。

そこにもう一人の黒衣の男が居合せたというのがそもそもふしぎで、誰が考えても、その黒衣の男に疑惑がかかる。むろん、その男が毒を入れて、地団太に渡したのに間ちがいはない。

日色博士でなくても、その事はわかったのだが、黒衣というのは、前から黒い布を垂れていれば人相はわからないもので、舞台へ出る後見は蔭へ入ると前の垂れをはねて顔を出しているのであるが、この時、その黒衣は顔をかくしていた。故意にかくしていたのだということはしかしあとでわかったので、咄嗟《とつさ》の場合、地五郎が、そばにいた黒衣に湯吞を渡したのは自然の成行きであったし、衣裳をつけるためにそばにいた男衆《おとこしゅ》なども、その事に疑問を感じなかった。心理的の盲点である。その盲点を、犯人はちゃんと知っていて、歌舞伎の独特の黒衣という隠れみのにおもてを包んで、この犯行を敢てしたのであったといえる。地五郎が頭取部屋へ行って電話口に立って、「モシモシ」といったが、電話は切れて了っていた。ぼんやりして、又元の所へ帰って見ると、もう牛車は曳き出されていたのだった。

二

事件のおこった日は、地団太は大へん不機嫌だったという。二三日前から彼は、何ものかに脅迫されているような気がしてならぬと、傍の者にいっていた。この事は、地団太を殺した者が、すでにある予告を与えていた証拠ではないかと思われた。

日色博士は、地団太の過去を、出来るだけくわしく調べて見た。すると、金銭の事や女の問題で、彼を怨んでいる男が数人、この劇場の中にいることがわかった。即ち
(一) 頭取部屋の平田という老人。これは地団太に金を高利で借りて、それが返せないために娘をどうのこうのといわれ、結局拒絶したが、あんないやなやつはないと始終いっていた。
(二) 下廻《したまわ》りの鳶助《とびすけ》。前に「逆艪《さかろ》」の立廻りの時、手をまちがえて舞台で地団太に蹴られて肋骨の所が今でも痛むという。
(三) 売店の黒澤という婆さん。これも金のことであるが、委《くわ》しく語ろうとしない。
(四) 老優質六《しちろく》。前の妻君が、質六をすてて地団太の所へ行った。今の地団太の妻は、その女を追い出してあとへすわった女である。
ざっとこんな風である。

鳶助は正義感のつよい男で、最近もある醜聞が地団太におこったのをきいて、「あんなじじいは殺した方がいい」とつい四五日前も口走った事があるという。尤もそれは大部屋で酒をのんだ時の話で、「へんな事をいっちゃいけない」と仲間にたしなめられたそうだが、しかし、これが直接殺人の動機になるとも思われない。尤もこの鳶助の言葉は、地団太に注進されたらしく、それで地団太は不機嫌だったのであろう。平田も黒澤

も質六も、そして鳶助も、みな当日劇場のどこかにいたにはちがいないが、いずれも殺人をある程度計画的に行う頭脳はありそうもない。中で若い鳶助には一番嫌疑がかかるのだが、鳶助には立派なアリバイがあった。

日色博士がいろいろときいて廻ったあと、疲れたので一服茶をもらおうと思って、やはりこの芝居に出ている老優普右衛門《ふえもん》の部屋へ入ってゆくと、そこに鳶助がいた。

鳶助は普右衛門の弟子で、まめまめしく主人の面倒を見ている。博士や私にもその時、茶をすすめてくれた。

「どうもおどろきましたなア、こんな事がおこるなんて」

彼は愛想よく、こういった。

「先生、まアおすわんなさい」

この日の芝居は半札を出して閉演となり、観客はみな帰ったのであるが、楽屋の一同は当局の命令で禁足になっている。普右衛門は、「車引」の次の「賀《が》の祝《いわい》」の白太夫《しらたゆう》に出る筈で、顔をこしらえていたのだが、その化粧をおとしながら、吾々に座ぶとんをすすめたりした。

「今日の梅王は中々よかった」と博士がいった。「ただ桜丸が、ああ泣くのはおかしいね」

普右衛門が鏡台の前からふり返って、「泣きやしませんよ、いつもの通りでしょう?」

といった。

「いや、泣くんだよ、斎世《ときよ》の君様菅丞相《かんしょうじょう》讒言《ざんげん》によって御沈落といってから、坐って泣くんだ。梅王が肩を叩いて叱ると、桜丸が立ち上る。古風な型だよ」

　普右衛門が急に真剣な顔をして、「そうですか？」と考え込んだのは、妙な気分だった。実はこの会話が、事件を解く鍵になったのである。

三

　博士をおいて私は廊下へ出た時に、社長が普右衛門を訪ねるつもりか、エレベーターの前をこっちへ歩いて来た。私も社長は知っているのでしばらく立ち話をし、まず事件のくやみをのべた。あの時、社長は監事室にはいませんでしたねと私がいうと、「うん、急に用を思い出して、裏へ行こうと奈落を通っていたのだよ」とこういう。

　私は、湯呑を地団太に渡した犯人が奈落に姿を潜めていたのではないかという気が何となくしたので、「その時誰かにあいませんでしたか」と訊ねて見た。

　むろんきいたあとで、これは愚問だと思った。第一奈落の、人の通る所に、もし犯人ならばいる筈がない。あの蔭の方に、かくれる所はいくらもある。奈落はそういう場所としてもって来いなのだから。

所が社長が「ああ鳶助がいたよ。お稲荷様を拝んでいた」といった。

おかしな事である。奈落には、楽屋稲荷が祀ってあるが、「車引」の開幕中に、鳶助がそこへ行って拝んでいるのはおかしい。私は博士の所へとって返し、この事をささやいた。

いろいろきいて見ると、鳶助はしかし、「車引」の幕があいた頃、部屋にはいなかったが、「車引」が進行して、梅王と桜丸が二度目に花道から出た頃には、もう普右衛門の部屋にいたという証言を、みんな周囲の者がしたのである。社長もお稲荷さんを拝んでいる人間をのぞいて見たわけでなく、うしろ姿で鳶助だと思ったにちがいないから、これは錯覚であろう。私はそう考えた。

博士がいった。「しかし、貴方がたは何故、『車引』の梅王と桜丸の二度目の出からのち、鳶助がここにいたという風に、断言出来るのですか。この三階と舞台とは大分離れているのに」

丁度鳶助が普右衛門の衣裳を畳んでいたが、事もなげにいった。「場内放送がありますよ」

なる程、この劇場では、舞台の音が楽屋中に聞えるように、拡声器がどの部屋にも据えつけてあって、たえず舞台の進行状況を、教えている。

普右衛門は、疳性なので、ふだんスイッチを切らせて居り、余りこの拡声器を利用しない。昔の事をおもえば、こんな機械がなくても、出をトチったりするなんて事がある筈はないというのが彼の主張で、早くからこしらえをすませて、いつでも出られるようにしておくのが自慢であった。

所が今日は鳶助が「旦那、今度の梅王はいいですよ、牡丹さんも二度目だがどうして大したもんです」といって、スイッチを入れた。

それが「車やらぬ」という所だったのである。だから、鳶助は明らかに、「車やらぬ」以後、この部屋にいた事があるという証明が成立つ。湯呑を地団太に犯人が手渡したのは、明らかに「車やらぬ」以後の時間だから、彼にとって立派なアリバイである。

日色博士は、しかし、どうも気になった。それには、先刻の桜丸のせりふの事である。自分が今日きいたせりふが、上方《かみがた》型の、泣き落しのやり方だというのを、普右衛門が知らないとすると、「車やらぬ」から間もなく、スイッチを切って了ったのであろうか。

博士は故意に鳶助でなしに、別の男衆にきいて見た。すると、「斎世の君様、菅丞相」の箇所も、まだ部屋の隣の控えの間にある拡声器は鳴っていたそうである。普右衛門はじっと、牡丹や泉五郎のせりふをきいていたと彼はいった。

「隣の控えの間には鳶助君だけだったかね」と博士はきいた。「へえ、何しろ、あすこはせまいので、押入の前の所に人が一人坐れるだけですよ。私はこっちにいました」

日色博士は私にささやいた。

「牡丹の所へ行って、『車引』のレコードを吹き込んだ事はないかときいて来てくれ給え」

私は調べて来た。去年の十二月に今度の三人兄弟と同じ配役で「車引」のレコードを吹き込んだという事がわかった。

日色博士は暗然としていたが、やがて鳶助を招いて、劇場の五階の稽古場へ上って行った。私も博士にいわれてついて行った。

鳶助は、観念したような顔をして、畳の上にキチンと坐った。博士は窓の所へ立って、戸外の空を仰ぎながら、うしろを向いたまま、

「君は、地団太を怨んでいたのか?」

といった。しずかな声だった。

「先生、申訳ありません」鳶助は、それから小一時間、地団太によって鳶助の一家がいかなる屈辱を蒙《こうむ》ったかをのべた。その事はくだくだしくなるし、愉快な話ではないから割愛する。要するに、鳶助の計画的な殺人だったのである。

鳶助は、「車引」の時平公が湯呑を車の中へ持ち込む事を知って、この犯罪を思いついた。彼は黒衣を着て初日から、毎日楽屋をうろうろした。そして、黒衣を着ている鳶助を誰もが怪しまなくなった八日目に、決行したのである。

アリバイ工作として思いついたのが、ポータブルの蓄音器により「車引」の時間をず

らすトリックであった。彼は「車引」の幕があくと、大道具の溜りの裏にある電話の所へ行って、頭取部屋を呼んだ。そして「地五郎さんをよんで下さい。急用です」と作り声でいった。頭取部屋では、外線か内線か別に確めもしないから、大丈夫である。

地五郎の所へすぐ黒衣を着て垂れを下した鳶助が行き、湯呑をうけとり、毒を投入して、彼は奈落へ下りて行った。そしてお稲荷様を拝んで、三階へかけ上った。

普右衛門の部屋には、男衆がいた。彼は押入にかくしておいたポータブルに、レコードをかけた。そして、拡声器へつないだ。この仕掛は前から用意しておいた。

拡声器を通して「車やらぬ」以後、三分間レコードが鳴った。「斎世の君様菅丞相」の所までで、片面が終る。

「旦那、切りましょうか」鳶助がいうと、普右衛門が「うるさいから切ってくれ、しかし牡丹もうまくなったなア」といった。

――鳶助はこんな風に語って「先生、私を警察へつれて行って下さい」といった。博士は黙っていた。私も黙っていた。

編者解説

新保博久

明智小五郎、金田一耕助を日本の二大名探偵と呼んでも、大方から異論は出ないだろう。そこに高木《たかぎ》彬光《あきみつ》つくる神津恭介を加えて三大名探偵とするのは、それほど昔からでもなく、明文化したのは慶應義塾大学推理小説同好会による『推理小説雑学事典』（昭和五十一年、廣済堂出版）があるいは最初かもしれない。「残念ながら、昭和三十（一九五五）年以降、この三人をしのぐ探偵は現れていない」というように、昭和四十年代くらいにかけて本職の警察官や、一作限り事件に巻き込まれて探偵せざるを得なくなる民間人らにお株を奪われ、アマチュア天才探偵は影が薄くなった観がある。それが昭和五十年ごろを境に、ミステリーを名探偵の活躍譚として読んできた世代が作家デビュー適齢期を迎え、アマチュア名探偵の群雄割拠時代となった。それぞれに贔屓筋も育って、とうてい三大に収まりそうにないだけ、元祖としての三大名探偵の地位はなおしばらく揺らぎそうにない。

そこで御三家は御三家として、それに次ぐ四番手は誰かと考えてみるに、昭和三十年代あたりに初登場という条件で絞り込むと、探偵役のキャラクターの魅力、登場作品の平均的な質の高さ、デビューから最後の事件までの息の長さと三拍子そろって、第一に推したいのが戸板康二の中村雅楽《なかむらがらく》である。残念ながら一般的な知名度は必ずしも高くなく、名前は知っていても、ろくに読んだことがない読者も多いかもしれない。雅楽が歌舞伎役者で、解決する事件もおおむね劇界絡みであるという点が、歌舞伎を知らないからという読者を尻込みさせてもいるようだ。

しかし心配ご無用。現に私、講談社の〈現代推理小説大系〉第十巻『鮎川哲也 土屋隆夫 戸板康二』集（昭和四十七年）で初めて、「車引殺人事件」「團十郎切腹事件」「奈落殺人事件」「加納座実説」の四編にまとめて接したとき、まだ高校を卒業したばかりで、歌舞伎なるものを一度たりとも観ていなかったのに、その面白さを感得するのに不足は感じなかったものだ。むしろ旅行もまともにしたことがなくて時刻表にも馴染みがなかったので、同じ巻に入っていた鮎川哲也『黒いトランク』のほうを持て余した。

そういう、歌舞伎オンチにも伝わってきた戸板ミステリーの妙味、主人公雅楽の愛すべき人間性――おせっかいはしたくないと言いつつ、シャーロック・ホームズ譚や海外ミステリーを耽読した結果なのか謎好きが嵩じ、推理癖を発揮せずにはおれないという老人のチャーミングさは、すでに本文をお読みのかたには喋々するまでもない。雅楽探偵譚をもっと読みたいとかつての私も思ったが、昭和四十年代はこの合集以外、戸板ミステリーが一冊も刊行されていないという空白期だった（歌舞伎関連書やエッセイ集は二十冊ほど出ている）。日本のミステリーでは、戸板作品に限らず文庫本で手軽に買えるものは、横溝正史、松本清張らビッグネームがせいぜいだったのである。翻訳物に関しては、創元推理文庫で古典的な有名作品はひと通り読める状況だったが（ハヤカワ・ミステリ文庫は昭和五十一年の創刊なので、まだ影も形もなかった）、国産品は有名作品であっても前掲のような全集本などに頼るほかなかったわけだ。

現代であれば、日本ものも出すようになった創元推理文庫から〈中村雅楽探偵全集〉が平成十九（二〇〇七）年に刊行されていて、シリーズ全作品に触れることもそれほど難しくない。あいにく現時点では版元品切れで、復刊をせっせとリクエストしても叶えられるとは限らないにせよ、ネットで古書を探せる便利な時代になってはいる。電子書籍版もあるとはいえ、通常の文庫二冊分のボリュームで全五巻というのは、いきなり注文するのは躊躇われようから、お試しの入門編として二冊ほどの傑作選があるといいと考えていた。それが実現したのが本書『等々力座殺人事件　中村雅楽と迷宮舞台』と、続刊の『楽屋の蟹　中村雅楽と日常の謎』である。

後者は副題からも察しがつくように、そちらでは殺人はおろか犯罪でもない小さな事件に中村雅楽が推断を下す。対して本集では、見てのとおり殺人事件のオンパレード。長く続いているシリーズでは、主人公が犯罪者の足を洗って探偵に鞍替えしたり、気ままな独身だったのが結婚して家庭をもったりするものもあるが、基本的な設定がまったく変わらないまま、初期と中後期で扱う事件ががらりと変化するのは、この雅楽探偵譚くらいだろう。それでいて作品のなかの世界観は、一貫してゆらぎがない。

第一作「車引殺人事件」は『宝石』昭和三十三（一九五八）年七月号に発表された。当時の推理界の中核的媒体だった探偵小説専門誌『宝石』が経営・内容ともに斜陽化していたのを立て直すため、昭和三十二年みずから編集に乗り出した江戸《えど》川乱歩《がわらんぽ》は、その一環として推理小説家以外の一般文壇作家や文筆家にも執筆を請うた。演劇評論家として一家をなしていた戸板康二にも白羽の矢が立てられ、一編だけというつもりで応じてもらったものだ。

乱歩は雑誌編集を引き受けるに当たって多くの新機軸を打ち出したが、『エラリー・クイーンズ・ミステリ・マガジン（ＥＱＭＭ）』に倣って創作の一編ずつにルーブリックと称して、（Ｒ）署名でコメントを添えたのもその一つである（河出書房新社刊『江戸川乱歩　日本探偵小説事典』に集成）。戸板作品へのルーブリックでの熱の込め方からも窺われるが、「車引殺人事件」は初めての創作とは思われない出来栄えで乱歩をいたく喜ばせ、そのままシリーズ化されることになった。最初の作品集『車引殺人事件』

（昭和三十四年六月）に寄せられた序文は、それらルーブリックの内容を集大成した内容で、その収録作品――表題作以下「尊像紛失事件」「立女形失踪事件」*「等々力座殺人事件」*「松王丸変死事件」の五編についてに留まらず、シリーズ初期短編の全般に当てはまり、本文庫版の序文だとしても違和感ないところだ。半七捕物帳のように長く書きつづけられるだろうという乱歩の予感は的中したどころか、最後の作品となった「むかしの弟子」（平成三年）まで半七の二十年を凌いで三十年以上に亘る長寿シリーズとなった（本書収録の作品名の肩に＊を付した）。

『宝石』の読者からの評判も上々だったようだ。読者が必ずしも歌舞伎に通じているとは限らず、というより通じていない読者が多かったはずだが、テレビの本放送が始まった昭和二十八年からいくらも経っていない、まだ娯楽も少なかった時代である。歌舞伎の舞台を実見したことがない人でも、有名な場面やセリフはたいがい心得ており、なおさら抵抗がなかったにちがいない。さらに第八作「團十郎切腹事件」が、そのころ推理小説が受賞することが稀だった直木賞に選ばれ、戸板氏は劇評と創作の両輪を本格的に駆動させはじめた。

『宝石』の休刊した昭和三十九年には寄稿されることがなかったが、その前年まで、並行して他誌からも依頼を受け、雅楽の弟子が主人公の番外編「ほくろの男」を含む六年間の二十七編がシリーズ初期短編といえる。盗難や誘拐事件もあるが、大半で歌舞伎役者が被害者だというふうに私は思い違いしていたところ、改めて通読すると必ずしもそうとは限らず、中後期に先がけて日常の謎を扱った作品も初期から散見する。

本集には、殺人事件を雅楽が推理し解決に導くもの（厳密には殺人でないものもあるが）から八編を選んだ。『横溝正史が選ぶ日本の名探偵　戦後ミステリー篇』所収の*「車引殺人事件」、『サンタクロースの贈物　クリスマス×ミステリーアンソロジー』所収の「死んでもCM」と、本文庫既刊の傑作選に収録して日の浅い二編を採るのは今回、見合わせた。デビュー作「車引殺人事件」を省くのは読者に不親切かもしれず、その埋め合わせというわけでもないが、京都の演劇雑誌『幕間』の昭和二十六年一月別冊「歌舞伎玉手箱」に掲載された伴大五《ばんだいご》郎《ろう》名義の同題作「車引殺人事件」をボーナストラックとして添えておく。これも戸板氏の筆になるらしい挿絵の木々《きぎ》虫太《むした》郎《ろう》という名前もお遊び気分だが、トリックや設定は七年後の『宝石』発表版と同じオーソドックスなもので、別冊全体のパロディ志向に比べてちぐはぐな印象を受ける。創元推理文庫の〈中村雅楽探偵全集〉の全巻購読者への特典付録（平成二十年）に再録されたが、戸板氏の市販作品集に収められるのは初めてで、氏にとっては座興的な作物にちがいない。読者にはできれば『宝石』発表版を先にお読みになったうえで、参考作品として賞味願いたい。

この原型作品の探偵役は雅楽でなく日《ひ》色《いろ》博士なる人物で、ヴァンス・ダインの生んだ名探偵ファイロ・ヴァンスをもじった名前だろう。Philoというのが日本人読者には発音しにくいため、往年の訳本ではフィロ・ヴァンスと表記されることが多かった。名前のことはともかくも、トリックや設定は同じでも、探偵役の魅力に差があると読み味がかくも異なると実感できるだけでも、読者には参考になるのではないだろうか。

『宝石』版「車引殺人事件」が中村雅楽最初の事件と考えられていたのだが、「*密室の鎧」(『宝石』昭和三十六年十月)が書かれて、こちらのほうが初手柄と明らかにされた。シャーロック・ホームズに、学生時代に遭遇した「グロリア・スコット号」事件のエピソードがあるのに倣って、若き日の雅楽の探偵ぶりを描こうとしたというより、O編集長(大坪直行《おおつぼなおゆき》)から密室特集号のために雅楽ものをと請われた結果のように思われる。密室トリックの考案など戸板氏は得手でなく、二長編を含め九十編近いシリーズに密室ものはほかに一作もなく、その意味では珍重に価しよう。

ちなみに『ヒッチコック・マガジン』日本版の昭和三十五年六月号に結果発表された「世界長篇推理小説ベスト10」アンケートに戸板氏が応じているのを見ると、ディクスン・カー作品でも密室ものでない『皇帝の嗅煙草《かぎたばこ》入れ』を8位に挙げているくらいで、密室長編は一つも入っていない(もっとも、密室もので票を集めているのは当時『黄色い部屋』一作くらいだが)。なお氏がほかに挙げているものを列記しておくと、1バスカーヴィル家の犬　2闇からの声　3Yの悲劇　4ギャラウェイ事件　5幻の女　6時の娘　7赤い家の秘密　9ほんものの陣羽織　10クロイドン発12時30分　(別格)味

（4はアンドリュー・ガーヴの長編、9はベントリーの短編集『トレント乗り出す』の一編、「味」は同じくダール『あなたに似た人』の一編。投票対象外の短編集や短編を挙げた回答者はほかにもいるが、あえて短編を含めているのが短編作家である氏らしいところだ）。

　話がそれたが、戸板氏は苦手な密室トリックを工夫するのに、関東大震災で下町の大劇場が壊滅したため山の手の狭い劇場に歌舞伎の楽屋が急ごしらえされた大正末期を背景にしたため（昭和も戦後の科学警察なら、雅楽を煩わせるまでもなくこの密室の謎が解けたはずだという配慮もあったかもしれない）、いきおい雅楽の若き日の活躍になったのではないか。雅楽探偵譚のお手本になった半七捕物帳（探偵役のモデルはエラリー・クイーンの『Yの悲劇』『レーン最後の事件』などのドルリー・レーンだが）が、明治に老人となっていた半七の幕末での活躍を岡本綺堂《おかもときどう》青年が聞き役に徹して小説化したという体裁なのに対して、戸板作品では竹野《たけの》記者が助手格で情報を収集し、雅楽と捜査をともにする。「密室の鎧」は奇しくも半七捕物帳と同じ構成になった点でも興味深い。

　本書を一読すれば明らかなように、犯人の仕掛けたトリックというより、犯人の意図しなかった錯覚が幾重にも重なり、謎が紛糾するのを雅楽が解きほぐす物語が多い。「車引殺人事件」のように、当時の探偵小説のセオリーに則って犯人がトリックを弄するほうが、雅楽シリーズとしてはむしろ異色なのだ。思いもよらず雅楽探偵譚のシリーズ化を求められ、試行錯誤のすえ作者が到達した方法論がこれなのだろう。昭和四十六年ごろ都筑道夫《つづきみちお》が提唱したモダーン・ディテクティヴ・ストーリー論——「中心は探偵とその探偵法であって、犯人とそのトリックではないのだ」「推理小説における探偵のしごとは、論理によって偶然と必然をよりわけることだ、と思うのだ」（昭和四十七年〈現代推理小説大系〉第三巻巻末エッセイ「推理小説と犯罪小説」）というのに先んじて実践したともいえよう。

　本書では、作中時間では最も古い「密室の鎧」を巻頭におき、あとはおおむね発表順に並べた。「等々力座殺人事件」（昭和三十四年五月）、「松王丸変死事件」（同年七月）、*「奈落殺人事件」（『オール讀物』昭和三十五年四月）、*「滝に誘う女」（『小説新潮』同年十一月。以上三編以外はすべて『宝石』掲載）、*「臨時停留所」（昭和三十七年十二月）、*「美少年の死」（同三十八年七月）、*「ラスト・シーン」（同三十七年九月）というように、「ラスト・シーン」だけが発表順と異なる。同編は最も長いので最後に置くほうが据わりが良く、また題名がボーナストラックを除く掉尾を飾るのにふさわしかったからだ。配列を変えたために、竹野が「ラスト・シーン」でまた折を見て書くと言っている和歌山県での事件——「臨時停留所」が先になったが、作中の時系列的にはそのほうが妥当だし、「臨時停留所」の結末が明かされていたのを知らずに読めるという効用も生じた。

事件簿を発生順に並べ替えることは雅楽探偵譚の場合ほとんど不可能なのだが（初登場時に七十七歳だった雅楽はやがて百歳を越えて活動する計算になる）、発表順では「美少年の死」が殺人事件に関わった最後になる。このあと発表された「八人目の寺子」では殺人が起こらず、翌昭和三十九年にフランチャイズの『宝石』が休刊、四十年には乱歩も死去し、あえて殺人物語を書き続ける義理がなくなったかのように、もっぱら犯罪を扱っていた時期は終わりを迎えた。復活以後の活躍は、『楽屋の蟹　中村雅楽と日常の謎』でお楽しみいただこう。

これらの短編のほとんど全部がアンソロジーに選ばれるほど粒揃いである点にも留意したい。

「等々力座殺人事件」は選者一般にはそれほど人気があるわけでないが、『別冊宝石』第百十号（昭和三十七年二月）「日本推理小説自選代表作集」にはこれが選ばれている。ある有名な海外ミステリー長編の趣向を歌舞伎界に応用したものだが、「どう批評されても、ぼくはこの作品に愛着を持っている」（自選の言葉）という。幕開けとなる能登のK市が金沢、Y温泉が山中温泉であるのは言うまでもないが、事件の起こるRだけはイニシアルを違えてあるが氷見《ひみ》をイメージしたという。解き明かされた真相は、雅楽はもとより竹野にとっても江川《えがわ》刑事にとっても、二度と思い出したくない苦い後味を残したらしいが、あとの短編でたびたび言及されているのがこの事件で、「車引殺人事件」

に次ぐのではないか。作者にはそれだけ印象の深い作品らしい。「松王丸変死事件」が採られた鮎川哲也・島田荘司責任編集の〈ミステリーの愉しみ〉（平成四年、立風書房）第二巻は『密室遊戯』と題されているが、必ずしも密室ものばかりで編まれているわけではない。鮎川氏がこの一編を選んだ理由は明記されていないが、冒頭、ホームズとワトスンばりに雅楽が竹野記者の朝からの行動を言い当てるくだりが気に入ったのではないかと私は想像している。

「ラスト・シーン」は中編だけに、収録するとキャパシティが窮屈になるせいかアンソロジーに採られたことがないが、吠えなかった犬の謎はシャーロッキアンには「白銀号事件」のホームズの有名な警句を連想させ、しかもそれに新たなひねりが加えられている。半七やドルリー・レーンだけでなく、ここかしこにホームズへのリスペクトが忍ばれ、それら戸板氏の愛する探偵物語同様、雅楽探偵譚も繰り返し読んで倦ませないものだから、末永く読み継がれることを期待したい。

出典一覧

『車引殺人事件』序　『車引殺人事件』河出書房新社　一九五九年
密室の鎧　『ラッキー・シート』河出書房新社　一九六二年
等々力座殺人事件　『車引殺人事件』河出書房新社　一九五九年
松王丸変死事件　『車引殺人事件』河出書房新社　一九五九年
奈落殺人事件　『奈落殺人事件』立風書房　一九七七年
滝に誘う女　『奈落殺人事件』立風書房　一九七七年
臨時停留所　『グリーン車の子供』トクマ・ノベルス　一九七六年

美少年の死　『グリーン車の子供』講談社文庫　一九八二年
ラスト・シーン　『グリーン車の子供』トクマ・ノベルス　一九七六年
車引殺人事件（原型版）　『幕間』別冊「歌舞伎玉手箱」　一九五一年

本書は河出文庫オリジナルです。本文中、今日では差別表現につながりかねない表現がありますが、作品が書かれた時代背景と作品の価値をかんがみ、そのままとしました。

等々力《とどろき》座《ざ》殺人事件《さつじんじけん》
中村雅楽《なかむらがらく》と迷宮舞台《めいきゅうぶたい》

二〇二三年一二月一〇日　初版印刷
二〇二三年一二月二〇日　初版発行

著　者　戸板康二《といたやすじ》
編　者　新保博久《しんぽひろひさ》
発行者　小野寺優
発行所　株式会社河出書房新社
〒一五一－〇〇五一
東京都渋谷区千駄ヶ谷二－三二－二
電話〇三－三四〇四－八六一一（編集）
〇三－三四〇四－一二〇一（営業）
https://www.kawade.co.jp/

ロゴ・表紙デザイン　粟津潔
本文フォーマット　佐々木暁
本文組版　株式会社創都
印刷・製本　TOPPAN株式会社

Printed in Japan　ISBN978-4-309-42070-7

横溝正史が選ぶ日本の名探偵　戦前ミステリー篇

横溝正史〔編〕　41895-7

ミステリー界の大家・横溝正史が選んだ、日本の名探偵が活躍する短篇９篇を収めたミステリー入門にも最適のアンソロジー【戦前篇】。探偵イラスト＆人物紹介つき。

横溝正史が選ぶ日本の名探偵　戦後ミステリー篇

横溝正史〔編〕　41896-4

ミステリー界の大家・横溝正史が選んだ、日本の名探偵が活躍する短篇10篇を収めたミステリー入門にも最適のアンソロジー【戦後篇】。探偵イラスト＆人物紹介つき。

サンタクロースの贈物

新保博久〔編〕　46748-1

クリスマスを舞台にした国内外のミステリー13篇を収めた傑作アンソロジー。ドイル、クリスティ、シムノン、Ｅ・クイーン……世界の名探偵を１冊で楽しめる最高のクリスマスプレゼント。

カチカチ山殺人事件

伴野朗／都筑道夫／戸川昌子／高木彬光／井沢元彦／佐野洋／斎藤栄　41790-5

カチカチ山、猿かに合戦、舌きり雀、かぐや姫……日本人なら誰もが知っている昔ばなしから生まれた傑作ミステリーアンソロジー。日本の昔ばなしの持つ「怖さ」をあぶり出す７篇を収録。

ハーメルンの笛吹きと完全犯罪

仁木悦子／角田喜久雄／石川喬司／鮎川哲也／赤川次郎／小泉喜美子／結城昌治 他　41789-9

白雪姫、ハーメルンの笛吹き、みにくいアヒルの子……誰もが知っている世界の童話や伝説から生まれた傑作ミステリーアンソロジー。昔ばなしが呼び覚ます残酷な罠！　８篇を収録。

文豪たちの妙な話

山前譲〔編〕　41872-8

夏目漱石、森鷗外、芥川龍之介など日本文学史に名を残す10人の文豪が書いた「妙な話」を集めたアンソロジー。犯罪心理など「人間の心の不思議」にフォーカスした異色のミステリー10篇。